CW00894201

Der Mistkerl

The Wrong kind of Right

Kitty Stone   Mike Stone

Deutsche Originalausgabe, 1. Auflage 2024

Ihr findet uns auf

facebook.com/miklanie
http://darkstones.de

Der Mistkerl

The Wrong kind of Right

Kitty Stone   Mike Stone

Impressum:
Kitty Stone & Mike Stone
Breslauer Str. 11, 35274 Kirchhain

© April 2024 Kitty Stone / Mike Stone

Alle Rechte vorbehalten!

Vervielfältigungen, auch auszugsweise, bedürfen der offiziellen Erlaubnis
durch die Autoren.

Cover design by Jay Jay at JJ's Designs and Creations
Bilder: depositphotos.com

ISBN: 979-8321816233
Imprint: Independently published

Warnung vor dem Überhitzen
Lesen auf eigene Verantwortung

Dirty Romance von den Darkstones, das ist erstens heiß, zweitens scharf und drittens … das, was man – schlecht übersetzt – gelegentlich als ›dampfig‹ hingeklatscht bekommt – steamy. Das heißt im Klartext, dass es Sex gibt und diese Art der zwischenmenschlichen Interaktion auch ein wesentlicher Bestandteil der Handlung ist. Ja, Handlung. Die gibt es nämlich auch. Und es mag sogar manchmal ein wenig ›dark‹ werden. Allerdings eher in der Vergangenheit der Charaktere, als in ihrer Gegenwart. Do, wo die Wurzeln der Persönlichkeiten liegen, die diese Menschen ausmachen. Die Dinge, die sie zu dem werden ließen, was sie sind.

Wie in allen Büchern des Autorenpaares werden sich auch in diesem Roman wieder nicht alle Leute an die Maßstäbe konventioneller Vernunft halten. Es werden fragwürdige, problematische und ausgesprochen idiotische Entscheidungen getroffen. Manche davon haben Konsequenzen. Wie im wirklichen Leben.
Es werden Spielarten der körperlichen Liebe thematisiert, die nicht jedermanns Sache sein werden. BDSM ist nur eines der Themengebiete, die sich bei den Darkstones öfter wiederholen. Wer dahingehend empfindlich ist, sollte zu zahmerer Lektüre greifen. Wer schnell von zu detailreichen Beschreibungen des Austauschs von Körperflüssigkeiten bei der schönsten Nebensache der Welt angewidert ist, ebenso.

Wer sich auf dieses Buch einlässt, mag sich in der Handlung so sehr verfangen, dass ein Ausstieg nicht mehr möglich ist. Das würde bedeuten, dass es wirkt wie beabsichtigt. Dafür wird es keine Entschuldigungen geben.

5

Außerdem ist es denkbar, wenn nicht sogar vorgesehen, dass man an einigen Stellen ziemliche Hitzewallungen bekommt. Das ist zu beachten, wenn man gern in der Öffentlichkeit liest, aber ungern durchblicken lässt, wie überaus unanständig die gewählte Lektüre ausfällt.

Vom Tragen eines Schlüppis wird insbesondere bei unseren Dirty Romances abgeraten, denn der ist danach ein Fall für die Wäsche und vielleicht auch irgendwann einfach nur im Weg.

Ihr seid gewarnt.

Erstes Kapitel

Shae

Als der Wagen am Straßenrand hält und ich meinen Blick von dem Anwesen ab und meinem Uber-Fahrer zuwende, trifft mich sein zweifelnder Blick. Sofort spüre ich Wärme meinen Hals hochkriechen. Aber ich lasse mir nichts anmerken. Mit einem freundlichen Nicken bestätige ich, dass wir mein Ziel erreicht haben, und steige aus.

An der frischen Luft atme ich einmal tief ein und wieder aus. Ich kann ihm seine unausgesprochene Frage nicht verdenken. Ich weiß selbst, dass ich hier nicht hergehöre. Wir sind im besten Viertel der Stadt und das Anwesen, zu dem er mich gefahren hat, ist mehr wert, als mein gesamter Heimatort. Mal zehn. Mindestens.

Es ist eine ausgewachsene Villa mit einem Grundstück, das man als Park bezeichnen könnte, wenn es irgendwo öffentliche Parks gäbe, die so verdammt gepflegt, sauber und ordentlich wären. Eine hüfthohe Mauer und ein zierverschnörkelter Zaun trennen das Anwesen von der Außenwelt, ohne den Blick zu verstellen. Offenbar soll man Zufahrt und Front des Gebäudes sehen können. Wer hat, der zeigt. Oder so ...

Ich fühle mich wie eine illegale Einwanderin in dieser Gegend. Selbst die Bürgersteige sind so sauber und ordentlich, wie ich es nie zuvor erlebt habe. Die wenigen Menschen, die ich hier sehe, wirken auf eine schwer greifbare Weise ›besser‹ als das gewöhnliche Volk. Oder vielleicht ist es auch sehr greifbar, denn sie zeigen allein schon mit ihrer Kleidung, dass sie zu dieser Welt hier gehören.

Ich hingegen trage Jeans und Oberteil ohne Markennamen. Nicht nur, weil ich selbst mit dem Gehalt meines neuen Jobs ungern Geld verschwende, sondern auch, weil ich nicht einsehe, für die gleiche Art Klamotten in etwa vergleichbarer Qualität das zehnfache zu zahlen, nur weil ein bestimmter Name dranhängt.

Die Logik dahinter habe ich nie begriffen. Jetzt und hier allerdings ... leuchtet es mir ein. Mit meinem Outfit, für das ich mich noch nie schämen musste, wirke ich wie eine Aussätzige. Ein Schmutzfleck, den hoffentlich nicht gleich jemand wegwischen kommt.

Mit diesem fiesen Gefühl im Nacken trete ich zum Tor des Anwesens und drücke den Rufknopf. Kaum mehr als eine Sekunde später erklingt eine Stimme: »Sie wünschen?«

Ich zucke zusammen. Das ging nicht nur flott, der Ton ist auch so verflucht klar und sauber. Kein blecherner Nachklang. Fast, als würde der Sprecher vor mir stehen.

»Ähm, ja, ich bin auf eine Party eingeladen. Miss, ahm ... Also, meine Freundin Bryleigh hat gesagt, dass ...«

»Ihr Name, bitte«, nutzt der Fremde irgendwo dort in der Villa eine verlegene Pause, ohne mich wirklich zu unterbrechen. Ernsthaft, es gleicht eher einer hilfreichen Hand. Ich bin fast dankbar, dass er mich nicht zwingt, mir weiter etwas zusammen zu stammeln oder umständlich nach dem Nachnamen meiner Freundin in meinem Handy zu suchen.

»Ähm, Shae«, sage ich kleinlaut.

In dem Augenblick der Stille, die darauf folgt, sehe ich mich verstohlen um. Wenn ich jetzt abgewiesen werde, müsste ich

wie ein geprügeltes Hündchen abziehen. Das wäre unendlich peinlich. Aber … wie komme ich überhaupt darauf, das zu befürchten? Es ist nicht so, als wäre Bri jemals gemein gewesen. Jedenfalls nicht zu *mir*.

Anderen hat sie jedoch solche Streiche gespielt. Auf der Uni, wo wir uns kennengelernt und angefreundet haben, hatte sie einen ziemlich unschönen Ruf für eine ganz bestimmte Art von Gemeinheit, die man normalerweise mit Reichen in Verbindung bringt. Und sie war damit nicht allein …

»Wünschen Sie, am Tor abgeholt zu werden, Miss Shae?«, reißt mich die Stimme des … Nun, ich vermute, er ist ein Hausangestellter oder etwas in der Art. Was sonst? Jedenfalls bringt er mich zurück in die Gegenwart.

»Ach was«, winke ich peinlich berührt ab. »Die paar Meter gehe ich.«

»Wie Sie wünschen, Ma'am«, bekomme ich zur Antwort. »Ich werde Sie an der Eingangstür in Empfang nehmen, sofern Sie nicht bevorzugen, dass ich Ihnen entgegenkomme.«

»Um Himmels willen«, wehre ich ab. »Das ist wirklich nicht nötig.«

Mit einem Summen öffnet sich das Tor und gibt den Weg frei. Eine gewundene Zufahrt schlängelt sich eine kleine Anhöhe hinauf, auf der die Villa thront. Ein einziger Blick auf den supergepflegten, fast nicht natürlich wirkenden Rasen macht jeden Impuls, einfach den direkten Weg zu wählen, zunichte. Dafür würde man mir vermutlich die Polizei auf den Hals hetzen, so schweineteuer wirkt selbst das Gras. Falls es nicht eigene Sicherheitskräfte gibt, die irgendwo im Gebüsch lauern oder was auch immer.

Ich setze mich in Bewegung. Immerhin wurde ich eingelassen. Auch wenn ich das eigentlich nicht bezweifeln sollte. Aber ich bin immer dann besonders unsicher, wenn der Klassenunterschied zwischen Bryleigh und mir sich so deutlich zeigt. Dann frage ich mich stets, warum sie, Robyn und Gwenyth mit mir befreundet sind.

11

Das war schon auf der Uni so. Auch wenn ich da den Grund eher begriffen habe. Die drei Töchter steinreicher Eltern waren dort, weil das von ihnen erwartet wurde. Im Laufe der Zeit ist mir klar geworden, dass sie nicht unbedingt die Leistungsanforderungen erfüllten. Im Gegenzug dazu hatte ich ein volles Stipendium, sonst wäre mir das Studium auf einer Elite-Universität ganz sicher nicht möglich gewesen.

Unsere Freundschaft hatte eine feste Basis auf der Tatsache, dass ich die drei durch ihr Studium geschleppt habe. Manchmal sogar gegen einen gewissen Widerstand. Aber ich denke noch immer, dass ich am meisten davon profitiert habe. Drei reiche Freundinnen, die nicht nur großzügig mit ihrem Geld waren, sondern auch schützend vor mir standen, waren schon eine sehr angenehme Bereicherung.

Dank ihnen musste ich mir nie Sorgen darüber machen, von irgendwelchen angesagten It-Girls schikaniert zu werden, wie in der Highschool. Das hat genau einmal eine versucht, der meine Nase nicht passte. Der Vernichtungsfeldzug, den meine drei Freundinnen daraufhin in Angriff nahmen, hätte jeden General der Menschheitsgeschichte neidisch gemacht. Mich hat das zu Tränen gerührt.

All das und mehr geht mir durch den Kopf, während ich durch den parkartigen Vorgarten schlendere. Einmal trete ich beiseite, als ein Auto das Tor passiert. Durch die getönten Scheiben kann ich nur Silhouetten erkennen. Es ist eine Limousine, die perfekt hierher passt. Und die Insassen scheinen sich sehr über meine Anwesenheit zu wundern. Was ich ihnen nicht verdenken kann.

Als ich den Bereich vor der Zugangstreppe erreiche, die hinauf zur Eingangstür führt, sehe ich die Besitzer oder zumindest Benutzer des Autos gerade eintreten. Der Wagen wurde in eine riesige Garage gebracht, ohne dass ich wüsste, ob das ein Chauffeur oder ein hauseigener Valet erledigt hat. Letzteres würde mich allerdings nicht wundern.

Was ich von den beiden Personen sehe, die ausgestiegen sind, beruhigt und verunsichert mich gleichermaßen. Sie sind zu jung, um Bryleighs Eltern zu sein. Aber die Frau trug ein abenteuerliches Cocktailkleid mit mehr Ausschnitt als Rückenteil und ihr Begleiter war ebenfalls auf lässige Weise schick. Habe ich nicht mitbekommen, dass diese Party einen Dresscode hat? Gott, das wäre noch peinlicher, als am Tor abgewiesen zu werden.

Für einen Augenblick denke ich darüber nach, lieber wieder zu gehen. Oder eigentlich eher … die Flucht zu ergreifen, wenn ich es ehrlich formuliere. Aber ich gebe mir einen Ruck und nehme die Treppe in Angriff. Bis die Tür sich öffnet, kaum dass sie zuging, und ein gottverdammter *Butler* in mein Blickfeld tritt!

»Miss Shae?«, erkundigt er sich mit einer Miene und einer Tonlage, die nicht neutraler sein könnten.

»Gott, haben Sie mich erschreckt«, rutscht es mir raus. »Äh, ja. Das bin ich.«

»Ich bitte um Verzeihung. Das war nicht meine Absicht, Ma'am«, entschuldigt er sich höflich. »Willkommen in Edmonton-House.«

Als er es sagt, fällt es mir auch wieder ein. Edmonton ist der Nachname von Bri. Wie ich das vergessen konnte, weiß ich wirklich nicht. Gut, es stand nicht am Rufknopf vor dem Tor. Anscheinend weiß man hier, wer in welchem Haus wohnt oder was auch immer. Aber in dieser Stadt kann man mit absoluter Sicherheit keine hundert Meter zurücklegen, ohne über den Namen Edmonton zu stolpern. Der Familie gehört eine Menge, wenn nicht fast alles hier.

»Danke«, gebe ich zurück und sehe ihm dabei zu, wie er mit einladender Geste beiseitetritt. »Und, ähm … Sie sind?«

Ganz kurz stutzt er, aber bevor sein Blick sich mir wieder zuwendet, ist seine Miene erneut vollkommen ausdruckslos. »Justin, Ma'am«, stellt er sich vor. »Ich bin der Butler der Edmontons.«

Sofort schießt mir durch den Kopf: ›Also doch ein Butler! Hah!‹ Gleich darauf schäme ich mich fast für den Gedanken. Schnell strecke ich ihm die Hand hin.

»Freut mich«, sage ich, ohne darüber nachzudenken, was ich da tue.

Was ich nachhole, als er kurz auf meine Hand starrt und tatsächlich eine seiner Augenbrauen hochzieht. Schon wieder in ein Fettnäpfchen getreten, geht mir auf. Oder einen Fauxpas begangen? Wie auch immer man das nennt …

Dann ergreift er allerdings meine Hand und sein Mundwinkel zuckt merklich. »Ebenso«, gibt er zurück. »Ich fühle mich allerdings verpflichtet darauf hinzuweisen, dass normalerweise das Hauspersonal keine vertraute Behandlung durch Gäste erfährt. Das könnte bei anderen Anwesenden Befremdung auslösen. Ich versichere Ihnen, dass weder die Dienstmädchen noch ich selbst Begrüßung, Dank oder Hilfe erwarten oder benötigen. Dasselbe gilt für die Angestellten des Catering-Service, der heute für die Verköstigung zuständig ist. Genießen Sie Ihren Aufenthalt und die Party und lassen Sie es sich einfach gut gehen, bitte.«

Ich habe nicht das Gefühl, dass er mich tadelt. Eher, dass er mir einen freundlichen Rat gibt. Dennoch wird mein Gesicht sehr warm. So richtig mit Anlauf ins Fettnäpfchen gesprungen … Mit dem Kopf voran!

»Das ist alles neu für mich«, räume ich ein. »Sie sind der allererste Butler, dem ich jemals gegenüberstand. Ähm, falls es okay ist, Sie Butler zu nennen. Ich will Sie nicht …«

»Es ist vollkommen angemessen und in keiner Weise beleidigend, mich einen Butler zu nennen«, versichert er mir mit einem angedeuteten Zwinkern, das mir fast entgeht.

Dann bedeutet er mir noch einmal einzutreten und diesmal folge ich der Aufforderung. Allerdings bleibe ich gleich noch einmal stehen, um den Anblick der Eingangshalle staunend in mich aufzunehmen.

Gott! Was für ein Palast!

Ich meine, ich begreife, dass es Show ist. Dieses Haus gehört stinkreichen Leuten und es soll ihren Wohlstand zeigen. Bryleigh wohnt nicht hier. Sie hat ein – sündhaft teures und sehr edel eingerichtetes – Studio-Apartment in der Stadt. Dies ist ihr Elternhaus. Und der Ort, wo sie gelegentlich Partys veranstaltet, wenn ihre Eltern mal nicht da sind.

Dass ich zu so einem Event eingeladen bin, verwundert mich noch immer. Ich bin erst seit ein paar Monaten in der Stadt. Nach dem Studium bin ich mit den Dreien in nur lockerem Kontakt geblieben. Jetzt wohne ich allerdings in ihrer Stadt, weil mich Bri dazu ermutigt hat. Und zu meinem großen Erstaunen hat das unsere Uni-Freundschaft wiederbelebt.

Und um ehrlich zu sein ... Ich kann diesen Lichtblick wirklich gebrauchen. So wie auch eine richtig coole Party. Selbst wenn ich mich völlig fehl am Platz fühle. Ich bereue bitter, dass ich die Stelle angenommen habe, die mir so viel Kummer bereitet. Gute Bezahlung hin oder her, ich hasse meinen Job bereits nach kürzester Zeit. Eine Ablenkung davon kommt mir gerade recht.

»Dort entlang gelangen Sie zur Party«, informiert mich Justin.

Ich nicke ihm noch einmal dankend zu und mache mich dann auf den Weg. Etwas nervös, weil ich nicht weiß, was mich erwartet. Aber auch aufgeregt. Denn so etwas habe ich noch nicht erlebt. Das macht mich zumindest neugierig.

›Auf gehts!‹, ermutige ich mich selbst und trete durch einen Torbogen in einen nach draußen zum Garten offenen Raum voller Menschen, die bei leiser Musik in Grüppchen herumstehen und sich unterhalten.

Schwungvoll renne ich dabei direkt in jemanden hinein, der zur Seite taumelt und einen Fluch ausstößt. Aber nicht er ist es, der davongestoßen wird. Ich bin es, die geradezu abprallt von einem Mann, der aus dem Nichts gekommen zu sein scheint.

»Was zum Fick?!«, schnauzt er und während ich mich drehe, ohne es verhindern zu können, trifft mich sein Blick.

15

Selbst durch die Sonnenbrille, die er unsinnigerweise hier drin aufhat, sehe ich helle Augen funkeln. Dann verzieht sich sein Gesicht und ich verliere ihn aus dem Blick, weil ich mich nicht mehr abfangen kann.

Ich falle!

Bis ... mich eine starke Hand fest am Unterarm packt und energisch wieder hochreißt. Direkt zurück zu dem Körper, von dem ich gerade abgeprallt bin, wie ein Ball von einer Wand. Zurück und in starke Arme, die mich sofort stützend auffangen.

Himmel, dieser unachtsame Blödmann ... riecht aber verdammt gut!

Und seine Muskeln, die ich an meinem Körper spüre, die ... Also, die sind nicht nur geeignet, dass man von ihnen abprallen kann. Sie machen mir auch gleich die Knie ein wenig weich.

»Du musst schon aufpassen, wo du hinrennst, du kleine, süße Maus«, raunt er mir viel leiser und auch wesentlich freundlicher zu, als er bei seinem Ausruf wirkte.

Was nicht darüber hinwegtäuschen kann, dass ich mir vom ersten Moment an sicher bin, es mit einem typischen Macho zu tun zu haben. Das strahlt er einfach aus und es dringt aus jeder Pore.

Und Machos kann ich nicht ausstehen. Davon habe ich gerade jetzt durch meinen Job ein absolutes Überangebot in meinem Leben. Es ist nicht übertrieben, zu sagen, dass ich diese Art Kerl richtig hasse.

Für diesen hier das Gleiche zu fühlen, das ... fällt mir nur im Moment etwas schwer.

Warum hält er mich weiter fest, statt mich loszulassen? Warum starrt er mir weiter in die Augen? Ohne dabei allerdings die dämliche Brille abzunehmen? Warum ist es so totenstill um uns herum geworden? Warum dreht sich mir alles? Warum riecht er so unverschämt gut? Ist das, was ich da fühle ... etwas, was er in der Hosentasche hat, oder ...?

»Derrick!«, höre ich eine Frau wütend aufschreien. »Was machst du da mit der!? Und ... wieso bist du überhaupt hier, du blödes Arschloch?!«

Zweites Kapitel

Shae

Ich bin völlig verwirrt von der schnellen Abfolge der Ereignisse und dem so plötzlichen, direkten und sehr engen Körperkontakt mit einem Mann, der ... Also, wenn schon nichts anderes, dann einen wirklich ausgezeichneten Geschmack bei der Auswahl seines Aftershaves beweist.

Ich starre ihn mit großen Augen an. Zu etwas anderem bin ich im Moment nicht fähig. Was ihm ein unverschämt anziehendes und gleichzeitig irgendwie etwas abwertendes Schmunzeln auf die Lippen treten lässt. Ein Lächeln von der Sorte, wie man es bei Leuten findet, die sich ihrer eigenen Attraktivität *viel* zu bewusst sind.

Sein Blick hält mich gefangen. In meinem Kopf macht sich Schwindel breit und mir wird *mehr* als nur warm in mehr als nur meinem Gesicht. Was dann in seine Augen tritt, wirkt auf mich wie ein leises Bedauern. Ich bin allerdings überhaupt nicht gut darin, solche Feinheiten zu deuten. Sicher kann ich mir also nicht sein.

»Später vielleicht«, murmelt er und sorgt dafür, dass ich aufrecht stehe und nicht mehr in seinen Armen *liege*, bevor er mich loslässt.

»Hm?«, mache ich unerwartet kieksig, weil ich noch immer rein gar nichts begreife.

Als er den Kopf dreht, folge ich seinem Blick und zucke zusammen. Im ersten Moment halte ich es für meine Freundin Gwenyth, die da sehr energisch und eilig heranrauscht. Erst auf den zweiten Blick bemerke ich die klaren Unterschiede. Oberflächlich wirkt sie, wie ein Zwilling meiner Uni-Freundin. Die gleiche Art hellblonde, nicht ganz echte Mähne, derselbe Kleidungsstil und sogar sehr ähnliche Bewegungsmuster. Bei näherer Betrachtung ist sie es aber nicht. Auch wenn ich Gwen länger nicht persönlich getroffen habe und wir nie die dicksten Freundinnen waren, kann ich ihr Gesicht von der wütenden Miene der Frau unterscheiden, die sich da gerade nähert. Außerdem ist es hilfreich, dass eben genau Gwenyth eine der drei anderen Frauen ist, die sich von weiter hinten eilig nähern. Aber das musste ich erst einmal bemerken, um den Vergleich anstellen zu können. Gott, bin ich durcheinander!

»Wer hat dich eingeladen?«, faucht die Blondine den Mann an, der jetzt neben mir steht.

»Du«, erwidert er so gelassen und zugleich abschätzig, dass selbst ich die Tonlage nicht missverstehen kann. »Erinnerst du dich nicht mehr?«

»Das war, bevor ich dir den Laufpass gegeben habe«, empört sich die Frau.

»Ach, ist das die Version, die du dir zurechtgelegt hast? Du hast mit mir Schluss gemacht? So verkaufen wir das der Öffentlichkeit?«

Ich mache einen vorsichtigen Schritt zur Seite, denn in dieses offenkundige Beziehungsdrama will ich keinesfalls verwickelt werden. Ich habe so schon genug Schwierigkeiten mit den Feinheiten menschlichen und gesellschaftlichen Umgangs. Zahlen und wissenschaftliche Daten sind mir wesentlich lieber als Menschen und ich komme viel besser mit ihnen zurecht. Beziehungsdramen ... Ugh, nein danke!

»Reiß dich mal etwas zusammen, Corrine«, höre ich ihn sofort sagen. »Du erschreckst diese arme, kleine Maus mit deinem Gekeife.«

Ein paar Dinge werden mir bei diesen Worten schlagartig klar. Zum einen habe ich den Namen der Frau schon ein paar Mal gehört. Und zwar genau in der ziemlich ungewöhnlichen Form mit zwei R und einem N, wie er ihn geradezu überbetont. Das ist die Schwester von Bryleigh. Oder ... Stiefschwester? Irgendetwas in der Art.

Was erklärt, warum sie Gwenyth so sehr ähnelt. Ich habe nicht nur einmal Klagen darüber gehört, wie die zwei Jahre jüngere Frau mal die eine, mal die andere meiner Freundinnen kopiert hat, um sich besser dastehen zu lassen. Etwas, was ich genau jetzt erst so langsam anfange zu begreifen. Vorher war mir das bloße Konzept zu fremd, jemanden dauerhaft imitieren zu wollen ...

Und noch eine Sache entgeht mir trotz meiner ziemlichen und mir nur zu bewussten Naivität nicht: Indem der Typ mich erwähnt, zieht er mich in die Sache mit rein. Was ... Absicht ist?! Jedenfalls, wenn ich durch die blöde Sonnenbrille in seine Augen sehe, in denen es zu funkeln scheint, während er nicht sie, sondern *mich* anschaut.

Abwehrend hebe ich die Hände und weiche noch einen Schritt zurück. Was ... mich nicht bewahren kann ...

»Was interessiert mich eine Dienstbotin?«, schnaubt Corrine, wirft mir allerdings einen unglaublich vernichtenden Blick zu. Auch den kann ich nicht missdeuten. »Wenn die ihren Platz nicht kennt, lasse ich sie feuern.«

Obwohl sie ganz offensichtlich missversteht, wer ich bin, stört mich die hasserfüllte Kaltschnäuzigkeit dieser Aussage, die sie mit einem Fingerschnippen untermalt, doch ziemlich.

»Was kann ich dafür, wenn er mir in den Weg rennt?«, entfährt es mir. »Und außerdem ...«

»Wer redet denn mit dir?«, fällt mir Corrine ins Wort. »Hast du keine Gläser zu spülen oder Kotze aufzuwischen oder etwas in der Art? Was bildest du dir ein, dich einzumischen?«

Ich blinzele und mein Mund klappt kurz auf. Wie *unhöflich*! Und damit erwischt sie mich definitiv auf dem falschen Fuß. Zumal weder Bri noch Gwen allzu große Stücke auf sie halten. Was – zugegebenermaßen – meine Meinung von dieser Frau beeinflussen mag.

Ich reiße mich zusammen und stemme die Hände in die Hüften. Statt zurückzuweichen und klein beizugeben, stelle ich mich der Konfrontation. Wobei mir nicht entgeht, wie untypisch das für mich ist. Es hat aber ganz bestimmt nichts damit zu tun, dass dieser Kerl mit einem angedeuteten Lächeln auf den Lippen und Neugier im Blick dasteht und zusieht. Nein, ich habe nur einfach die Nase voll davon, dauernd auf mir rumtrampeln zu lassen. Das ist bei meiner neuen Stelle mittlerweile zum täglichen Ereignis geworden und ich habe darauf endgültig keine Lust mehr.

»Du redest mit mir, Blondie«, versetze ich.

Nicht unbedingt so schnell, dass man es schlagfertig nennen dürfte. Ich bin jedoch ein wenig stolz darauf, dass ich sie zumindest nicht mit ihrem Namen anspreche, obwohl ich den kenne. Und überhaupt auf mich, weil ich das wirklich gesagt und nicht nur gedacht habe.

»Nicht mit, Dienstmädchen. *Über* dich. Und damit bin ich auch schon längst wieder fertig«, gibt sie allerdings sofort zurück und faucht mich dabei ziemlich aggressiv an. »Und jetzt verpiss dich, bevor ich dich vom Anwesen entfernen lasse, du billige ...«

»Cora!«, fällt ihr in dem Moment Bryleigh ins Wort. »Wie redest du mit meiner Freundin?! Was bildest du dir ein, wer du bist? Das ist *meine* Party, falls du es vergessen hast!«

Der Angesprochenen entgleisen die Gesichtszüge vor Fassungslosigkeit. Doch das bekomme ich nur am Rande mit, weil dieser Derrick auf seiner Beobachtungsposition plötzlich

lauthals auflacht und meine Aufmerksamkeit damit auf sich zieht. Er sieht aus, als würde er sich wirklich prächtig amüsieren. Was ich überhaupt nicht begreife.

»Also bist du diese Shae«, fragt er nicht, er stellt es fest. Und während er das tut, nimmt er die Sonnenbrille ab und spießt mich mit einem Blick auf, der ... Also, der dringt wirklich *tief* in mich ein! Was Regungen in mir auslöst, die sich fremd anfühlen. Fast schon bestürzend, wenn auch nicht im eigentlichen Sinn unangenehm ...

»Ach, halt die Klappe, Derrick«, zischt Robyn ihm zu. Alle drei meiner Freundinnen gesellen sich zu mir und bilden so etwas wie einen schützenden Ring um mich. Das Gefühl, das sie damit in mir auslösen, kenne ich noch immer gut. Seit Bryleigh als Erste eines Tages beschloss, dass sie mich mag, haben sie alle drei mich auf diese Weise viele Male davor bewahrt, von irgendwelchen gemeinen Leuten in eine Ecke gedrängt zu werden. Es gibt mir Sicherheit und ist vertraut. Es tut mir gut.

So gern ich dieser Cora einen vernichtenden Blick zuwerfen würde, ich kann die Augen nicht von diesem Derrick losreißen. Er mustert mich durchdringend und verdammt ungeniert. Nicht nur mein Gesicht. Er lässt den Blick auch über meinen Körper wandern. Und das ... lässt mich nicht kalt.

Fuck! Das ist neu! Normalerweise ist es, als wäre ich unsichtbar, wenn ich mit den Dreien zusammen bin. Sie ziehen alle männliche Aufmerksamkeit auf sich.

Was mir immer recht war. Männer sind mir zwar früher nicht so sehr auf die Nerven gegangen, wie sie es tun, seit ich mich mit ihnen als Kollegen rumschlagen muss. Aber wenn, dann war ich immer verdammt hilflos. Wenn es eine Sache gibt, in der ich noch schlechter bin, als mit gesellschaftlichem Umgang im Allgemeinen, dann ist es Flirten. Das liegt mir absolut und überhaupt gar nicht!

Aber dieser Typ flirtet gar nicht. Er sagt auch nichts. Jedenfalls nicht mit Worten. Er mustert meinen Körper und sucht meinen Blick, um dann die Augen zu verengen, als wolle er sagen, dass ihm gefällt, was er sieht. Was ich mir ganz sicher einbilde. Denn das ist ja wohl völlig lächerlich!

So gefangen bin ich von diesem stummen, verwirrenden Austausch, dass mir komplett entgeht, was sonst passiert. Erst als mich Gwen und Bri an den Armen fassen, um mich zum Mitkommen zu bewegen, kann ich mich endlich von diesen Augen losreißen.

Wie immer folge ich. So läuft das zwischen uns. Aber ich muss noch ein oder zwei Mal zurückblicken, um mich zu vergewissern, dass ich mir diesen Kerl nicht eingebildet habe. Wie er dasteht mit den Händen in den Hosentaschen, nachdem er sich die Brille wieder aufgesetzt hat ... Sieht er mir nach? Warum? Was will so einer von mir?

Und was sollte ich von ihm wollen? Tätowierte Unterarme, Sonnenbrille selbst im Haus, Ketten und Lederriemen mit Anhängern um den Hals und ein Lederband am Handgelenk. Selbst ich weiß, dass sein Bild den Lexikon-Eintrag von ›Playboy‹ illustrieren könnte. Selbst für den unwahrscheinlichen Fall, dass ich wirklich die Aufmerksamkeit so eines Kerls erregen könnte, wäre ich saudumm, wenn ich mich darauf einließe.

Und dennoch ...

Er starrt mir auf den Hintern, bis er meinen Blick bemerkt. Dann sieht er mich an. Und mir ist heißer als selbst, wenn ich mal wieder etwas furchtbar Peinliches getan habe. Sein Geruch liegt mir noch in der Nase. Die Stellen, wo seine Hände lagen, prickeln. Und noch anderswo kribbelt es. Was ich am allerwenigsten verstehe!

Ich kann doch nicht auf so einen ... einen Mistkerl abfahren, der es offenbar faustdick hinter den Ohren hat! Was ist nur los mit mir?!

Drittes Kapitel

Derrick

Ich sehe mit einer gewissen, perversen Faszination zu, wie die kleine Maus von den drei Schlangen der ›Y-Gang‹ in die Mitte genommen und davon geführt wird. Es ist ein Bild, wie man es auf so einer Party noch nicht zu sehen bekam. Alle beobachten es. Die meisten allerdings diskreter als meine Wenigkeit.

Ich kann nicht leugnen, dass mich das neugierig macht. Was haben die drei reichsten Töchter der Stadt mit dieser Frau zu schaffen? Sie ist so … So verdammt … So verfickt *normal*!

Süß und hübsch, sicher. Aber sie scheint nicht einmal zu begreifen, wie bildschön sie rüberkommen könnte, würde sie nur versuchen, etwas aus dem zu machen, was Natur und Erbgut ihr mitgegeben haben.

Nicht, dass ich mir das wünschen würde. Im Gegenteil. Diese Kleine ist so erfrischend echt und natürlich, dass es sich wie ein Hauch Frischluft in einer jahrhundertelang geschlossenen Gruft anfühlt. Was mir unangenehm vor Augen führt, wie viel Zeit ich selbst nun schon mit diesem Pack aus der sogenannten ›gehobenen Gesellschaft‹ verbringe. Nämlich *zu* viel. Andernfalls würde mich so eine Frau kaum so sehr reizen. Aber das tut sie, verflucht. Als ich sie auffing, war da ein Moment, in dem ich wusste, ich könnte alles mit ihr anstellen. In diesem Moment gab es einen Augenblick, in dem ich genau das wollte. In vollen Zügen hätte ich es gern ausgekostet und sie an jedes einzelne ihrer Limits und darüber hinaus geführt.

Ich unterdrücke den Drang meinen Kopf zu schütteln. Zu viele Augen, die auch mich noch immer im Blick haben. Denn auf meine Weise steche ich hier nicht weniger hervor. Allerdings mehr in der ›wunder Daumen‹ Art und Weise. Selbst wenn das im Endeffekt aufs Gleiche rauskommt.

Sie – Shae – und ich sind nicht Teil dieses sozialen Inzucht-Haufens. Ich würde wetten, dass diese Shae aus einfachen Verhältnissen stammt. Ich habe den starken Eindruck, dass sie nicht einmal ahnt, in was für einer Schlangengrube sie sich aufhält. Zumal sie offenbar in irgendeiner Weise mit den Schlangenköniginnen selbst in Verbindung steht.

Diese drei Weiber … Sie sind so unecht, wie ihre Namen. Alle geschrieben, als hätten ihre Eltern der Welt beweisen müssen, wie besonders ihre Erzeugnisse sind. Was den Nagel ziemlich sicher genau auf den Kopf trifft.

Sie sind die Nabe des sich drehenden Karussells der jüngeren Generation aller Schönen und Reichen in Stadt und Umland. Einzelkinder superreicher Eltern, designierte Erbinnen von gewaltigen Firmenimperien und – wie auch immer sie das geschafft haben – mit hervorragenden Abschlüssen einer Elite-Uni ausgestattet und von ihren Daddys mit passenden Jobs versorgt – unglücklicherweise auch wichtige Persönlichkeiten in der Welt des Geschäfts-Nachwuchses.

So bin ich mit ihnen in Berührung gekommen. Denn ich hatte zwar den Ehrgeiz und die Willenskraft, nicht aber die Verbindungen oder das Kapital für meine Pläne. Dank meiner

Anziehungskraft, wenn ich es drauf anlege, ist das nun erledigt. Und dennoch ... bin ich heute hier.

Ich muss mich Cora zuwenden, die nach ihrer Niederlage gegen die böse Stiefschwester nun fest entschlossen ist, ihren Frust an mir auszulassen. Mich auf ihre Annäherungsversuche einzulassen war dumm. Sie wollte so furchtbar offensichtlich ihre Schwester übertrumpfen und ausstechen. Dabei war sie für eine – *sehr* kurze – Weile so etwas wie interessant. Und ich war gelangweilt. Das hat mein Urteilsvermögen getrübt. Natürlich tut diese dumme Kuh jetzt so, als hätte sie die Beziehung beendet. Dabei haben wir so etwas gar nicht gehabt. Ich habe sie ein paar Mal gefickt, ja. Es war nicht sonderlich unterhaltsam. Ende der Geschichte. Ich wusste bereits, dass dabei nichts rauskommen würde. Bryleigh, um die es hier hauptsächlich geht, hat es nicht einmal mitbekommen.

Wäre es nach Corrine gegangen, hätten wir das höchst verliebte Paar gespielt. Aber ich wollte nur wissen, wie weit die eifersüchtige, jüngere Stiefschwester gehen würde, um ihren zum Scheitern verurteilten Racheplan in Gang zu setzen. Nachdem ich meine Antwort auf diese Frage hatte, war der Reiz ganz schnell verflogen.

Jetzt habe ich sie am Hals und sie will eine Szene machen. Sie muss irgendwie versuchen, ihr Gesicht zu wahren. Dazu will sie mich jetzt vor aller Augen zusammenschreien. So stellt sie sich das vor. Aber das passt mir gerade definitiv nicht in den Kram!

»Du ...!«, setzt sie an.

Ich packe ihren Arm fest genug, dass sie vor Schmerz aufkeucht, und ziehe sie mit mir aus dem Saal. Dass sie sich dabei erst winden will, bevor sie auf andere Gedanken kommt, ist nur nützlich und nichts weiter. Denn von dieser Hohlfrucht will ich nichts mehr weiter.

Ich mache mir nicht die Mühe, sie weiter fortzubringen, als in einen nahe gelegenen Korridor. Dort stoße ich sie gegen die Wand und fixiere sie mit meinem Körper. Empörung und

Erregung kämpfen auf ihrer Miene und in ihren Augen miteinander.

»Wenn du denkst, du könntest mich …«, faucht sie eher herausfordernd als abweisend.

»Wenn du dich nicht ganz schnell einkriegst, erfährt hier jeder, dass du dich anpissen lässt, wenn man weiß, wie man dich zu behandeln hat«, fahre ich sie gepresst an. »Und von deinem Ruf kannst du das nicht mal eben mit einer Dusche abspülen.«

»Kein Schwein wird dir glauben!«, japst sie und in ihren Augen steht genau der panische Schrecken, den ich da sehen will.

»Das ist gar nicht nötig. Ich muss es nur aussprechen. Das Gerücht verbreitet sich schneller, als du den Schaden begrenzt kriegst. Das weißt du selbst …«

Natürlich tut sie das. Gerüchte zu streuen ist eine der wenigen Fähigkeiten, die Cora zumindest leidlich beherrscht. Auch wieder nicht so gut, wie die echte Tochter des Hauses, auf deren Platz und Stellung sie so neidisch ist. Aber passabel …

»Dein Ruf!«, sucht sie fieberhaft nach einem Ausweg. »Der wäre auch …«

»Denk nach, Blondie«, schnaube ich und tippe ihr an die Stirn. »Versuch es wenigstens. Du schaffst das. Sag mir, wen es schert, wenn ich bei so etwas erwischt werde?«

Fast tut sie mir leid. Sie versucht es wirklich. Stirn und Nase ziehen sich kraus. Alle drei Gehirnzellen in dem Halter für Haar und Make-up auf ihrem Hals kommen gehörig auf Touren. Dennoch dauert es eine ganze Weile, bis sie eins und eins zusammengezählt hat.

Das ist noch so ein Unterschied zu ihrer Stiefschwester. Bryleigh ist auch nicht die hellste Kerze im Kronleuchter, aber sie ist zumindest nicht *so* dumm. Verschlagen sind sie allerdings beide gleichermaßen. Von daher ist es gut, dass Cora ihr nicht gleichkommt. Sonst wäre sie annähernd gefährlich …

»Die Hälfte der männlichen Gäste würden mir irgendwann außer Sicht und unter vier Augen gratulieren«, helfe ich ihr aus.

»Du weißt sicher selbst, wie viele von denen das auch mit dir

tun wollen würden. Und bei den sauberen Damen deiner feinen Gesellschaft … würdest du wahrscheinlich eher Begehrlichkeiten wecken, als mir zu schaden.«

Als ich sehe, wie sie versucht, mir mit ihren begrenzten Kapazitäten zu folgen, will ich die Augen verdrehen. Aber ich versuche gerade, sie mit einer Mischung aus fragwürdigen Schmeicheleien und der brutalen Wahrheit auf andere Gedanken zu bringen.

»Das heißt, sie wären noch schärfer auf mich, Cee«, seufze ich. »Die Typen würden mir gratulieren, die Weiber sich an deine Stelle wünschen. Ich habe keinen Ruf zu verlieren. Du schon. Du willst dich nicht mit mir anlegen, weil du verlierst.«

Gottverdammt, es ist *zu* einfach! Wie ihre Miene sich erhellt, als sie begreift. Pure Freude darüber, es kapiert zu haben, lässt sie für den Augenblick vergessen, dass sie mich hasst und meine Vernichtung herbeizuführen wünscht. Sie ist wirklich nicht sehr schlau. Nicht einmal ihre Mutter ist so blöd. Und deren hauptsächliche Qualität besteht darin, eine perfekte Ehefrau und ein guter Fick für ein stinkreiches Arschloch zu sein.

»Werden wir jetzt …?«, mault sie halb hoffnungsvoll.

»Nein«, stoße ich beinahe angewidert aus.

Das zumindest kapiert sie und sieht sofort verletzt aus. Was schnell in neue Wut umschlägt. Nicht genau das, was ich im Sinn habe …

»Wie würde das wirken?«, schiebe ich schnell hinterher. »Erst schreist du mich an, dann verschwindest du mit mir, aber danach sind wir wieder zerstritten?«

Das reicht, um erneut alle Kapazitäten ihres Hirns voll zu beanspruchen. Angespannt denkt sie nach.

»Belassen wir es dabei, dass du mir den Laufpass gegeben hast und ich das nicht auf mir sitzen lassen will. Erzähl deinen Freundinnen davon. Ich mache dich in der Zwischenzeit bei allen Leuten schlecht, mit denen ich spreche.«

»Was?! Nein, du kannst nicht …!«, begehrt sie auf.

»Wem wird man glauben? Der zweiten Tochter des besten Hauses oder dem tätowierten Taugenichts und Weiberheld?«, gebe ich ihr vor.

Wohl wissend, dass sie zum falschen Schluss kommt. Denn so ist das mit der Dummheit – die Dummen wissen nicht, wie schwer sie darunter leiden. Sie halten sich für schlauer, als sie sind. Dieses Phänomen hat sogar eine eigene Bezeichnung: Dunning-Kruger-Effekt. Ich wusste das allerdings schon, bevor ich jemals diesen Begriff hörte.

Wäre Corrine nun auch nur eine Winzigkeit pfiffiger, würde sie kapieren, dass ich keinen Grund habe, ihr so einen leichten Sieg zu überlassen. Ist sie aber nicht. Sie ist wirklich blöd genug, zu denken, dass sie bei meinem Vorschlag gut abschneiden wird. Was genau das ist, worauf ich spekuliere.

»Dann lass mich jetzt los, bevor ich es mir anders überlege«, verlangt sie.

Und weil ich genau weiß, dass sie das sexuell meint und ich ihr nicht noch einmal erklären werde, dass ihre Meinung dazu irrelevant ist, tue ich genau das. Ich weiche sogar fast so schnell von ihr zurück, dass sie eigentlich beleidigt sein sollte. Wenn sie es denn merken würde.

»Dein Verlust, Derr«, säuselt sie mir zu, als wäre dieses Aufeinandertreffen auf völlig andere Weise verlaufen.

Und ich nehme an, in ihrem Kopf ist das auch bereits so. Ich habe den Verdacht, Corrine lügt meistens nicht, sondern glaubt voll und ganz, was sie sich für einen Unsinn zusammengereimt hat. Mich würde nicht wundern, wenn sie jeden Lügendetektor täuschen könnte.

Ich nicke nur flüchtig und lasse sie abziehen. Dann atme ich tief durch und überlege einmal sehr genau, ob ich selbst da wieder reingehen sollte. Im Grunde war ich nur hier, um sie zu nerven und zu sehen, ob ich jemanden treffe, der meine Aufmerksamkeit verdient.

Wobei ich an noch einen geschäftlichen Kontakt dachte, denn so erstaunlich ich es auch finde, es sind verdammt viele

32

bedeutsame Nachwuchsmanager Teil dieser illustren und jämmerlichen Gesellschaft. Ich muss zugeben, dass sich die Verstrickung in diese Kreise rein beruflich sehr für mich gelohnt hat. Was mich jedoch in den Saal zurückzieht, hat nichts mit Geschäft und Beruf zu tun. Ich bin nicht so blöd, mich selbst belügen zu wollen. Es ist diese süße Kleine – diese Shae –, die mich zurückkehren lässt. Ich will verdammt noch mal wissen, was sie mit den drei Grazien der Y-Gang zu schaffen hat. Wer sie ist. Was sie hier macht.

Und wieso es mich so sehr reizt, ihr diese Unschuld zu rauben, die sie ausstrahlt, wie … wie ein verdammter Suchscheinwerfer …!

Viertes Kapitel

Shae

Ich lasse mich von meinen Freundinnen mitziehen, ohne Widerstand zu leisten. Das fiele mir gar nicht ein, selbst wenn ich nicht froh wäre, von dieser wütenden Zicke wegzukommen. Warum Corrine mich so angegangen hat, weiß ich noch immer nicht. Aber es ist ziemlich offensichtlich, dass sie mich für eine Angestellte des Catering-Service gehalten hat, wenn ich ihre Worte bedenke.

Insgesamt bin ich jedoch weniger entrüstet, als die drei Frauen um mich herum. Schon auf dem Weg in einen anderen Teil dessen, was ich mittlerweile als eine Art kleinen Ballsaal mit Terrassenzugang erkannt habe, regen sie sich heftig über das Geschehene auf.

»Was bildet sich diese Kuh eigentlich ein?«, schimpft Gwen.

»Echt jetzt«, stimmt Robyn zu. »Hier rumzukreischen und einen Streit mit Derrick anzufangen. Wie peinlich!«

»Sie will, dass alle glauben, sie wäre mit ihm zusammen gewesen«, schnaubt Bri. »Und sie versucht jetzt, Gwen zu kopieren. Fasst man das?«

»Also bilde ich mir das nicht ein?«, frage ich, noch immer nicht völlig bei der Sache. »Auf den ersten Blick …«

»Oh, jetzt sag bloß nicht, sie würde mir auch nur im Entferntesten ähnlichsehen!«, hakt Gwenyth sofort ein.

»Unsinn!«, beschwichtigt Bryleigh sie. »Sie ist nicht mehr als eine billige Kopie. Wie jedes Mal, wenn sie eine von uns nachzumachen versucht, um sich besser darzustellen. Nur wenn man nicht mehr sieht, als ihre Haarfarbe vielleicht, könnte man auch nur auf die Idee kommen, sie sei du. Stimmts nicht, Shae?«

Ich nicke schnell. Das ist einer dieser Fälle, wo ich weiß, dass ich unbedingt die Klappe halten muss, weil ich sonst von einem Fettnäpfchen ins nächste hüpfe. Meine furchtbare Unbeholfenheit im gesellschaftlichen Umgang schlägt wieder voll zu.

Vielleicht liegt es daran, dass ich auch jetzt noch nicht von diesem Kerl – Derrick – loskomme. Erneut sehe ich hinüber zu ihm und entdecke, wie er Cora gerade am Arm packt und sie mitzieht. Für einen Augenblick stockt mir dabei sogar der Atem.

Ich muss sagen ... es missfällt mir *sehr*, wie er sie mit sich zerrt. Nicht nur, dass er dabei grob und überaus energisch ist, sondern auch ... Wie diese unhöfliche, aufbrausende Zicke sich fast schon unterwürfig mitreißen lässt. Weiß Gott wohin. Um weiß Gott was mit sich machen zu lassen.

Das erzeugt einen Widerwillen in mir, dessen Intensität mich völlig unerwartet erwischt. Vor allem, weil ich nicht so sehr empört bin, wie vielmehr *neidisch*!

Schnell wende ich mich ab und sehe verstohlen nach, ob meine Reaktion bemerkt wurde. Glücklicherweise sind die anderen noch damit beschäftigt, Gwen zu versichern, dass sie viel besser aussieht als Cora.

Mein Herz klopf unangenehm schnell, während ich zu verdauen versuche, was ich gerade empfinde. Unerfahren oder nicht, ich erkenne es als Eifersucht. Das habe ich so allerdings noch nie empfunden.

Sicher, ich habe ein paar Mal bedauert, dass jemand, der sich für mich zu interessieren schien, bei einer anderen gelandet ist. Was bisher eigentlich nur auf der Uni vorkam, wo die andere eine meiner drei Freundinnen war.

Bedauern, aber keine Eifersucht. So wichtig ist mir männliche Aufmerksamkeit auch gar nicht. Ich bin ja auch kein ›guter Fang‹ – oder wie auch immer Kerle das untereinander nennen mögen. Ganz im Gegenteil! Bei Bri, Robyn oder Gwen bekommen die Typen zumindest, was sie sich vorstellen. Nämlich eine Frau, die weiß, was Männer wollen und auch Lust hat, es zu bieten.

Mir ist das immer schwergefallen. Also, das ›Bieten‹. Nicht, dass ich noch Jungfrau wäre. Aber ich fühle keinen Drang, einen Mann befriedigen zu wollen. Das gibt mir nichts. Es fühlt sich eher an, wie ... Zeitverschwendung. Wenn ich Lust habe, kann ich mich auf meine eigenen Hände und das eine oder andere Spielzeug verlassen. Mit einem Partner habe ich noch keinen Orgasmus erlebt. Ehrlich gesagt hatte ich auch noch nie das Gefühl, einer der wenigen Typen, mit denen es dazu kam, wäre daran interessiert gewesen, mir einen zu verschaffen.

Nein, Sex und all das, was damit zusammenhängt – das ist nicht meine Welt. Für romantisches Getue habe ich gar keine Zeit. Auf der Uni hatte ich zu viel zu tun. Seither ist das nicht besser geworden. Zumal ich jetzt fast doppelt so hart arbeiten muss, um überhaupt irgendwelche Anerkennung auf beruflicher Ebene zu erzielen ...

»Shae?«, reißt mich Robyns Stimme aus meiner gedanklichen Abwesenheit.

»Hm?«, mache ich und versuche, nicht rot zu werden, weil ich nichts mitbekommen habe.

»Was genau ist denn passiert? Wie bist du mit Derrick aneinandergeraten?«

»Oh, ich bin in ihn reingerannt«, gebe ich zu.

Was mir zumindest bei diesen Dreien nicht so extrem peinlich ist. Sie wissen, wie oft ich in Gedanken bin und wie unaufmerksam mich das manchmal macht. Wenn ich mich bei irgendwem nicht ganz so viel schämen muss, dann in dieser Runde.

»Hab ich doch gesagt«, frohlockt Gwenyth. »Unser Tollpatsch wieder.«

»Hat er dich irgendwie bedrängt?«, fragt Bryleigh scharf nach.

»Er? Nein. Er hat mich aufgefangen, als ich von ihm abgeprallt bin, wie ein Elektron, das auf ein anderes trifft.«

»Ein was?«, erkundigt sie sich und sieht mich so verständnislos an, wie die anderen beiden.

»Ein ...« Ich blicke in die Runde und schüttele den Kopf.

»Ein Ball von einer Wand?«, schlage ich als Alternative vor, weil hier garantiert niemand eine Lektion in Teilchenphysik will.

»Ach so. Also nichts mit Strom?«

»Nein, nichts mit Strom. Ich bin einfach gegen ihn gerannt und ich nehme an, ich bin zu leicht für so einen ... Brocken.« Beinahe nenne ich ihn einen ›stattlichen Kerl‹. Woher auch immer das nun wieder kommt. Ich kann es gerade so abwandeln.

»Als ich zurückstolperte, hat er mich aufgefangen.«

»Und dann schrie Corrine auch schon los. Das habe ich mitbekommen«, bestätigt Gwen. »Ich hatte sie im Auge.«

»Gut, dann ist er ausnahmsweise mal nicht mitschuldig«, urteilt Bri. »Sonst ... hätte ich ihm den Arsch aufgerissen. Von dir hat er nämlich definitiv die Finger zu lassen, der Idiot.«

Der letzte Satz lässt mich erschauern. Ob das allerdings an der Kälte in ihrem Tonfall liegt, die ich nicht erwarte, oder an einem kurzen Geistesblitz, der mir vorgaukelt, wie sich diese Finger anfühlen würden, wenn ich an Coras Stelle wäre, kann ich nicht sagen.

»Ja, von dem musst du dich fernhalten, Shae«, bekräftigt auch Gwenyth. »Das ist ein ganz schlimmer Weiberheld.«

»Inwiefern?«, hake ich nach, ohne zu wissen, wieso.

»Du erinnerst dich noch an die Typen, vor denen wir dich früher immer gewarnt haben? Die Verbindungsbrüder auf der Uni?«, erkundigt sich Robyn.

Ich nicke.

»Derrick ist noch schlimmer als die. Er würde alles flachlegen, was nicht schnell genug wegläuft.«

38

»Er hält sich für absolut unwiderstehlich mit seinem musku-lösen Body und seinen Tattoos«, stimmt Bri zu.

»Und seinen Sonnyboy-Kettchen und dieser dämlichen Son-nenbrille«, schnaubt Gwenyth.

Dann schweigen sie alle und sehen für einen Moment in die Ferne. Ich blinzele, weil ich fast das Gefühl habe, sie schwärmen für diesen Mann. Dann schütteln alle nacheinander den Kopf und sehen mich wieder an.

»Ich meine das nicht böse, Shae. Das weißt du«, sagt Bri ernst. »Aber ... so ein Kerl würde deine Unerfahrenheit brutal ausnutzen und dir am Ende schrecklich wehtun.«

»Ganz schnell würde er sie verletzen«, behauptet Robyn und sieht mich ebenfalls sehr ernst an. »Was er von dir erwarten würde, wäre dir extrem unangenehm, musst du wissen. Er ... Ich meine ... solche Kerle, die haben sehr abartige Vorstellun-gen davon, was eine Frau so alles *mitmachen* sollte.«

»Sie meint das sexuell, Shae«, klärt Gwen mich ebenfalls sehr ernsthaft auf. Auch wenn ich mir das gedacht habe und die Info nicht wirklich brauchte. »Solche Kerle haben sehr ... perverse Gelüste.«

Ich erschauere unwillkürlich und für einen Moment habe ich den Eindruck, dass ein zufriedener Ausdruck über ihre Mienen huscht. Aber das täuscht sicher. Sie meinen es gut mit mir. Das weiß ich.

Und ich werde auf sie hören, denn ich habe gar kein Inte-resse an so einem Mann. Selbst wenn ... sich meine Fantasie verselbstständigen will, wenn ich ihnen so zuhöre. Selbst wenn das, was ich mir vorzustellen beginne, bevor ich es ganz schnell verdränge, keinen Abscheu in mir erzeugt, sondern vielmehr ... ein heißes Kribbeln.

Aber was weiß ich schon? Wenn ich an Perversionen denke, dann sind das meine ganz bestimmten, persönlichen Fantasien. Nie käme ich auf die Idee, jemandem davon zu erzählen. Ge-schweige denn, solche Dinge wirklich in der Realität auszupro-bieren. Nachts, im Dunkeln, unter meiner Bettdecke in der

Sicherheit meines Schlafzimmers mag ich abenteuerlustig sein. Aber auch wirklich nur da. Solche Sachen mit einem Mann zu machen ... Oder zuzulassen, dass ein Mann sie mir *antut* ... Nein, niemals! Das wäre nicht nur zum Sterben peinlich, sondern auch ganz einfach undenkbar. So tief ziehe ich niemanden ins Vertrauen. Nicht einmal meine drei Freundinnen.

»Außerdem hast du es ja ohnehin schon schwer genug mit den Männern«, greift Bryleigh wieder den Faden auf. »Deine ganzen Arbeitskollegen ... Also, was du mir da erzählt hast, finde ich schon ziemlich schockierend.«

»Ach?«, meldet sich Gwen sofort zu Wort. »Du hast Probleme auf der Arbeit? Mit Männern?«

»Na ja«, seufze ich und runzele die Stirn. »Probleme ... Ich will euch nicht langweilen. Es geht schon.«

»Dafür sind Freundinnen doch da, Dummerchen«, tadelt mich Robyn und wirft den anderen beiden einen seltsamen Blick zu. »Du hast uns so viel geholfen. Wir schulden dir zu allermindest ein offenes Ohr. Vielleicht fällt uns ja sogar eine Lösung ein?«

Ich zögere mit meiner Antwort, weil ich diesen Blickwechsel erst einmal verdauen muss. Nicht zum ersten Mal erlebe ich das mit ihnen. Gelegentlich scheinen sie sich untereinander über etwas zu verständigen und tief in mir schrillen Alarmglocken. Irgendwie sträubt sich dann etwas und der Gedanke, dass sie nicht mein Wohl m Sinn haben, will aufkommen.

Das ist jedoch völliger Unsinn! Wenn jemand mein Vertrauen verdient, dann diese Frauen. Wieder und wieder haben sie mich vor Schaden und Leid bewahrt. Sei es, dass sie sich schützend zwischen mich und diverse Gemeinheiten stellten, oder dass sie mir von Freundschaften oder Kontakten zu Männern und einigen Frauen abrieten, weil sie mich verletzen könnten.

Sie hatten recht. Ein ums andere Mal habe ich im Nachhinein gesehen, was ich nicht sofort erkannte. Manchmal hat eine von ihnen es auf sich genommen, einen der Männer, die es doch mal unbeirrbar auf mich abgesehen hatten, für sich zu gewinnen. Und immer endete es hässlich. Ich habe alle Beweise, die ich brauche, um ihnen zu vertrauen. Und sie haben die Erfahrungen, die mir fehlen. Und die starken Persönlichkeiten, um mit Situationen umzugehen, die mich überfordern.

Ja, ich möchte gerne wissen, wie sie mit dem umgehen würden, was ich tagein, tagaus auf der Arbeit erlebe. Außerdem möchte ich mich auch mal so richtig auskotzen! Denn so sehr ich meinen Job inhaltlich mag, so sehr stinkt mir, was ich mit meinen Kollegen erlebe. Nur weiß ich nicht, wie ich etwas daran ändern soll ...

Fünftes Kapitel

Derrick

Meine Rückkehr auf die Party fällt fast niemandem auf. Die Aufregung nach der kurzen Drama-Einlage hat sich gelegt. Coras Rückkehr vor mir und eine gewisse, allgemeine Neugier auf die ungewöhnliche Fremde im Zentrum des Saals sind die einzigen Dinge von Interesse, die vereinzelt noch jemanden von den eigenen Gesprächen abhalten mögen. Ich bleibe unbemerkt.

Was mir nur recht sein kann. Denn ich bin selbst neugierig. Und dem kann ich am besten nachgehen, wenn mich niemand beachtet.

Nicht, dass es mich stören würde, wenn irgendwer mitbekommt, wofür ich mich interessiere. Aber Aufmerksamkeit verändert die Atmosphäre und zu viel davon kann störend wirken. Stattdessen kann ich so, wie es ist, ungehindert in Augenschein nehmen, was sich da entspinnt. Es wirft noch mehr Fragen auf, ohne sonderlich viele Antworten zu bieten.

Eines ist sicher: Diese Shae sticht aus der Gästeschar hervor. Und nicht in einer Weise, die jemand außer mir als positiv bewerten würde. Schon auf den ersten Blick habe ich wahrgenommen, dass die legere Kleidung – Jeans und ein einfaches Oberteil ohne besondere Raffinesse – von der Stange stammt. Oder vielmehr sogar aus dem Regal, denn von der Stange wäre ja noch eine abgespeckte Form von maßgeschneidert.

Ich bin mir sicher, dass die modebesessenen Spürnasen unter den Gästen das erkennen. Einige andere könnten die Sachen für Designerware halten, denn eines muss man festhalten: Sie stehen Shae wirklich ausgezeichnet. Wenn etwas eine Discounter-Jeans und ein Oberteil aus einem Schlussverkauf zu sehenswerter Garderobe aufwerten kann, dann ein Körper wie ihrer. Sie füllt die Hose wirklich optimal aus und bietet von hinten einen rattenscharfen Anblick. Ein verdammt praller Arsch, der nur so dazu einlädt, fest zuzuschlagen und das Fleisch zum Beben zu bringen, während man zusieht, wie es sich rötet ...

Okay, dazu müsste die Hose fallen. Aber das ist schließlich die logische Konsequenz meiner Betrachtung. Was bringt es, eine scharfe Frau zu mustern, wenn man sich nicht vorstellt, wie sie nackt aussieht?

Das ist allerdings eine ziemliche Fantasievorstellung. Denn jetzt gerade steht sie mit den drei größten Schlangen in weitem Umkreis zusammen und unterhält sich sehr angeregt. Worüber, das kann ich nur vermuten. Ich habe jedoch so eine Ahnung, dass mein Name zumindest ein paar Mal fällt.

Ich tue etwas, was ich nicht oft für nötig erachte – ich halte mich dezent im Hintergrund. Es ist eine Fähigkeit, die mir kaum jemand zutraut. Sie ist sehr nützlich. So kann ich den gelegentlichen Blicken der drei Ypsilons gut entgehen, die sie über die Menge schweifen lassen, um den Überblick zu behalten.

Shae scheint davon nichts mitzubekommen. Sie ist immer voll und ganz auf ihre Gesprächspartnerin konzentriert. Nur, wenn alle anderen miteinander sprechen, irrt ihre

Aufmerksamkeit mal ab. Aber wenn das geschieht, sieht sie sich nicht so sehr um, wie sie eher gedankenverloren ins Leere starrt. Ich kann diese Frau nicht einsortieren. Und das ... fuchst mich! Ich begreife nicht, wie sie in diese Runde passt. Ein Mädchen von der Straße – zumindest, soweit es diese Gesellschaft hier betrifft. Sie muss nicht arm sein, um für diese Leute zum Abschaum zu gehören. Reich ist sie ziemlich sicher nicht. Was wiederum eine der Voraussetzungen darstellt, hier ›dazuzugehören‹.

Vor allem irritiert mich, was sie mit den drei anderen verbindet. Keine von denen ist dafür bekannt, irgendwelche Freundschaften zu pflegen. Sie sind eine sehr verschlossene Gruppe und wenn sie jemanden näher heranlassen, dann mit gutem Grund. Handelt es sich um einen Mann, könnte es sein, dass sie sich amüsieren wollen. So oder so sollte man am besten das Weite suchen, wenn man von diesen Weibern ins Visier genommen wird. Denn was auch immer sie wollen, es wird nicht billig. Und sie schrecken vor nicht vielen Mitteln zurück, um es zu bekommen.

Im Gegensatz dazu wirkt diese Shae wie ... eine Maus. Ein süßes, kleines Nagetierchen, das keinen blassen Schimmer zu haben scheint, in welcher Gefahr es schwebt. Was aus irgendeinem, mir noch nicht ersichtlichen Grund eine *richtige* Annahme zu sein scheint.

Wobei ... Da ist dieser Augenblick, wo die drei sich verstohlen ansehen. Das ist eher, was ich von ihnen erwarte. Für jemanden, der schon mit ihnen zu tun hatte und sich nicht von ihrer oberflächlichen Attraktivität blenden lässt, ist es ein klares Zeichen von Hintergedanken. Entweder hecken sie etwas aus oder sie haben vor ihrer sogenannten Freundin etwas zu verbergen.

Was mich mehr als alles andere verwundert, ist, dass Shae diesen stummen Austausch bemerkt. Sie denkt offenbar sogar über dessen Bedeutung nach. Doch dann ... entspannt sie sich wieder und alle Wachsamkeit oder Nachdenklichkeit verlässt ihre Miene, ohne dass jemals Misstrauen daraus wird.

Ein Teil von mir ist von dieser offensichtlichen Unfähigkeit, eine so offensichtliche Gefahr zu erkennen, schon fast abgestoßen. Aber hauptsächlich bin ich immer faszinierter. Diese Frau ist entweder unendlich naiv oder sehr dumm. Was ich nicht glaube, denn so kam sie bei ihrem kurzen Schlagabtausch mit Cora nicht rüber. Vielleicht ist sie Autistin? Aber auch das passt nicht so richtig. Wobei ich dafür ganz bestimmt kein Experte bin. Das Rätsel wird jedenfalls immer mysteriöser, je länger ich sie beobachte. Und der Wunsch, ihr Gesicht zu sehen, wie es sich vor Lust verzieht und völlig jede Beherrschung vergisst, lässt dabei nicht nach.

Komisch. Normalerweise habe ich eine entschiedene Abneigung gegen Landeier und Dummerchen. An ihr ist irgendetwas, was mich triggert.

Ich lehne mich zurück und denke für einen Moment ganz scharf darüber nach, ob ich dem wirklich auf den Grund gehen will. Ich bin hier, um Cora zu ärgern. Was bereits geklappt hat. Zwar habe ich sie nicht bloßgestellt, aber für mich sind die Dinge zwischen ihr und mir nun geklärt. Und für sie mag das auch gelten. Selbst wenn sie völlig missversteht und falsch auffasst, was heute geschehen ist.

Ich könnte nach Hause gehen. Das wäre auf lange Sicht wahrscheinlich viel klüger, als mich in irgendwelche Angelegenheiten auch nur einer dieser drei Bitches einzumischen. Aber es wäre auch ... langweilig. Und würde mich im Unklaren lassen, was es mit der Maus auf sich hat.

Die Alternative ist, dass ich mich der Gruppe annähere und versuche, etwas aufzuschnappen. Was mir nicht unbemerkt gelingen wird. Womit ich in den Fokus der Aufmerksamkeit rücken könnte.

Das klingt nach einer Herausforderung. Das Risiko scheue ich nicht. Dass ich mir keinen Ausgang vorstellen kann, der mir irgendwelchen Gewinn bringt, ist auch kein Gegenargument.

Ich tue andauernd Dinge, weil ich sie tun will. Und dieser Kleinen auf den Zahn fühlen, will ich zu gerne. Noch ein paar andere Dinge würde ich auch gerne bei ihr erfühlen. Ob sich dazu eine Gelegenheit ergibt und ob ich die dann tatsächlich nutze, muss ich jetzt noch nicht entscheiden. Einmal zu einem Beschluss gelangt, schaltet mein Hirn in einen neuen Modus. Jetzt gilt es, die Frage zu beantworten, wie ich am besten in Hörweite gelange und dabei möglichst wenig auffalle. Oder wie ich Aufmerksamkeit auf eine Weise errege, die mir einen Weg in diesen Kreis der vier Frauen eröffnet.

Letzteres kann ich sofort als unwahrscheinlich abtun. Was auch immer sie bereden, sie werden es als Weiberkram betrachten. Privatangelegenheit. Gesprächspartner unerwünscht. Vor allem solche, die keine zwei X-Chromosomen haben. Darauf verwette ich meinen Arsch.

Ein Lauschangriff ist allerdings ebenso schwierig. Sie stehen mitten im Raum, weil das die Position ist, die Bryleigh auf solchen Partys immer bezieht. Vor allem in ihrem eigenen Elternhaus. Es gibt keine Möglichkeit, sich anzuschleichen und ...

Ich muss mir ein zufriedenes Grinsen verkneifen, als sich die ganze Gruppe in Richtung Garten in Bewegung setzt. Wie auf Kommando. Das werte ich als Zeichen des Universums, dass meine Neugier einem höheren Zweck dient. Oder auch einfach als Glück. Da bin ich flexibel.

Ja, der Garten ist mir recht. Da gibt es eine Menge Möglichkeiten, sich diskret anzunähern. Umso mehr, wenn sie etwas Abstand zu den anderen Partygästen suchen.

Dem Rätsel gibt das nur noch mehr Substanz. Bryleigh Edmonton, Erbin eines der reichsten Männer der Stadt, verlässt den Mittelpunkt der Party? Undenkbar! Was auch immer dahintersteckt, es muss ›der kochend heiße Tee‹ sein. Wäre ich ein Klatschreporter, würde ich jetzt die Story des Jahrhunderts wittern.

Aber ich bin nur ein Mistkerl, der einer süßen, kleinen Maus nachstellt, weil sie ihn auf eine Weise reizt, die er noch nicht ganz versteht. Und der dafür das Risiko eingeht, auch die mörderischsten Raubkatzen der High Society zu verärgern.

Oder – in anderen Worten – ein ziemlicher Idiot …

Sechstes Kapitel

Shae

Tief atme ich die frische Luft ein, als wir ins Freie treten. Nicht, dass es drinnen stickig wäre, aber irgendetwas an der Atmosphäre dort ist bedrückend. Hier draußen fühle ich mich gleich etwas besser. Und auch … etwas weniger beobachtet. Was es leichter macht, über die Dinge zu sprechen, die mich bedrücken.

»Ich will mich ja gar nicht beklagen«, schicke ich voraus. »Die Bezahlung ist fantastisch und die Arbeit ist genau das, was ich schon immer machen wollte. Außerdem gibt es mir das Gefühl, Teil von etwas Großem zu sein. Ich habe wirklich riesiges Glück gehabt, den Job zu bekommen.«

Meine Freundinnen gehen schweigend neben mir her durch etwas, was man nur als einen Park bezeichnen kann. Bri führt, denn sie wohnt zwar nicht mehr hier, aber es ist ihr Elternhaus. Und das macht mich in diesem Moment etwas neidisch, denn so einen ›Garten‹ hätte ich auch gerne gehabt, um darin aufzuwachsen.

Oder … vielleicht auch nicht? Immerhin muss es ein Vermögen kosten, all die Büsche und Hecken und das Gras und alles hier in so perfektem Zustand zu halten. Es ist wirklich schön anzuschauen, aber dafür die Verantwortung zu tragen, dass es so bleibt, erscheint mir wie ein Vollzeitjob. Für ein ganzes Team von Leuten.

»Ich wünschte einfach, ich wäre etwas durchsetzungsfähiger«, fahre ich fort. »Überhaupt selbstbewusster. So wie ihr.«

»Ach was«, winkt Robyn ab. »Du bist perfekt, so wie du bist. Wir mögen dich genau so.«

Ich lächele, wenn auch nur kurz. Es ist schön akzeptiert zu werden. Aber ich bin nicht so blind, dass ich meine Schwächen nicht erkennen würde. Und wie sie sich auf mein Berufsleben auswirken.

»Wenn es nur so einfach wäre«, seufze ich. »Aber so, wie ich bin, gehe ich jeden Tag ein wenig durch die Hölle.«

»Was ist denn so schlimm an deinem Job?«, erkundigt sich Gwen. »Du machst doch genau das, was du dir immer gewünscht hast. Diesen ... Mathekram. Und Computer und so ...«

Jetzt muss ich wirklich lächeln. Das ist typisch für sie und im Grunde alle drei. Wir waren zwar auf derselben Uni, aber wir hatten nur wenige Kurse zusammen. Im Grunde nur das, was mit Wirtschaft zu tun hatte, denn mein Hauptstudium habe ich in Mathematik absolviert. Meine drei Freundinnen haben Betriebswirtschaft studiert.

Selbst in dieser Hinsicht könnten wir unterschiedlicher nicht sein. Meine Welt sind Zahlen. Ich arbeite in der kryptografischen Forschung. Betriebswirtschaft habe ich überhaupt nur mit reingenommen, weil Bri mich dazu gedrängt hat. Und weil es ... *einfach* war, habe ich eben meinen Bachelor darin gemacht.

Für Bri, Robyn und Gwen war selbst das keine leichte Aufgabe. Aber ihre Eltern bestanden darauf. Und mit meiner Hilfe haben wir es alle durchs Studium geschafft. Dafür haben sie auf mich aufgepasst und mich davor bewahrt, außerhalb der Vorlesungen in Schwierigkeiten zu geraten. Für mich war das definitiv

wertvoller, als die paar Stunden am Tag, die ich neben meinen Studien auch mit ihrem Kram verbringen musste.

Ich erwarte nicht und verstehe vollkommen, dass Gwen nicht einmal genau benennen kann, was ich eigentlich mache. Das ist nicht ihre Welt. Mir würde es genau so gehen, wenn sie von ihren gesellschaftlichen Auftritten und all den verwirrenden, sozialen Verwicklungen anfinge, die ihr Leben bestimmen, nehme ich an.

»Wie gesagt, der Job selbst ist toll«, erkläre ich ihr. »Nur mit meinen Kollegen habe ich es schwer. Und auch mit meinem Boss ...«

»Ah, okay«, erwidert sie. »Das klingt nach einer Sache, die ich eher verstehe. Was stimmt denn mit denen nicht?«

»Ganz ehrlich? Ich weiß es nicht«, stöhne ich. »Es ist, als würden sie nichts wollen, was von mir kommt. Egal, was ich tue, sie haben immer etwas daran auszusetzen. Jedes Ergebnis prüfen sie nach. Und dabei machen sie immer wieder Bemerkungen dazu, dass man bei mir alles doppelt und dreifach kontrollieren muss. Aber ich mache definitiv nicht mehr Fehler als jeder andere. Sie weigern sich nur, das zu akzeptieren. Egal, wie oft sie den Beweis direkt vor der Nase haben.«

»Machst du denn Fehler?«, will Bri wissen.

»Jeder macht Fehler«, schnaube ich. »Das ist menschlich. Und wir entwickeln neue Verschlüsselungsmethoden. Da kommt es auf jeden einzelnen Buchstaben an. Ein einziger Vertipper kann alles zum Stillstand bringen.«

»Ah, siehst du«, antwortet sie. »Dann ist es vielleicht normal, dass sie so kritisch sind? Wenn dir das zu viel ist ...«

»Nein, das ist es nicht«, begehre ich auf. »Fehler passieren. Deswegen wird alles von mehreren Leuten überprüft. Das ist ein ganz normaler Arbeitsablauf. Nur bei mir tun alle so, als müsse man noch einmal doppelt oder dreifach so viel kontrollieren. Selbst wenn am Ende die Fehlerquote so niedrig ist, wie bei jedem anderen. Ganz ehrlich ... Manchmal versuchen sie sogar, mir Fehler unterzuschieben, die ich hundertprozentig nicht gemacht habe. Als würden sie versuchen, mich absichtlich schlecht aussehen zu lassen.«

»Und wenn du diese Fehler doch machst und es nur nicht bemerkst?«, beharrt sie.

Ich runzle die Stirn und bemühe mich, den aufkommenden Ärger zurückzudrängen. Ich weiß, sie meint es nicht böse. Sie versteht meine Arbeit nicht, also kann sie nicht wissen, wieso ich sicher sagen kann, dass ich nicht überdurchschnittlich viele Fehler mache. Ich, auf der anderen Seite ...

Es liegt mir fern, das auszusprechen. Doch ich weiß, dass ich sogar weniger Fehler mache, als viele meiner Kollegen. Teils, weil ich sorgfältiger arbeite. Teils auch, weil das einfach mein Ding ist. Nichts liegt mir so sehr, wie diese Tätigkeit, die rein auf Logik, Mathematik und Präzision beruht. Ich *kann* das. Ich bin wirklich *gut* darin.

»Glaub mir, Bri«, bitte ich sie als meine Freundin,»das ist es nicht. Diese Typen ... Ich glaube, sie mögen es nicht, dass ich eine Frau bin. Schau, ich bin die einzige im Team. In der gesamten Abteilung gibt es nur Männer. Und sie machen immer wieder Bemerkungen darüber, dass ich ihnen mal einen Kaffee kochen könnte oder Dinge in der Art. Sie tun immer so, als würden sie scherzen, aber ...«

Als ich ins Stocken komme, fordert mich schließlich Robyn mit einer Geste auf, weiterzureden.

»I-ich bin mir ziemlich sicher, dass sie mir auch auf den Hintern starren«, stoße ich aus. »Und auf die Brüste. Wann immer sich eine Gelegenheit dazu bietet.«

Ich spüre, wie warm mir von dieser Andeutung im Gesicht wird. Es klingt so abwegig und lächerlich. Ausgerechnet ich ziehe die Blicke dutzender Männer auf mich? Bilde ich mir das nicht nur ein?

Gwenyth und Robyn lachen leise auf. Ich kann ihre Blicke nicht so richtig deuten. Lachen sie über meine Annahme oder über die Sache? Aus der Wärme in meinen Wangen wird Hitze.

»Du denkst, sie lehnen dich ab, weil du eine Frau bist?«, hakt Bryleigh nach und zieht eine Augenbraue hoch. »Das … ist aber ein ziemlich harter Vorwurf. Hast du darüber schon mit jemandem gesprochen?«

Ich schüttele sofort den Kopf. »Ich will keine voreiligen Schlüsse ziehen«, versichere ich sofort. »Ich weiß, dass so ein Vorwurf ziemlichen Wirbel auslösen kann. Ich will niemandem die Karriere versauen oder so. Ich dachte, ihr könntet mir vielleicht helfen, das besser einzuschätzen, bevor ich …«

»Ja, nein, mach bloß keinen Wirbel darum, Shae«, warnt mich Robyn sofort. »Wenn du solche Vorwürfe ohne absolut handfeste Beweise erhebst. Gott, das fällt ganz böse auf dich zurück! Solche Anschuldigungen werden heutzutage extrem ernst genommen, musst du wissen. Und wenn eine Überprüfung dann nichts erbringt, dann …«

»Dann fällt es auf diejenige zurück, die sich beschwert hat«, beendet Bri den Satz mit sehr ernster Stimme. Sie sieht mich durchdringend an. »Kannst du belegen, dass man versucht, dich zu sabotieren? Oder dass jemand sich dir gegenüber unangemessen verhält? Oder könnte es vielleicht sein, dass du deine Fähigkeiten manchmal etwas überschätzt und ein paar etwas gröbere Späße als Sexismus missverstehst? Männer sind bei sowas ja etwas derber und noch unbeholfener, als du es manchmal bist.«

Mir bleibt für einen Augenblick die Spucke weg und ich reiße die Augen auf. »Ich bin mir ziemlich sicher, dass ich weiß, was ich richtig mache und was nicht«, versetze ich ziemlich scharf und schäme mich sofort dafür.

»Keiner sagt, dass du es nicht kannst, Shae«, beschwichtigt mich Gwen und tätschelt meine Schulter.

Sie ergreift meine Hand und zieht mich zu einem Pavillon mit Sitzgelegenheiten. Ich lasse mich auf eine der Bänke drücken und spüre, wie ich vor unterdrückter Frustration bebe. Aber ich kann und darf meine Wut nicht an meinen Freundinnen auslassen. Sie … wollen nur mein Bestes. Wenn sie mich

auffordern, noch einmal genau einen Blick auf mich selbst zu werfen, dann sollte ich das dringend tun.

»Ich ... weiß nicht, ob ich die Späße vielleicht missverstehe«, räume ich schweren Herzens ein. Alles in mir sträubt sich dagegen. Ich mag naiv und unerfahren sein, aber doch nicht völlig verblödet! Ich würde ja gar nichts sagen, wenn es mal hier und da eine einzelne Bemerkung wäre. Aber jeden Tag und mehrfach?! Und was ist mit den Blicken? Bilde ich mir die auch nur ein?

»Dann musst du höllisch aufpassen, was für Vorwürfe du erhebst, Shae«, warnt mich Robyn sehr eindringlich. »Sonst riskierst du deine Karriere, für die du so hart gearbeitet hast.«

»Aber ... Ich weiß nicht, wie lange ich das noch aushalte«, presse ich hervor und hasse, dass ich Tränen zurückhalten muss. »Es ist so frustrierend. Ich tue, was ich kann, aber es reicht nie aus. Ich *liebe*, was ich da tue! Aber ich komme einfach nicht mit meinen Kollegen zurecht! Ich denke, sie wären froh, wenn ich dort nicht mehr arbeiten würde. Genau das vermitteln sie mir jedenfalls jeden Tag!«

»Das muss schwer sein, so nur unter Männern«, sagt Bri einfühlsam und Gwen streichelt weiter meine Hand. »Das kann ich gut verstehen.«

»Ich auch«, bestätigt Robyn. »Ich könnte das nicht. Ich gestehe mir aber auch ein, dass es Dinge gibt, die Männer einfach ... besser können.«

Ich reiße den Kopf hoch und starre sie ungläubig an. Sie hebt beschwichtigend die Hände, aber ich muss zu meiner Schande gestehen, dass ich einen sehr wütenden Blick auf sie abschieße.

»Hey, ich sage es nur, wie es ist«, verteidigt sie sich. »Du sagst es doch selbst: Es ist hart. Männer untereinander sind anstrengend und ruppig und all das. Es ist viel leichter, in gemischten Teams oder mit Frauen zu arbeiten.«

»Vor allem, wenn man das Sagen hat«, stimmt Gwen direkt zu. »Das macht einiges leichter.«

»Aber das möchte Shae nicht«, hält Bri dagegen, bevor ich etwas erwidern kann. »Sie könnte sofort eine Führungsposition haben.« Sie wendet sich mir zu. »Das … weißt du, Süße, nicht wahr? Du musst dich dem nicht aussetzen. Ich würde dir zu gern eine Stelle als meine Assistentin anbieten. Und ich sage das nicht nur als Freundin. Ich weiß, wie gut du bist. Ich könnte jemanden mit deinen Fähigkeiten sehr gut gebrauchen. Und ich würde auf dein Gehalt sogar noch was drauflegen …«

Ich schüttele den Kopf, bevor sie auch nur zu Ende gesprochen hat. Vor einer Weile hat sie mich schon einmal kontaktiert, um mir einen sehr ähnlichen Vorschlag zu machen. Ich bin ihr dankbar, aber …

»Ich weiß das wirklich zu schätzen, Bri«, seufze ich. »Aber das ist kein Leben für mich. Betriebswirtschaft ist … nicht mein Ding.«

»Das Angebot steht, falls du es dir anders überlegst«, versichert sie mir. »Oder falls du nicht mehr die Kraft hast, es auf deiner jetzigen Stelle auszuhalten. Meine Tür steht die offen. Du musst es nur sagen.«

»Danke. Ich bin froh, Freundinnen wie euch zu haben. Ehrlich.«

Ich will noch mehr dazu sagen, aber in dem Moment richtet sich Bri auf und sieht die anderen beiden an. Wieder entgeht mir etwas, was zwischen ihnen ausgetauscht wird. Doch ich erhalte schnell eine Erklärung.

»Wir müssen uns wieder auf der Party blicken lassen, Shae«, lässt sie mich wissen. »Warum bleibst du nicht noch einen Moment hier und trocknest dir die Augen, bevor du zu uns zurückkehrst, hm?«

Ich öffne den Mund, aber ich bin so sprachlos, dass ich ihn auch gleich wieder zuklappe. Stattdessen nicke ich nur. Und sehe zu, wie sie sich auf den Weg machen, ohne auch nur noch mal einen Blick zurückzuwerfen.

Ich muss ehrlich sagen, das … tut weh! Von einem Moment auf den anderen lassen sie mich allein hier zurück. Und das,

nachdem mir gerade die Ausweglosigkeit meiner Arbeitssituation erst so richtig bewusst geworden ist. Vor allen Dingen weil es der Job ist, den ich schon immer machen wollte! Ich hatte die Hoffnung, meine Freundinnen wüssten einen Rat. Immer haben sie mir beigestanden, wenn mir Gemeinheiten drohten. Ich weiß, dass ich auch auf der Highschool ein wesentlich angenehmeres Leben gehabt hätte, wären sie dort gewesen. Irgendwie ... fühle ich mich im Stich gelassen. Auch wenn ich mir eingestehen muss, dass sie nicht ewig meine Kämpfe für mich austragen können.

Aber so plötzlich und irgendwie kalt zurückgelassen zu werden? Ja, das verletzt mich. Oder ... liegt es einfach nur daran, dass es mir umso deutlicher vor Augen führt, in welcher Lage ich stecke?

Gott, haben sie recht? Bin ich doch nicht für meinen Job geschaffen? Bin ich dem einfach nicht gewachsen? Überschätze ich womöglich sogar meine Fachkompetenz, so wie ich offenbar die Scherze meiner Arbeitskollegen missverstehe?

Ich ... weiß es einfach nicht, verdammt!

Ich weiß gerade gar nichts mehr!

Ich würde am liebsten einfach nur noch heulen ...

Siebtes Kapitel

Derrick

Ich habe eine ganz private Arschloch-Skala, auf der ich Menschen einsortiere. Sie ist theoretisch nach oben offen. Da es mir allerdings zu viel Arbeit ist, historische Riesenarschlöcher genau einzusortieren, gruppiere ich die alle unter ›11+‹. Was neben den üblichen Verdächtigen, die man dort erwartet, auch solche Namen wie Mengele, den Nazi-Monster-Arzt, oder Kissinger, den ehemaligen US-Außenminister umfasst.

Es ist eine Einstufung, die ausgesuchten Bastarden vorbehalten bleibt. Menschen, die über jedes normalmenschliche Maß hinaus absoluter Abschaum sind und deren Abtreibung der Welt eine Menge Leid erspart hätte. Bislang hat es keine Person, die ich persönlich getroffen habe, auf diese Stufe gebracht.

Aber für Bryleigh und ihre beiden Gesinnungsgenossinnen muss ich eventuell eine Ausnahme machen …!

Ich bin tatsächlich sprachlos, nachdem sie abgezogen sind. Während die Kleine ihr Gesicht in ihren Händen vergräbt und mit zuckenden Schultern lautlos Tränen vergießt, stehe ich hinter den Büschen und versuche zu begreifen, was ich da gerade belauscht habe.

Ich bin definitiv ein ziemlicher Mistkerl. Auf meiner eigenen Skala komme ich regelmäßig in die Nähe einer soliden Neun. Ich habe schon oft die falschen Annahmen von Frauen, was meine Absichten und meinen Charakter angeht so lange nicht korrigiert, bis ich hatte, was ich wollte. Und ich belüge mögliche Geschäftspartner ohne einen Hauch von schlechtem Gewissen, wenn es meinen Zwecken dient.

Ich bin kein guter Mensch. Aus keinem Blickwinkel, auf keine Weise und ohne mildernde Umstände, die ich selbst anerkennen würde. Aber das da gerade ...? Heilige Scheiße!

Würde ich an Hölle und Himmel glauben, dann müsste in Ersterer ein ganz besonderer Platz für jemanden wie Bri Edmonton reserviert sein. So einen finsteren Fall von manipulativem Gaslighting habe ich noch nicht live mitangesehen. Verdammt, nicht mal in einem Film oder Buch habe ich so etwas auch nur als Fiktion jemals präsentiert bekommen. Das war ... außergewöhnlich abstoßend und ausgesucht widerwärtig!

Was ich nicht begreife, ist, *warum* sie das getan hat. Ich verstehe die ganze Beziehung zwischen ihr und ihren Freundinnen und dieser Shae nicht. Es ist schmerzhaft offensichtlich, dass die ganze Sache von einem manipulativen Hintergedanken gelenkt war. Für jeden, außer dem Opfer, jedenfalls. Aber was das stinkreiche Miststück damit bezweckt, bleibt rätselhaft.

Was will sie von der Kleinen? Ist das irgendein Racheakt? Soll es zu einer öffentlich zutiefst beschämenden Bloßstellung führen? Ist es ein Meisterstück für die offizielle Ausbildung im Bullying? Oder steckt doch ein Zweck dahinter, der auf irgendeine noch so verdrehte Weise einen Sinn ergibt?

Ich kann nicht anders, als zu rekapitulieren, was ich weiß. Auch wenn das nicht viel ist. Das Mysterium ist einfach zu faszinierend.

Also, da sind die drei Schlangen. Reiche Erbinnen. Einzelkinder. Die archetypischen, verwöhnten Prinzessinnen.

Moralvorstellungen oder Skrupel – Fehlanzeige. Aber ihre Daddys haben sie gezwungen, zumindest Betriebswirtschaft zu studieren, damit am Ende vielleicht der Hauch eines Ansatzes der minimalen Chance besteht, dass die Firmenimperien nicht im Moment der Übergabe an die Erbinnen augenblicklich in Rauch aufgehen.

Diese drei Grazien denken nur an sich selbst. Das weiß ich mit absoluter Gewissheit. Sie haben keine Freundinnen, außer einander. Und das auch nur, weil sie andernfalls bis aufs Blut verfeindet sein müssten. Was einen ungewissen Ausgang hätte, auch wenn ich mein Geld sofort auf Bryleigh setzen würde.

Alle anderen Menschen um sie herum sind Mittel zum Zweck, Spielzeuge und natürlich – vor allem – Opfer. Spielt jemand nicht so mit, wie eine von ihnen es will, kann das leicht Karriere, Ansehen und – in einigen dramatischen Fällen – sogar das Leben kosten. Auch wenn man darüber diskutieren darf, wer die Verantwortung für einen Selbstmord trägt. Das ist ein anderes Thema.

Auf der anderen Seite haben wir Shae. Mädchen aus eher einfachen Verhältnissen, schätze ich. Scheinbar ziemlich gut in Mathematik? Sie hat einen Job, der mit Kryptografie zu tun hat. Verschlüsselung. In einem offenbar größeren Unternehmen und vielleicht gut bezahlt. Was mir ziemlich genau sagt, wo sie angestellt ist. Und das wiederum verrät mir, dass sie eine Menge auf dem Kasten haben muss. Denn die nehmen keine Luftpumpen.

Ich meine mitbekommen zu haben, dass die vier sich von der Uni kennen. Es war auch die Rede von Betriebswirtschaft. Hat Shae das zusammen mit den anderen studiert? Vor, während oder nach ihrem anderen Studium? Mein Gefühl sagt mir, dass es gleichzeitig war. Sie hat dieses gewisse Etwas eines Über-Nerds. Das würde auch ihre Unbeholfenheit im Umgang mit anderen Menschen erklären.

Aber ... kann jemand wirklich *so* naiv sein? Wieso glaubt und vertraut sie den Schlangen scheinbar blind? Selbst wenn sie –

was selten genug vorkam – mal aufbegehren wollte, war das schnell wieder abgestellt. Und dann ihre Bereitschaft, die gewaltige Portion unfassbar gequirlter Scheiße komplett auszulöffeln, die diese Bitches ihr serviert haben. Das haut mich beinahe um.

Am meisten beeindruckt mich allerdings der Abgang. Ich würde es fast lehrbuchhaftes Gaslighting nennen, wenn es nicht so ein unrealistisches Beispiel dafür wäre, jemanden erst zu verunsichern und alles infrage stellen zu lassen, bevor man ihn in seinem Elend alleinlässt. Es mag rein theoretisch plausibel sein, aber praktisch ist doch niemand so blöd ...!

Dann begreife ich. Nicht blöd sondern ... vertrauensselig. Die kleine Maus vertraut diesen Weibern. Blind!

Was auch wieder kaum einen Sinn ergeben will. Wie kann ihr entgangen sein, was für falsche Schlangen sie sind? Verdammte Scheiße, das passt alles nicht zusammen!

Mir ist klar, dass ich mich unter keinen Umständen hier einmischen sollte. Was auch immer Bri und ihre Spießgesellinnen vorhaben, es ist ihnen wichtig genug, um sich offenbar über Jahre hinweg bei jemandem lieb Kind zu machen. Jedem, der ihre noch völlig unklaren Pläne zu stören wagt, droht ihr gesamter, geballter Zorn. Und der ist nicht zu verachten.

Ich sollte mich aus dem Staub machen, bevor mein Arsch in diese Schusslinie gerät. Aber ... dann müsste ich das Rätsel ungelöst lassen und darauf hoffen, dass ich irgendwann zufällig über die Antwort stolpere, wenn welcher Plan auch immer auf die eine oder andere Weise seinen Verlauf genommen hat.

Ja, nein ... Nicht mit mir!

Und damit, dass die Kleine irgendwie niedlich ist und mich auf eine noch nicht ganz verständliche Weise reizt, hat das überhaupt nichts zu tun. Es geht hier rein um wissenschaftliche Neugier. In der Disziplin der Arschloch-Kunde, wo ich mir möglicherweise eingestehen muss, dass ich von Bryleigh Edmonton noch etwas lernen können mag.

Oder ich kann Bestätigung finden, dass sie mir eben doch nicht das Wasser reichen kann. Was mein bevorzugter Ausgang dieses Forschungsprojektes wäre ...

Achtes Kapitel

Shae

Der Versuch, mich zu beherrschen, scheitert schon im Ansatz daran, dass ich die Tränen nicht zurückhalten kann. Ich muss mir eingestehen, dass ich alle meine Hoffnungen darauf gesetzt habe, wieder meine Probleme von meinen Freundinnen lösen zu lassen. Wie schon so oft …

Immer und immer wieder haben sie mir aus der Patsche geholfen, wenn es um die zwischenmenschlichen Dinge ging, die mir so schwerfallen. Ob nun in Sachen Liebe und Beziehung oder im Umgang mit Leuten, die mir etwas Böses wollten oder mich eingeschüchtert haben – ich bin voll und ganz abhängig von anderen gewesen. Das rächt sich jetzt.

Dabei würde ich so gern auf die gleiche, beiläufige und zutiefst selbstbewusste Weise über solchen Dingen stehen, wie Bri es vormacht. Sie hat sicherlich noch nie irgendwo in der Abenddämmerung gesessen und bittere Tränen vergossen, weil ein paar Typen nicht nett zu ihr waren. Nein, sie würde es gar nicht erst so weit kommen lassen. Sie hätte den Blödmännern schon die Meinung gesagt und sie in ihre Schranken verwiesen, lange bevor es ihr zu viel wird.

Aber das ... kann ich einfach nicht! Ich bin nicht so cool und wortgewandt und selbstsicher wie sie. Ich bin mir gerade nicht einmal mehr sicher, ob ich meine Stellung in der Firma überhaupt wirklich verdiene, oder ob ich fälschlicherweise eingestellt wurde, weil man mich für viel qualifizierter hält, als ich in Wahrheit bin. Oder, was noch schlimmer wäre, weil man eine Frauenquote erfüllen musste.

Das ist es, was am meisten wehtut. Sonst habe ich immer Trost darin gefunden, dass ich zwar eine Niete im Umgang mit Menschen, aber verdammt gut in Mathe bin. Das war meine Gegenleistung für all die Hilfe, die ich von meinen Freundinnen erhielt. Ich habe ihnen alles vorgerechnet und durchgearbeitet, was sie brauchten. Ich habe nicht ein Betriebswirtschaftsstudium absolviert, sondern vier. Und das habe ich gerne gemacht. Aber vielleicht reicht es nicht für mehr?

Mein Job ist viel mehr als ein wenig Rechnerei. Es ist vielleicht nicht theoretische Mathematikwissenschaft, aber es ist auch nicht weit davon entfernt. Was, wenn ich wirklich so schlechte Arbeit leiste, wie meine Kollegen zu denken scheinen? Was, wenn sie nicht gemein zu mir sind und mich ausgrenzen wollen, sondern ... meine Leistungen – im Gegensatz zu mir – realistisch bewerten?

Ich beiße fest die Zähne zusammen, denn bei dieser Vorstellung wollen sich ganze Sturzbäche aus meinen Augen ergießen. Ich *habe* sonst *nichts*! In der Kryptografie habe ich mich auf Anhieb sehr wohl gefühlt. Es war, als wäre das mein Schicksal. Wenn ich das in Wahrheit gar nicht richtig kann, dann ...

»Was würden wohl deine fiesen Arbeitskollegen sagen, wenn sie dich jetzt so sehen könnten?«, reißt mich eine tiefe Stimme aus meiner anschwellenden Verzweiflung.

Vor Schreck beiße ich mir fast auf die Zunge, während ich heftig zusammenzucke und den Kopf hochreiße. Oh Gott, *er*!

Ich bringe kein Wort heraus, als ich diesen Derrick vor mir entdecke. Er lehnt mir gegenüber an einem der Stützpfeiler des Pavillons und hat die Hände in den Hosentaschen. Lässig und entspannt sieht er auf mich hinab. So wie es alle tun. Dabei ist seine Miene abfällig. Seinen Blick kann ich nicht ausmachen, weil er erneut – trotz der Dämmerung – diese dämliche Sonnenbrille trägt. Aber ich kann ihn mir vorstellen. Sicherlich ist er auch verächtlich.

Ich schlucke und will die Tränen in meinem Gesicht wegwischen, obwohl noch immer neue nachdrängen. Ich will mir keine Blöße geben, obwohl er mich doch schon in all meiner Jämmerlichkeit sieht. Ich …

Moment, woher weiß er, was ich für Probleme auf der Arbeit habe?

»Das würde sie sicher bestätigen, denkst du nicht auch?«, fährt er fort. »Schau sie dir an. Versucht, die Kleinmädchen-Karte auszuspielen. Weiber denken auch immer, sie würden irgendwas erreichen, wenn sie die Tränen fließen lassen. Typisch!«

Was er da sagt, das trifft mich viel härter, als ich jemals zugeben könnte. Er trifft den Ton viel zu gut. Denken sie so von mir, wenn ich merke, dass mir vor Frust die Tränen kommen wollen? Ist es das, was sie mir bisher noch nicht direkt ins Gesicht gesagt haben, was aber durch ihre Köpfe spukt?

Dann trifft er den Ton sogar exakt mit diesem beinahe gezischten, harten ›Typisch!‹ Das habe ich schon ein paar Mal gehört. Nicht direkt, sondern mehr hinter meinem Rücken. Es fühlt sich an wie ein Peitschenschlag. Oder jedenfalls so, wie ich mir den vorstelle …

»Statt ihre Arbeit vernünftig zu erledigen, macht sie allen das Leben schwer, weil wir hinter ihr herräumen müssen«, macht er weiter zu punktgenau nach, wie meine Kollegen über mich sprechen mögen. »Aber wir müssen ja inklusiver sein und eine Frau muss eingestellt werden. Ob die qualifiziert ist oder nicht – egal.«

»Ich *bin* qualifiziert!«, begehre ich auf.

»Und warum flennst du dann?«, fragt er hart.

»I-ich ...«, setze ich stammelnd an.

»Äh-äh-äh«, äfft er es höhnisch nach. »Typisch Weiber! Wenn sie keine Argumente haben, dann müssen verletzte Gefühle reichen. Und wenn man nichts zu sagen weiß, dann stammelt man sich eben einfach einen Vorwurf zurecht.«

»Kannst du mal damit aufhören!?«, platzt es aus mir heraus. »Was geht dich das alles überhaupt an? Was weißt du schon?«

»Ich weiß, dass du deinen Kollegen zur Last fällst und sogar deine lieben, tollen Freundinnen finden, dass du es nicht drauf hast«, bohrt er den Finger so genau in die Wunde, dass ich keuchend zurückschrecke. »Und ich weiß, dass alle besser dran wären, wenn du dich aufs Kaffee kochen beschränken würdest.«

»Ich habe einen Master in Mathematik!«, will ich ihm an den Kopf werfen. Aber es ist bestenfalls ein jämmerliches Kieksen.

»Und wen hast du gefickt, um den zu bekommen?«

»Das reicht jetzt aber, du Arsch!«, fahre ich ihn an und springe auf. »Ich habe überhaupt gar niemanden für gar nichts gefickt! Ich habe einen Master of Science und je einen Bachelor in Informatik und Betriebswirtschaft. Ich musste niemanden ficken, um das alles gleichzeitig hinzubekommen. Ich musste nur mein Hirn benutzen!«

Ein schmieriges Lächeln umspielt seine Lippen und ich hasse mich dafür, dass ich es eigentlich gar nicht schmierig finde. Aber mit dieser Unverschämtheit ist er eindeutig zu weit gegangen. Das lasse ich mir nicht gefallen!

»Bri hat mich schon vor dir gewarnt. Ich weiß, was für einer du bist. Dazu passt ja auch, dass du offenbar rumläufst und anderer Leute Gespräche belauschst. Aber ich habe keine Lust auf ... Was auch immer du meinst für Spielchen spielen zu wollen. Ich ...«

»Du hast also doch ein Rückgrat«, sagt er so ruhig und frei von jedem Hohn, dass ich verblüfft verstumme.

Umso mehr, als er die Sonnenbrille abnimmt und mir direkt in die Augen sieht, während er sich von seinem Pfeiler löst. War ich gerade noch auf hundertachtzig, fühle ich mich jetzt plötzlich wie … Wie eine Maus, die einer Katze gegenübersteht …

»Und man muss deinen Anstand infrage stellen, damit es sich zeigt. Interessant. Das ist ja mal ein faszinierender Trigger …«

»I-ich …«, stottere ich los. »D-das …«

»Na-na-na«, unterbricht er und wackelt tadelnd mit dem Finger. »Nicht rückfällig werden. Du wolltest mir gerade sagen, was du von meinen Spielchen hältst und … Nun, ich nehme an, dass du dabei nicht mitmachst. Kommt das in etwa hin?«

Ich schlucke, als er langsam auf mich zukommt. Unwillkürlich nicke ich, weil er den Nagel genau auf den Kopf trifft. Aber das ist so was von dermaßen unwichtig, wenn man es mit dem flauen Gefühl in meinem Magen vergleicht, das seine Annäherung mir bereitet.

Ich weiche zurück, aber ich stoße sofort auf das Gegenstück zu dem Pfeiler, an dem er lehnte. Als müsse ich mich überzeugen, dass dieses Hindernis real ist, greife ich hinter mich und packe ihn haltsuchend.

»Also, nicht hochgeschlafen, sondern was? Hochgearbeitet?«, raunt er.

Ich nicke hilflos und mir wird schwindelig.

»Hast du geschummelt?«, fragt er in einem Ton, als würde er sich vergewissern wollen, dass ich auch wirklich ehrlich und beim großen Indianerehrenwort keine Kekse aus der Dose genommen habe.

Meine Lippen teilen sich, aber mein Mund ist völlig ausgetrocknet und meine Kehle bringt keinen Ton hervor. Ich kann nur mit dem Kopf schütteln, während er bei mir ankommt.

»Und denkst du, deine Dozenten und Professoren sind Versager oder Vollidioten gewesen?«, kommt es so rau aus seinem Mund, dass es fast als Knurren durchgeht.

Was nicht das Schlimmste ist! Dass er mit seinem Körper meinen berührt und mich gerade fest genug gegen den Pfeiler drängt, um mir das unmissverständlich bewusst zu machen, das ... Nein, das ist auch nicht das Schlimmste ...

Es ist meine völlige Hilflosigkeit nicht seiner körperlichen Annäherung gegenüber, sondern wegen seiner *Ausstrahlung!* Seine Augen und dieses fürchterliche, machohafte Selbstbewusstsein – das schlägt mich völlig in Bann. Es lähmt mich. Und es ... es löst einen verfluchten *Wirbelsturm* in meinem Bauch aus!

»Nein«, wispere ich heiser, auch wenn ich mich kaum mehr an die Frage erinnere.

»Warum glaubst du ihnen dann nicht, wenn sie dir sogar schriftlich bestätigen, dass du gut bist?«, grollt er und beugt sich vor.

Ich ... schließe die Augen! Ich fasse es selbst nicht, aber wenn er mich küssen würde, wäre da keinerlei Gegenwehr von mir. Obwohl ich mir absolut sicher bin, dass ich von so jemandem nicht geküsst werden will, könnte es sogar sein, dass ich ihm ein wenig mein Gesicht entgegenrecke.

Nur dass er es nicht tut. Stattdessen spüre ich, wie sein Atem über mein Ohr streift. Was mich hektisch nach Luft ringen lässt, so intensiv ist der Schauer, den das über meinen Körper jagt.

»Falls deine komischen Kollegen nicht alle schlauer sind, als deine Professoren und die Leute, die dich eingestellt haben, muss man sich schon fragen, ob sie wirklich richtig liegen können«, raunt er mir zu. »Findest du nicht auch?«

Schnell atmend und unfähig, einem Gedanken zu folgen, nicke ich.

Seine Brust drückt gegen meine. Ich spüre bei jedem Atemzug, wie sich meine Nippel durch zwei Lagen Stoff daran zu reiben versuchen. Weil sie ... hart sind!?

Oh Gott, was geschieht gerade mit mir? Und was hat dieser Typ eigentlich vor? Seine Worte wickeln mich ein. Ich sauge sie auf, weil sie mir verdammt guttun. Wird er mir gleich den Boden

unter den Füßen wegreißen, wie es Bri getan hat, als sie einfach wegging?

»Liegt es vielleicht einfach daran, dass die Waschlappen, mit denen du zusammenarbeitest, nicht mit einer Frau klarkommen?«, schlägt er so tief vor, dass es durch meinen ganzen Körper vibriert. »Und liegt darin vielleicht auch ein Ausweg für dich?«

Ich schnappe nach Luft. »A-ausweg?«, keuche ich.

Alles in mir will sich an dieses Wort klammern. Und an ihn! Gott, ich will ihn packen und mich festhalten. Nein, hochziehen! Ich will mich an ihm hochziehen und meine Beine um ihn schlingen und ihm keine andere Möglichkeit lassen, als mich zu küssen, und …

Nein! Das hier ist *kein* Traum! Es geschieht wirklich. Und ich lasse es zu. Obwohl ich weiß, dass dieser Mann ein Aufreißer ist, der …

»Statt zu versuchen, nach ihren Regeln zu spielen, kannst du sie auch einfach auf dein Spielfeld zwingen«, knurrt er und wischt alle mahnenden Gedanken gleich wieder beiseite. »Sei die Frau, die sie ohnehin in dir nicht ignorieren können. Oder was glaubst du, weswegen sie dir auf den Arsch und die Titten glotzen? Doch nicht, weil die hässlich sind. Sie sehen, was jeder gesunde, heterosexuelle Mann sieht: Eine verdammt scharfe, kleine Maus. Verschlossen und anständig. Unschuldig. *Beschmutzbar* …«

Diese Worte, die er immer dichter an meinem Ohr unter heißem Atem ausstößt, während seine Stimme dabei zugleich immer leiser und eindringlicher wird, treffen mich bis ins tiefste Innerste. Das letzte durchzuckt mich wie ein Stromstoß und lässt es in meinen Leisten auf eine Weise ziehen, die mir den Atem raubt.

Meine Ohren glühen, mein Herz klopft mir hart bis in den Hals hinauf und in meinem Schoß pocht es dumpf. Nur allein von den Dingen, die er mir zuflüstert. Dingen, die ein Echo in

mir finden. Da, wo ich meine dunkelsten Begierden fest verschlossen halte.

Beschmutzbar ...

Gott, was für ein Ausdruck!

Ich sollte ihm eine scheuern. Stattdessen kratze ich mit meinen Fingernägeln über den lackierten Holzpfeiler in meinem Rücken und stehe auf den Zehenspitzen vor Anspannung. Und vielleicht auch, weil ich versuche, mich so fest wie möglich gegen seinen Körper zu pressen, der so drohend über mir aufragt und sich an mich drängt.

Verdammt, ich *will!* Etwas, was ich noch nie empfunden habe. Aber jetzt raubt es mir jede Kontrolle über mich selbst und jeden Sinn und Verstand. Jeden *Anstand!*

Ich will. Ich bin erregt. Ich fühle einen Hunger, der mich vor Gier zittern lässt. Einen Hunger, wie ich ihn in seinem letzten Wort auch wahrgenommen habe. Wenn er jetzt zupacken würde, dann ...

Ja, ich würde stöhnen. Gott, nein! Ich tue es auch so! Leise nur, aber ich kann es nicht zurückhalten.

»Vergiss das nicht wieder«, befiehlt er mir hart und zieht sich so plötzlich zurück, dass ich nach Luft ringe.

Von einem Moment auf den anderen ist da, wo eben noch seine Hitze und seine so reizvoll bedrohliche Präsenz waren, nichts mehr. Ich stoße einen Laut aus, den man nicht anders als ›sehnsuchtsvoll‹ beschreiben kann. Ich lehne mich vor. Immer weiter. Auf der Suche nach ihm.

Dann erst begreife ich, dass es einfacher wäre, die Augen zu öffnen. Als ich das tue, tritt das Schlimmste ein, was passieren könnte. Er ist *weg!*

Es dauert eine gefühlte Ewigkeit, bis ich das begreife. Ich stehe da, halb vorgebeugt und mich an einem Pfeiler des Pavillons abstützend, und blinzele hektisch. Schmerzhaft breitet sich eine Leere in mir aus, wo eben noch etwas war. Ein Gefühl. Ein Begehren. Eine Bereitschaft, die ich bisher nicht kannte. Eine Sehnsucht nach ...

Aber er ist fort! Falls ... er überhaupt jemals da war. Habe ich mir diese Begegnung in meiner Verzweiflung nur eingebildet? Ich habe eine sehr blühende Fantasie. Noch nie war ein Traum so greifbar, aber ...

Nein! Ich atme tief durch die Nase ein und was ich wahrnehme, bestärkt meine Überzeugung, dass es keine Wunschvorstellung war. Schnell greife ich an mein Oberteil und hebe es kurz zu meiner Nase. Da! Sein Geruch! Ganz deutlich.

Also ist das wirklich passiert? Oh Gott, wie ... wie *peinlich*! Alles, woran ich mich erinnere, ist wirklich geschehen? Jede einzelne Kleinigkeit? Wie konnte ich das zulassen? Wie konnte er es wagen? Wie konnte ich es so weit gehen lassen? Was bildet sich dieser Mistkerl eigentlich ein?

So mit mir zu sprechen; mich so zu bedrängen; solche unverschämten Dinge zu mir zu sagen; mich ... einfach so hier stehenzulassen?!

Gottverdammt, ich muss hier weg! Und zwar sofort und ohne noch irgendwem zu begegnen. Vor allem nicht Bri und den anderen!

Neuntes Kapitel

Derrick

Ein einzelner Busch ist alles, was mich von Shae trennt, als sie zur Besinnung kommt. Was mehr als nur einen Augenblick in Anspruch nimmt. Mein dramatischer, schneller Abgang war also ein wenig verschwendet. Doch der Effekt ist genau richtig …

Sie weiß nicht, wo ihr der Kopf steht. Aber dieser Kopf ist verdammt anziehend mit der Röte, die sie vom Hals bis zu den Ohren zum Glühen bringt. Ihre Erregung … Verdammt, das ist eine Einladung, die auszuschlagen mich jedes bisschen Beherrschung kostet, die ich aufbringen kann!

Sie strahlt so eine unverbrauchte, von keinem Übermaß an Erfahrung abgestumpfte und ehrliche Bereitschaft aus. Unschuldig auf eine schwer greifbare Weise. Jungfrau ist sie nicht. Hoffe ich jedenfalls. Aber sie kann überhaupt nicht mit der Erregung umgehen, die ich auf so unfassbar einfache Weise in ihr entfachen konnte. Und an der ich mich fast verbrannt hätte.

Verdammte Scheiße, ich hätte sie einfach packen und hinter die Büsche ziehen können. Sie war *willig*! Aber sie ist *nicht* bereit für das, was ich mit ihr machen würde. Sie hat vermutlich von einigen Dingen, die mir sofort einfallen, noch nicht einmal gehört.

Und dennoch ... Sie scheint von Natur aus einen dominanten Partner zu bevorzugen. Wie sie auf jede meiner Bewegungen und Berührungen einging, als würden wir einen exakt choreografierten Tanz aufführen. Das macht mich verdammt neugierig, wie es wäre, sie zu ficken.

Mir ist klar, was für eine beschissene Idee das ist. Vor allem, wenn ich richtig liegen sollte, was ihre Neigungen angeht. Gut möglich, dass sie noch nie einen Mann hatte, der es ihr auf eine Weise besorgen konnte, die sie wirklich befriedigt. Der Erste zu sein, dem das gelingt, würde sie wahrscheinlich extrem anhänglich machen. Ich sollte mir das gut überlegen.

Ja, genau. So wie ich mir gut überlegt habe, mich in die Angelegenheiten von Bri Edmonton einzumischen. Sorgsam durchdacht habe ich das und jede Konsequenz ausgelotet, die sich daraus ergeben mag. Ich bin keineswegs Hals über Kopf und aus reiner Neugier mit einem Hechtsprung in die Sache rein. Ohne Plan und voller Übermut. Ich doch nicht ...

Verflucht, ich bin so ein Idiot! Aber jetzt kann ich es auch nicht mehr auf sich beruhen lassen. Ich muss herausfinden, was die Schlangenkönigin und ihre beiden Bitches von dieser Kleinen wollen. Wenn überhaupt, ist alles nur noch rätselhafter, nachdem ich ihr ein wenig auf den Zahn gefühlt habe und sie mir gezeigt hat, dass da doch ein gewisser Kampfgeist in ihr schlummert.

Während sie sich fluchtartig aus dem Staub macht, nachdem sie eine Weile ratlos und nachdenklich herumstand, verkneife ich mir ein Lachen. Ausgerechnet damit, dass ich ihren Anstand infrage stelle, erziele ich eine Reaktion? Das ist zu putzig. Ich schwöre, diese Frau ist so unschuldig wie ... ein frisch aus dem Himmel geplumpster Engel. Und dennoch hat sie einen

verfickten Master und zwei Bachelors in der Tasche? *Gleichzeitig* gemacht!?

Für jemanden, der nicht einmal einen richtigen Schulabschluss hat – eines meiner bestgehütetsten Geheimnisse – klingt das extrem beeindruckend. Es passt auch zu ihrer Anstellung. Sie ist ziemlich jung für den Job, den sie zu haben scheint. Und ja, ich wette, dass ihre Kollegen ziemlich garstig zu ihr sind. Das ist eine Bande furchtbarer Nerds, die sich alle vor hübschen Frauen in die Hose machen.

Verrückt, wenn man bedenkt, dass sie eine Menge Geld verdienen und eigentlich allesamt irgendeine Frau haben sollten, die so tut, als wäre sie hin und weg. Dazu müsste man wohl mal für eine Weile vom PC weg und nicht dauernd nur davon lesen, dass Frauen den Boden anbeten sollten, den ein ›wahrer Alpha‹ beschreitet …

Okay, vielleicht bin ich etwas unfair. Ich kenne eine Handvoll Leute, die möglicherweise zu ihren Kollegen zählen. Es gibt gewisse … Überschneidungen zwischen deren Berufsfeld und meinem Geschäft. Und die Typen, die ich kenne, sind ziemliche Incels. Wobei ich sie eher Dummcels nennen würde, denn ihr ›INvoluntary CELibate‹ - ›unfreiwilliges Zölibat‹ hat eher was mit Dummheit zu tun, als mit einer Verschwörung der Frauenwelt gegen ihresgleichen.

Doch auch ohne diese ganz besonders dämliche Unterart von Internet-Subkultur für Leute, die lieber jammern und hassen wollen, als mal einen Finger zu rühren, um etwas an sich selbst zu verbessern, sind Shaes Probleme im Job leicht genug zu erklären.

Selbst ein nicht völlig hirnverbrannter Mann muss ein ziemlicher Nerd sein, um sich als Mathe-Ass gegen die Konkurrenz durchzusetzen und so einen hochkarätigen Job an Land zu ziehen. Das bringt sehr oft eine Menge schlechter Erfahrungen aus der Schulzeit mit sich. Und dann taucht diese zuckersüße und auf eine sehr reizvolle, weil authentische Weise unschuldige Zaubermaus auf und macht wahrscheinlich einen unverschämt

guten Job. Klar, dass da die fragile Männlichkeit schnell in der Krise steckt.

Ich schnaube leise. All das wissen auch die drei Bitches. Ich würde ihnen keinen Nobelpreis für irgendetwas zugestehen, aber mit Männern kennen sie sich aus. Vor allem Bri. Die anderen beiden … Sagen wir, ich habe handfesten Grund zu der Annahme, dass sie mit Schwänzen nicht so viel anfangen können, das aber niemals zugeben würden. Dennoch sind sie Expertinnen aus Erfahrung. Man könnte auch sagen: Schlampen.

Ich verstehe einfach nicht, warum sie ihrer sogenannten Freundin nicht gesagt haben, wie man mit so etwas umgeht. Meine Einflüsterungen waren schließlich nur eine Möglichkeit. Der Weg, von dem ich ganz persönlich mir wünsche, dass Shae ihn einschlägt, weil mich das anmacht. Dazu bedarf es jedoch eines besseren Selbstvertrauens. Und das scheint Bri ein Dorn im Auge zu sein.

Ist das der ganze Hintergrund? Will die Oberschlange nicht, dass ihr Spielzeug Zutrauen in die eigenen Fähigkeiten entwickelt? Nein, das passt nicht zusammen. Was war das mit dem Angebot, für sie zu arbeiten? Ein leeres Versprechen? Oder ist da mehr dran?

Ich schüttele den Kopf. Hier draußen, im Gartenpark des Edmonton-House, werde ich die Antwort nicht finden. Ich muss mich gedulden. Und weiter Einfluss auf die kleine Maus nehmen, denn … ich verwette meinen Arsch darauf, dass sonst die Schlangen alles wieder zunichtemachen, was ich ihr ins Ohr gesetzt habe. Mit einer Nachdrücklichkeit und Effektivität, die mich selbst überrascht.

Verflucht, ich muss nur daran denken und bekomme schon wieder einen Ständer. Soll ich …

Nein, allein der Gedanke, noch einmal auch nur fünf Minuten mit Cora zu verbringen oder sie gar an meinen Schwanz zu lassen, widert mich an. Ich weiß, dass ich sie haben könnte. Und sie lässt eine Menge mit sich machen. Aber sie tut das, weil sie keinen anderen Weg weiß, sich lebendig zu fühlen. Es ist nicht so, dass es ihr gefällt, sich hart anpacken oder erniedrigen zu lassen. Für solche Empfindungen ist sie viel zu abgestumpft. Wie die meisten dieser reichen Kinder. Sie brauchen es extrem, weil sie jedes normale Vergnügen schon vor langer Zeit völlig ausgekostet haben. Perversion ist alles, was ihre übersättigten Hirnzellen noch auf Trab bringt. Davon hatte ich mittlerweile so viel, dass es mich ankotzt. Vor allem ... nachdem mir so ein reizvoll natürlicher Leckerbissen wie Shae über den Weg gelaufen ist.

Was bedeutet, dass ich bei ihr aufs Ganze gehen werde?

Scheiß auf das Risiko, Bri Edmonton zu verärgern?

Bisher habe ich das sorgsam vermieden. Was nicht schwer war. Aber jetzt will ich etwas, was sie als ihr Eigentum betrachtet.

Ich stelle mir eine Frage, die ich nur sehr selten zulasse: Was würde mein jüngster Bruder mir raten?

Das ist normalerweise der schlechteste Ausgangspunkt für jede Entscheidung, denn Murdock ist so nah an einem absoluten Irren, wie man nur sein kann, ohne sofort zwangseingewiesen zu werden. Aber wenn ich etwas eindeutig Dummes und vermutlich auch Gefährliches tun will und eine ›Rechtfertigung‹ brauche, dann kommt er mir gelegen.

›Yolo‹, würde er sagen. ›You only live once – Du lebst nur einmal.‹

Genau die Art dummes, potenziell selbstzerstörerisches Motto, die ich brauche. Wer weiß, vielleicht kann ich auch noch etwas für meine eigenen, geschäftlichen Pläne rausschlagen. Immerhin gibt es – wie gesagt – gewisse Überschneidungen zwischen dem, was Shaes Firma macht, und meinen Geschäften.

Zu guter Letzt ist dann da auch noch die gute Tat. Nicht mein übliches Aufgabengebiet. Aber wenn ich es schaffe, die noch völlig rätselhafte Abhängigkeit der Kleinen von ihren vermeintlichen Freundinnen aufzulösen, dann ... tue ich ihr was Gutes.

Das wird ihr helfen zurechtzukommen, wenn ich sie unweigerlich fallenlasse, nachdem ich meinen Spaß mit ihr hatte. Und sie ein wenig verdorben habe. Oder auch etwas mehr. Sodass sie endlich weiß, was sie will. Und wie sehr sie es genießt, wenn man es ihr gibt.

Fuck, ich muss wirklich aufpassen, dass ich nicht zu sehr wie eine Bryleigh denke. Ganz so hoch auf meiner eigenen Arschloch-Skala möchte ich ungern punkten ...

Zehntes Kapitel

Shae

Ich erwache, weil mein Wecker unerbittlich klingelt, bis ich mich strecke, um ihn auszuschalten. Was mehr als einen Knopfdruck erfordert, weil ich genau weiß, wenn ich es nicht kompliziert genug gestalte, drehe ich mich danach wieder um und schlafe weiter.

Das Prozedere, das ich mir ausgedacht habe, hilft mir normalerweise, wach genug zu werden. Heute allerdings ... ist das unnötig. Heute bin ich sofort voll da.

Während ich mich nach dem plärrenden Ding recke, spüre ich zwischen meinen Beinen etwas Festes. Ich muss nicht lange nachdenken, um es zu identifizieren. Es ist mein Lieblingsdildo. Ich muss ihn noch in mir gehabt haben, als ich einschlief. So wie ...

Ah ja, in meiner anderen Hand halte ich den Vibrator, den ich mir an den Kitzler gedrückt habe, während mich das geschmeidige, aber feste und sehr dicke Silikon-Ding ausgefüllt hat. Einmal, zweimal, dreimal bin ich gekommen. In rascher Folge. Verflucht intensiv.

Es ging nicht anders! Ich wollte alles von mir schieben und eine Nacht schlafen, bevor ich mir weitere Gedanken mache. Aber ich war furchtbar unruhig und ... spitz. So leicht und schnell wie dieses Mal sind die Orgasmen selten gekommen. Woran ich dabei gedacht habe, kann ich auch nicht verleugnen: an *ihn*. Ich schüttele den Kopf und stelle fest, dass ich sogar etwas Muskelkater habe. Meine Güte! War es wirklich so gut?

Ja! Ja, das war es. Es hat nur eine Sache gefehlt: der echte Mann dazu.

Noch einmal schüttele ich mich. Das muss ich mir dringend aus dem Kopf schlagen. Mal ganz abgesehen davon, dass es auch völlig unmöglich ist. Ich denke nicht, dass ich diesem Derrick noch einmal begegnen werde. Denn auf eine weitere Party bei Bri will ich nicht. Die eine Erfahrung hat mir gereicht.

Was nichts mit ihr ...

Nein, verflucht! Schon wieder will ich sie in Schutz nehmen, ausklammern und ihr Absolution erteilen. Aber es war Bri, die mich mit meinem Elend alleingelassen hat. Und ein wildfremder Kerl, der ein heilloses Chaos in mir *und* meinem Höschen auslösen kann, indem er mir nur heiß ins Ohr flüstert, hat mir die Dinge gesagt, die ich mir von *ihr* gewünscht hätte!

Warum er das getan hat? Das weiß der Geier. Aber ich bin ihm dankbar. Ohne ihn hätte ich nicht wirr und ziemlich erotisch geträumt, sondern mich die ganze Nacht lang gequält und immer mehr an mir gezweifelt. Das kann ich mit einiger Gewissheit sagen, weil ich das schon kenne. Wenn ich so darüber nachdenke, dann war Bri nicht zum ersten Mal als Auslöser daran beteiligt.

Für einen Augenblick spüre ich ein wohlbekanntes Gefühl aufsteigen. Es ist, als wären mir meine Freundinnen nicht so wohlgesonnen, wie ich glaube. Ich dränge es wie immer zurück

in die Tiefen meines Unterbewusstseins, von wo es gekommen ist.

Nein, ich verdanke Bri, Robyn und Gwen eine Menge. Sie waren für mich da, haben mich in ihre Kreise aufgenommen und mir ganz sicher eine Menge Herzschmerz erspart. Gut, sie haben auch verhindert, dass ich irgendwelche Erfahrungen sammele. Aber das, was ich davon bisher hatte, war keinen Herzschmerz wert. Das erste und überhaupt einzige Mal, dass ich richtig ehrlich scharf so auf jemanden war, dass ich von ihm angesprungen werden wollte, war … am Vorabend.

Und Gott, da wollte ich es! Dieses Wort, das er mir ins Ohr geknurrt hat – beschmutzbar. Gottverdammt, das löst selbst jetzt etwas in mir aus. Wenn ich nicht unter die Dusche und zur Arbeit müsste, dann … Mein Blick irrt von meinem Dildo zur Uhr und wieder zurück. Es ist zu knapp. Ich kann mir nicht leisten, zu spät zu kommen, so schlecht, wie mein Stand in der Firma mir vorkommt.

Aber ich kann weiter meinen Gedanken erlauben, zu kreisen, während ich mich fertig mache. Was zwar nicht unbedingt nur erfreulich ist, aber offenbar überfällig.

Ich *bin* den anderen dankbar. Wirklich. Bri hat sogar die Studiengebühren für Betriebswirtschaft übernommen, damit ich ihren Studiengang mit ihr begehen kann. Sie hat auch ein paar Hebel im Hintergrund bewegt, glaube ich, denn ich wüsste sonst niemanden in meinem Jahrgang, der drei Studiengänge gleichzeitig belegt hat. Das war nur zu schaffen, weil mir vieles so leichtfiel.

Das ist der Punkt, den Derrick mir vor Augen geführt hat. Ich war gut genug, um diese Abschlüsse zu machen. Und nebenbei noch die Abschlüsse von drei weiteren Studentinnen praktisch vollständig mit. So schlecht kann ich also wirklich nicht sein!

Dennoch habe ich nie direkte Ermutigung von meinen Freundinnen erfahren. Sie haben mir geholfen, meine Niederlagen zu bewältigen, und waren für mich da, wenn ich überfordert

war. Aus den emotionalen und psychischen Löchern rausziehen musste ich mich jedoch immer selbst. Zuspruch hatten sie kaum für mich. Oder auch … nie.

Das ist diesmal nicht anders. Statt mir Mut zu machen, haben sie mir das Gefühl gegeben, ich hätte nur die Wahl, zu erdulden oder aufzugeben. Dabei muss es auch anders gehen. Selbst wenn ich nicht weiß, wie genau, spüre ich immerhin etwas Mut, es zu probieren. Dank der Worte eines Fremden. Eines Typen, an dem alles Macho-Arschloch schreit und der eher etwas mit meinen Kollegen gemein haben müsste, als mit einer … guten Freundin.

Nicht, dass ich ihm deswegen mehr über den Weg trauen würde. Ich bin zwar unbeholfen in zwischenmenschlichen Beziehungen, blöd bin ich allerdings nicht! Außerdem habe ich … gar nicht unbedingt etwas gegen das einzuwenden, was er von mir wollen könnte.

Falls ich das richtig interpretiere, was er … über meinen Arsch und meine Titten gesagt hat, meine ich. Und darüber, dass ich zuckersüß bin. Unschuldig und *beschmutzbar*!

Ach, scheiß drauf! Ich kann spüren, wie schnell ich kommen werde. Es hält mich kaum auf. Ich mache es einfach unter der Dusche …

Verdammt, was hat dieser Mistkerl nur in mir ausgelöst?!

Als ich in der Firma ankomme und die Schleuse zum Sicherheitsbereich passiert habe, hinter der mein Arbeitsbereich liegt, lasse ich sowohl den gestrigen Abend, als auch den heutigen Morgen hinter mir. Das Einzige, was ich daraus mitnehme, sind ein leichtes Wohlgefühl von den Orgasmen und den Hinweis, dass ich auf meine eigenen Qualifikationen vertrauen sollte. Alles andere gehört hier nicht her.

Was auch diese Anmerkung von Derrick betrifft, die ich ohnehin nicht anzuwenden wüsste. Wie zum Teufel sollte ich aus den anzüglichen Bemerkungen meiner Kollegen auch einen Vorteil schlagen? Was meint er überhaupt mit einem ›Spielfeld‹,

88

auf dem ich sie schlagen soll? Das ist mir alles zu hoch. Oder eher ... zu fremd!

Mit allen persönlichen Gegenständen in meinem Schließfach und gründlich durchleuchtet – immerhin wird hier an hochsensiblen, sicherheitsrelevanten Programmen gearbeitet – ziehe ich meinen Laborkittel über und mache mich auf den Weg zu meinem Platz. Wie immer bin ich eine der Ersten, aber nicht die Erste. Mein Boss, beispielsweise, ist bereits da. Und ein paar andere Kollegen ebenso.

Diese Frühaufsteher sind zumeist Leute, mit denen ich bisher kaum ein Wort gewechselt habe. Sie nutzen die Gleitzeitregelung aus, um so früh wie möglich Feierabend zu machen. Etwas, woran ich mir mehr und mehr ein Beispiel nehme, denn ... die schlimmsten Mitarbeiter, unter denen ich am meisten leide, kommen immer so spät wie irgend möglich und bleiben entsprechend lange.

Ich kann die Zeit, die wir gemeinsam hier verbringen, allein durch größte Pünktlichkeit um etwa zwei Stunden verkürzen. Was immer noch genug Raum für Scherereien lässt.

Aber das wird sich jetzt ändern! Ich bin fest entschlossen, mich nicht mehr verunsichern zu lassen, und ich werde meine Arbeit noch sorgfältiger verrichten, als zuvor. Falls ich bisher Fehler gemacht haben sollte, ohne das zu bemerken – auch wenn ich daran zweifele – werde ich das in Zukunft vermeiden. Das mag mich verlangsamen, aber ich räume ein für alle Mal mit jedem Vorwurf auf, ich sei nicht qualifiziert. Ich werde alles so perfekt machen, dass es einfach keine Grundlage mehr für Kritik gibt.

Das ist es, was ich aus der Unterhaltung mit meinen Freundinnen mitnehme. So wenig sie mir sonst auch gegeben haben, die Möglichkeit, dass ich Flüchtigkeitsfehler gemacht haben könnte, nehme ich ernst. Und zwar, ohne an mir selbst zu zweifeln.

Zwei Drittel des Jobs der Leute in meinem gesamten Team werden von Fehlerkontrolle ausgemacht. Wir arbeiten mit

unglaublich komplexen Programmen. Jeder einzelne Tasten-druck hat Auswirkungen. Alle Veränderungen an unseren Codes müssen mindestens dreifach von qualifizierten Men-schen und hundertfach von spezialisierter Software geprüft wer-den, bevor sie endgültig im Kernprogramm aktiviert werden. Das ist entscheidend.

Der andere, interessantere und faszinierendere Teil dieser Arbeit, muss erst einmal dahinter zurückstehen. Es ist ohnehin immer wieder so, dass ich zu den Besprechungen der Projekt-gruppen, zu denen ich gehöre, nicht dazu geholt werde. Das ist eine der Schikanen, denen ich ausgesetzt bin. Sie schließen mich absichtlich aus, auch wenn es immer heißt, es sei ein Versehen. Eine Unachtsamkeit. Vergesslichkeit. Was auch immer ...

Ich werde das für eine Weile einfach schlucken. Noch habe ich mich ohnehin nicht beim Chef darüber beschwert. Aber ich werde es nicht ignorieren, sondern genau darüber Buch führen, wann ich nicht informiert wurde. Sodass ich belegen kann, wie man mich behandelt.

In gewisser Weise ist das meine Art, die rätselhaften Andeu-tungen von Derrick aufzugreifen und umzusetzen. Ich weiß nichts von irgendwelchen Spielen, die ... mit meinen Titten und meinem Arsch zu tun haben. Aber ich kann Listen führen und meine Beobachtungen sehr präzise notieren. Davon mache ich nun Gebrauch.

Hochkonzentriert und mit maximaler Sorgfalt gehe ich stun-denlang Zeile für Zeile des aktuellen Programmcodes durch. Jede Auffälligkeit kommentiere ich mittels der vorgegebenen Funktionen. Ich erkläre meinen Grund für die Markierung, ma-che meinen Vorschlag für die Bereinigung und vermerke außer-dem noch den Code des für den Fehler verantwortlichen Bear-beiters, wie ihn mir das Programm ausweist. Nicht, um den be-treffenden Kollegen in aller Deutlichkeit vorzuführen, sondern ausschließlich, damit ohne weitere Recherche auf der Hand liegt, wer zur Klärung der Fehlerursache angesprochen werden muss.

Das ist jedenfalls, was ich notfalls unter Eid beschwöre. Es ist schließlich eine teamintern offen einsehbare Information, wer an was gearbeitet hat. Jede Änderung am Code ist mit verborgenen Metadaten ausgestattet, die den Bearbeiter – oder genauer gesagt, dessen Computer in Kombination mit seiner Personal-ID – und den exakten Zeitpunkt, sowie alle Prüfer der Modifikation ausweisen. Und wenn schon darüber diskutiert wird, wer hier welche und wie viele Fehler macht, dann sollte das bei allen passieren.

Dass es sich nur um eine geringfügige Ungenauigkeit handelt, die höchstwahrscheinlich keine Auswirkungen auf die Funktionalität haben wird, ist unwichtig. Wir arbeiten teils für Tech-Giganten, teils sogar für die Regierung – wie man munkelt, möglicherweise sogar fürs Militär und Geheimdienste. Perfekt saubere Arbeit ist Teil der Firmenphilosophie. Zu große Sorgfalt gibt es nicht. Ich mache alles exakt nach Vorschrift. Keine Abkürzungen mehr und auch kein ›Pi mal Daumen‹, selbst wenn das schon oft funktioniert hat.

Interessanterweise finde ich gleich an diesem ersten Tag mit neuer Arbeitsmoral einige Fehler, die weit mehr als nur ›kosmetisch‹ sind. Ich selbst kann zwar aus den Log-Codes nicht entnehmen, wer sie gemacht hat, aber zwei von vieren, die ich bis zur Mittagspause entdecke, hatten den gleichen Verantwortlichen und die Prüfer-IDs wiederholen sich auch immer wieder.

Ich will keinesfalls voreilige Schlüsse ziehen, aber ich kann auch ein Bauchgefühl nicht unterdrücken, dass sich hinter diesen IDs einige der Leute verbergen, die mir das Leben ganz besonders schwer machen. Wie beispielsweise Peter, der seinen Schreibtisch direkt neben mir hat. Nur abgegrenzt von den brusthohen, schalldämmenden Trennwänden, die aus den Arbeitsplätzen kleine, isolierte Boxen oder Cubicles machen, solange man sitzt, während man im Stehen fast den gesamten Raum überblicken, und sich auch leicht unterhalten kann.

Diese Unterhaltungen sind es, die sich manchmal kaum ignorieren lassen. Vor allem, wenn sie sich um mich drehen und

vielleicht in voller Absicht so laut geführt werden, dass ich sie hören *muss*.

»Manche Leute brauchen halt keine echten Qualifikationen, weil sie einen prallen Arsch haben«, dringt Peters Stimme durch meine Konzentration, wie das schon viel zu oft passiert ist. »Wenn man bereit ist, den Arsch immer schön willig hinzuhalten, kann man offenbar sehr weit kommen.«

»Vor allem, wenn da mehr Löcher sind als nur eins«, stimmt ein anderer Kollege zu, der mich auch nicht ausstehen kann. Ein Mann namens Garrett, der unserem Boss nahesteht und oft die Leitung kleiner Projektteams übertragen bekommt.

»Hat Vorteile, schätze ich«, erwidert Peter. »Kann ja nicht jeder in der Personalabteilung und der Geschäftsführung eine Schwuchtel sein. Und offenbar mangelt es mittlerweile nicht mehr an Kandidatinnen. Ich schätze, die werden uns irgendwann auch eine Frauenquote hier einführen. Am Ende muss entweder das Team verdoppelt werden, oder wir Profis müssen doppelt so hart arbeiten, um die Produktivität zu erhalten.«

»Scheiß Getue«, schnaubt Garrett. »Und von wegen Gleichberechtigung. Sieht doch jeder, dass die Neueinstellungen nicht nach fachlicher Qualifikation vorgenommen werden, sondern nach Tittengröße.«

»Wo ich ja auch gar nichts gegen hätte, wenn sie die Tussis dann so einsetzen würden, wie es die Eignung vorgibt: als Putzfrauen.«

Beide lachen dreckig und Garrett ergänzt: »Oder zum Kaffeekochen.«

»Oh, apropos«, erwidert Peter und ich höre, wie er sich erhebt. »Shae?«

Ich runzele die Stirn und starre weiter auf meinen Bildschirm, als würde ich ihn nicht hören. Ich kann aus dem Augenwinkel wahrnehmen, dass er sich über die Trennwand beugt und mich anstarrt. Garrett kann ich nicht erkennen. Aber er ist ganz sicher auch in einer Position, von der aus er zusehen kann.

»Ähm, halloho? Shae?«

»Peter?«, sage ich kühl und blicke auf.

»Würdest du freundlicherweise im Aufenthaltsraum neuen Kaffee kochen? Du bist an der Reihe.«

Ich ziehe eine Augenbraue hoch und versuche, mir nichts anmerken zu lassen. Aber trotz aller Vorsätze bringt dieser Mann mit seiner abfälligen Boshaftigkeit mich zur Weißglut.

»Ich wusste gar nicht, dass wir da eine Rotation haben. Mir wurde gesagt, wer sieht, dass der Kaffee alle ist, kocht neuen.«

»Macht aber ja keiner«, mischt sich Garrett ein und tritt in mein Blickfeld. »Und deswegen wurde gestern beschlossen, dass wir die Aufgabe jetzt reihum gehen lassen. Jede Mitarbeiterin ist mal dran. Blöd, dass du schon weg warst. Vielleicht bleibst du ja mal länger, wie alle anderen auch. Dann bekommst du so was auch mit.«

So viele Antworten liegen mir auf der Zunge. Darüber, dass ich schlau genug bin, früh anzufangen, sodass ich früh heimgehen kann. Wo mich ein Privatleben erwartet und keine Müllhalde. Oder vielleicht, dass die beiden vorsichtig sein sollten, sich Kaffee zu wünschen, den ich gekocht habe. Da könnte Östrogen drin sein und dann würden sie vielleicht Manieren entwickeln.

Aber alles, was mir über die Lippen kommt, ist nur ein entrüstetes: »Mitarbeiter-*innen*?!«

»Also, qualifizierte Mitarbeiter, meine ich«, verbessert sich Garrett schnell und grinst dabei so schmierig und selbstgefällig, dass mir davon schlecht zu werden droht.

»Äh ja, genau«, springt ihm Peter bei. »Also, das Meeting hat ergeben, dass alle sich einig sind, du kochst den besten Kaffee. Muss wohl genetisch sein … Jedenfalls, momentan bist du die zuständige Kaffee-Beauftragte. Das hat auch Priorität vor deinen anderen Aufgaben.«

»Das hätte ich gern schriftlich oder vom Chef«, ringe ich mir mühsam beherrscht ab.

Dabei bete ich mir immer wieder vor, dass ich ruhig bleiben muss. Egal, wie sehr es mir unter die Haut geht. Normalerweise

wäre ich jetzt schon den Tränen nah, weil ich einfach nie gute Antworten weiß. Oder … nicht wage, sie auszusprechen.

Leider scheint das nur den Effekt zu haben, dass es diese Arschlöcher anspornt, sich noch mehr ins Zeug zu legen. Sie grinsen beide immer breiter, je mehr ich mit mir ringe und versuche, mich ihnen entschieden entgegenzustellen.

»Kein Problem. Der Boss-Man ist gerade bei der Geschäftsführung und ich vertrete ihn offiziell. Also bestätige ich dir offiziell deine neue Hauptaufgabe als Kaffee-Beauftragte.«

»Keine Sorge«, fügt Peter hinzu. »Den Wegfall deiner … ›Arbeitsleistung‹ kriegen wir aufgefangen.«

Ich hasse, wie heiß mein Kopf wird, als er ›Arbeitsleistung‹ mit Anführungszeichen in der Luft unterstreicht. Warum geht mir das so nah? Ich verachte diesen aufgeblasenen Blödmann. Und ich habe den akuten Verdacht, dass er für den heute gefundenen Doppelfehler verantwortlich ist. Ich sollte … ihm ins Gesicht lachen. Oder ihm eine scheuern!

»Ich finde das nicht witzig«, presse ich hervor. »Wenn der Chef zurück ist, werde ich …«

»Oh mein Gott, entspann dich mal«, stöhnt Peter abfällig. »Du kannst auch wirklich keinen Scherz vertragen, was? Immer diese Überempfindlichkeit. Hast du auch irgendwann mal nicht deine Tage?«

»Hm, gibt unsere Firma eigentlich schon extra bezahlten Urlaub für das?«, meint Garrett übertrieben nachdenklich. »Vielleicht solltest du davon Gebrauch machen, wenn du keinen Humor hast, *liebe* Shae? Möchtest du uns vielleicht auch bei der Personalabteilung melden, weil wir versuchen, dich ins Team zu integrieren, wo du noch ein absoluter Außenseiter bist?«

»Das ist ja wohl …!«, brause ich empört auf, denn so einen Mist muss ich mir nun wirklich nicht gefallen lassen. Vor allem nicht, wenn er bei seiner letzten Frage auch noch die Stimme hebt und so laut wird, dass es alle mitbekommen müssen.

»Weißt du was?«, fällt er mir lautstark ins Wort. »Fein! Es tut mir leid. Ich entschuldige mich, dich bei der Arbeit gestört zu

haben. Ich wollte nur mit einem kleinen Scherz unter Kollegen das Betriebsklima verbessern. Aber ich habe mich sicherlich im Ton vergriffen und ich bitte um Verzeihung für … Also, für was auch immer dir das Gefühl gibt, beleidigt worden zu sein. Das war nicht meine Absicht und es kommt nicht wieder vor. Versprochen.«

»Bist du jetzt endlich zufrieden?«, stimmt auch Peter volltönend ein, als wäre *ich* die beiden angegangen und nicht anders herum. »Oder sollen wir auch noch auf die Knie fallen?«

»Lasst mich … doch einfach in Ruhe!«, ächze ich mit einem Kloß im Hals.

Ich kann spüren, wie alle Blicke auf uns ruhen und mir denken, was in den Köpfen der anderen Kollegen vor sich geht. Ob das fair ist oder nicht, interessiert hier niemanden. Viele ahnen wahrscheinlich auch, dass Garrett und Peter eine Show machen. Aber niemand wird mir hier beistehen.

Verflucht! Ist denn jeder Versuch, hier einfach nur meinen Job zu machen und zu beweisen, dass ich es kann, zum Scheitern verurteilt? Ich kann nicht anders, ich springe auf und ergreife die Flucht. Sonst heule ich hier gleich vor versammelter Mannschaft los, weil ich mir nicht zu helfen weiß.

»Weiber …«, ist ein Wort, das ich auf meinem Weg in eine verfrühte Mittagspause nicht nur einmal hören kann.

Und es verletzt mich. Auch wenn es das nicht tun sollte.

Elftes Kapitel

Shae

Es ist zum aus der Haut fahren. Mit jedem Tag, der vergeht, scheint die Situation auf der Arbeit schlimmer zu werden. Was auch immer ich versuche, es bringt mich nicht weiter. Selbst den Kopf einzuziehen und mich voll und ganz auf meinen Job zu konzentrieren, erspart mir nicht die spitzen Bemerkungen und auch nicht die Gespräche über mich, die ich auf die eine oder andere Weise mitbekomme.

Dabei lassen die besonders offensichtlichen Sticheleien sogar etwas nach. Die neueste Reaktion derjenigen, die es wie Peter und Garrett sonst gerne offen darauf angelegt haben, mich zu ärgern, ist übertriebene Distanzierung. Bei jeder Begegnung und manchmal auch einfach nur in der Nähe meines Arbeitsplatzes, machen sie eine Show daraus, einen Bogen um mich zu schlagen.

Dabei heben sie oft auch abwehrend die Hände und verziehen theatralisch die Gesichter. Sie tun so, als wäre ich tatsächlich den Weg zur Personalabteilung gegangen und hätte mich beschwert, sodass man mich jetzt wie ein rohes Ei zu behandeln hat.

Das bilde ich mir nicht ein. Es geht so weit, dass ich zuhören kann, wie einem Kollegen, der ein paar Tage im Urlaub war, genau das berichtet wird. Und zwar in einer der Boxen, die direkt an meine angrenzen. Also definitiv und eindeutig in Hörweite und nur minimal gedämpft. Ich nehme an, ich soll das mitbekommen. So wie viele andere Dinge auch.

Ich versuche alles, es nicht an mich ranzulassen. Mein ganzer Fokus liegt darauf, bei meiner Arbeit weiter Hinweise auf etwas zu sammeln, was langsam tatsächlich bedenkliche Ausmaße annimmt. Bei meinen sorgsamen Überprüfungen finde ich immer neue Fehler, die zu gravierend sind, um sie durchzuwinken. Meist verursachen sie keine schnell erkennbaren Probleme, sondern sich aufbauende Risiken, die irgendwann zu einem kaskadierenden Fehler führen könnten. Oder einfacher gesagt, sie lassen kleine Fehlfunktionen sich aufstauen, die irgendwann später lawinenhafte Folgen haben werden.

Und immer wieder kommt mir dabei eine Mitarbeiter-ID unter. Einer meiner Kollegen ist entweder gefährlich unaufmerksam oder annähernd inkompetent. Die dritte Möglichkeit – absichtliche Sabotage – schließe ich aus. Das kann ich mir nicht vorstellen.

Ich tue meine Pflicht und markiere die entdeckten Fehler. Das müsste eigentlich irgendwann jemandem auffallen. Meine Anmerkungen und Änderungen werden allesamt noch einmal überprüft. Nicht zuletzt, weil mir bereits unterstellt wurde, ich wäre unsorgfältig. Aber wer auch immer daran arbeitet, es gibt keinerlei Reaktion. Auch nicht von unserem Boss, der zumindest Berichte über die Kontrollen erhält, die Fehlerlisten enthalten.

Ich zögere, zu ihm zu gehen und das Thema anzusprechen. Lieber will ich noch weiter Beweise sammeln, sodass ich wirklich einen handfesten Fall vorzutragen habe. Auch mein Chef ist nicht gerade ein Fan von mir, glaube ich.

Damit ich auch wirklich alles beisammenhabe, dokumentiere ich meine Entdeckungen und mache sogar Screenshots.

Innerhalb der Begrenzung meines Arbeitsplatzes ist das gestattet. Nur meinen Computer verlassen dürfen solche Bilder von den Codes, an denen ich arbeite, nicht.

Die ganze Zeit über versuche ich, meine Fassung zu bewahren, während ich immer erschreckendere Dinge belausche. Nicht alles wird so besprochen, dass ich es offensichtlich mitbekommen soll. Manche Dinge – Gerüchte – werden sehr diskret gehandhabt. Aber ich sitze ziemlich zentral, bin an meinem Arbeitsplatz wegen meiner geringen Größe oft nicht zu sehen und habe gute Ohren.

Glücklicherweise. Oder auch ... leider. Denn ein Gerücht im Besonderen regt mich extrem auf, als ich es zu hören bekomme. Das treibt mir wirklich die Hitze in den Kopf und macht mich ehrlich gesagt auch wütend.

Die ganze Woche schon ist dieses Gerede über ›sich hochschlafen‹ und ›andere Qualifikationen für den Job haben, als fachliche‹ schon dabei, sich zu verbreiten. Aber niemand hat den Vorwurf laut ausgesprochen. Niemand hat mich direkt beschuldigt, auch wenn selbst ich nicht naiv genug bin, die Andeutung misszuverstehen. Bis sich genau das dann plötzlich ändert.

»Hast du gehört, dass sie eine Affäre mit dem CFO haben soll und deswegen hier angestellt wurde?«, höre ich durch Zufall jemanden wispern, als ich mir gerade einen Kaffee holen will.

»Ich dachte, es wäre der CEO«, lautet die ebenfalls geflüsterte Antwort.

»Mach dich nicht lächerlich«, schnaubt die erste Stimme. »Die CEO ist eine Frau.«

»Und?«

»Hm, na ja ... Aber ... Nein. Ich denke, es ist ein Mann. Das klingt irgendwie wahrscheinlicher, findest du nicht?«

»Ich finde beide Vorstellungen ziemlich ... ähm, erbärmlich. Ja, wirklich schäbig. Das wäre eine absolute Schande, nicht wahr?«

»Total! Sich vorzustellen, wie so eine kleine Schlampe alles mit sich machen lässt, um einen coolen Job zu haben. Obwohl

sie ... Also, hast du das auch gehört, dass sie einen Bachelor in Betriebswirtschaft haben soll?! Betriebswirtschaft!«

»Ich dachte Informatik«, wundert sich der andere. »Ich meine, sie macht ja nicht alles falsch, oder?«

»Weil eine ganze Gruppe von uns hier gezwungen wird, ihren Job zu machen, habe ich gehört«, wispert der andere aufgeregt. »Es heißt, dass sie einfach nur blöd rum tippt und gar nichts macht. Ihren Teil der Arbeit müssen andere mit erledigen.«

»Und wer? Ich meine, wer macht das mit und deckt so einer den Rücken?«

»Weiß ich auch nicht. Aber wenn sie es mit dem CFO treibt, dann gibt es wahrscheinlich Bonuszahlungen, denkst du nicht?«

»Im Ernst? Extra Geld für ... Hey, das würde ich auch machen!«

»Näh. Mir müsste man mehr bieten. Ab und zu mal ran dürfen, an den Prachtarsch. Ja, dann vielleicht. Auch wenn ich so ein Gemauschel echt nicht gut finde.«

»Falls was dran ist«, sagt derjenige, der mich scheinbar lieber als lesbische Geliebte der CEO des Unternehmens sehen und sich für die Übernahme eines Teils meines Arbeitspensums eher bezahlen lassen würde.

»Na, wenn die ›Old Gang‹ sagt, dass sie nix kann, dann wird das nicht falsch sein, oder?«, hält der eindeutig Widerlichere dagegen, der – wenn ich das nicht falsch verstehe – gern sexuelle Gefälligkeiten von mir hätte.

»Die ›Old Gang‹ ...«, schnaubt sein Gesprächspartner. »Weißt du eigentlich, wie viele Fehler ich von denen schon decken musste? Vor allem Peter ...«

»Peter?!«

»Schhh! Nicht so laut, Mann! Das darf nun wirklich keiner hören.«

»Bist du dir da sicher?«

Die Antwort besteht in einer Reihe von Buchstaben und Zahlen. Eine ID. Und ich kenne sie! Sofort läuft es mir eiskalt

den Rücken runter, während gleichzeitig ein aufgeregtes Kribbeln in meinem Bauch erwacht.

Die ID, der ich nun schon mehr als ein Dutzend schwere Fehler zuordnen konnte, gehört *Peter*! Und er ist offenbar Teil einer Gruppe in der Abteilung, von der ich noch nie gehört habe – der ›Old Gang‹. Was auch immer ich mit dieser Information anfangen soll, ich merke sie mir gut.

Schnell mache ich mich aus dem Staub, denn ich habe schon viel zu lange an einer der Trennwände gestanden. Ich bereue es jedoch nicht. Selbst wenn diese Gerüchte mich furchtbar ärgern. So lächerlich sie auch sein mögen, sie schaden meinem Ruf. Denn ein paar Leute scheinen selbst solchen Blödsinn nur zu gerne glauben zu *wollen*!

Das alles … muss ich erst einmal verdauen. Mit einem Blick auf die Uhr beschließe ich, dass es spät genug für eine sehr frühe Mittagspause ist. Die werde ich – wie immer – im öffentlichen Café im Erdgeschoss des Gebäudes verbringen, statt im Aufenthaltsraum oder in der Laborkantine innerhalb des Sicherheitsbereichs.

Da, wo ich ganz sicher keine der Visagen meiner idiotischen Kollegen zu Gesicht bekomme, weil niemand Lust darauf hat, zweimal unnötig die Sicherheitskontrolle zu durchlaufen, nur um kaum besseren Kaffee zwischen lauter Geschäftsleuten und Passanten aus der Stadtmitte zu trinken.

Perfekt für mich, um zumindest eine Weile aufatmen zu können. Und vielleicht auch dieses Mal ein paar Notizen zu machen, denn so langsam verdichtet sich das, was ich als meine Ermittlungen zu betrachten beginne.

Gegen Peter, der entweder faul oder inkompetent sein muss. Oder doch … andere, finsterere Absichten hat, die sich womöglich gegen die Firma richten?

Nein, wirklich … Das *kann* ich mir nicht vorstellen.

Außer dass ich es gerade irgendwie *doch* kann, weil ich diesem besonderen Arschloch so langsam alles zutraue …

Zwölftes Kapitel

Derrick

Fünf Tage ist es her, seit ich sie zum ersten Mal gesehen habe. Zeit genug, mir diese kleine, faszinierende Maus mehr als einmal wieder aus dem Kopf zu schlagen. Was ich irgendwie auch erwartet habe. Denn so unwiderstehlich ich manche Rätsel finde und so groß meine Neugier sein mag, oft ist es nicht mehr als ein Strohfeuer. Aus den Augen, aus dem Sinn – das funktioniert bei mir in der Regel besser, als mir selbst manchmal lieb ist.

Doch bei Shae ist das anders. Diese Kleine … Sie geht mir nicht mehr aus dem Kopf. Statt weniger an sie zu denken oder sie sogar völlig zu vergessen, nimmt sie mehr und mehr Raum in meinen Gedanken ein. Bis es anfängt, an Besessenheit zu grenzen …

Das irritiert mich. Wir hatten keinen Sex, der mich beeindruckt haben könnte. Wir haben uns nicht einmal geküsst oder irgendwas sonst, was mir zumindest die körperlichen Anwandlungen erklären könnte. Immerhin bin ich kein Teenager mehr. Willkürliche Ständer unter der Dusche oder kurz vor dem

Einschlafen im Bett, nur weil ich an sie denke – das ist definitiv *nicht* normal für mich. Ganz im Gegenteil. Ich kann allerdings nicht leugnen, dass von ihr und allem um sie herum eine eindeutige Faszination ausgeht. Sie erscheint so harmlos und unbedeutend. Süß, mit einem Körper, der so einige Stars in den Schatten stellen könnte, wenn sie ihn in Szene zu setzen wüsste, und von einer mehr als reizvollen, auf ungewöhnliche Weise echt wirkenden Unschuld – ja. Aber nichts an ihr gibt einen Hinweis darauf, wieso eine Bryleigh Edmonton so ein Aufhebens um sie macht.

Ich weiß mittlerweile, was sie verbindet. Das war sehr leicht herauszufinden. Oder zumindest herzuleiten. Eine beeidete Aussage zur Bestätigung habe ich natürlich nicht. Doch es spricht Bände, dass sie auf der gleichen Uni war und sich nachträglich für Betriebswirtschaft einschrieb. Umso mehr, weil die Studiengebühren von einem Konto unter dem Namen Edmonton beglichen wurden.

Das erklärt eine Menge. Vor allem die verdächtig hervorragenden Ergebnisse, die Bri und ihre Freundinnen entgegen aller familiären und freundschaftlichen Erwartungen erzielten. Ein Anlass zur Freude für die Daddys, ohne Frage. Nach dem Wie hat selbstverständlich keiner zu fragen gewagt.

Aber gut. Shae hat den Schlangen ihre Abschlüsse gesichert. Sie ist ein Mathegenie. Und mehr. Ein ziemliches Wunderkind in allen Dingen, die man als Geisteswissenschaften bezeichnen kann. Und keine Niete in sportlicher Hinsicht, wenn auch keine auffällige Leuchte. Sagt zumindest ihr Highschool-Sportlehrer.

All das war leicht herauszufinden. Nichts davon verrät mir, was Bri jetzt von ihr will. Sie hat eine sichere, gemütliche Stelle im Unternehmen ihres Vaters, wo sie sich wichtig fühlen kann, ohne viel Schaden anzurichten, wenn sie es verkackt. Genau so, wie ihre beiden Freundinnen. Genau so, wie es jeder erwarten würde, der mit Hirn und Verstand auf die Sache blickt. Nichts daran ist auffällig.

Ich kann beim besten Willen keine Verbindung entdecken, die das Interesse erklärt. Aber ich kann auch nicht akzeptieren, dass es einfach eine Freundschaft ist. Dafür weiß ich zu viel über Bryleigh. Sie hat keine Freunde!

Ich habe mir immer wieder den Kopf darüber zerbrochen. Auch, während ich dem anderen Teil des Rätsels weiter nachgespürt habe – Shae. Sie hat einen Job bei genau der Firma, die ich annahm. Irgendwo in deren Computerlaboren, wo hoch entwickelte, maßgeschneiderte Verschlüsselungs-Softwarelösungen für sehr exklusive Kunden entwickelt werden. Da sich darunter nicht nur die Regierung und das Militär der Vereinigten Staaten befinden, sondern auch mehrere Geheimdienste, belasse ich es bei dieser oberflächlichen Untersuchung. Besuch von Anzugträgern mit einer ähnlichen Vorliebe für Sonnenbrillen, wie ich sie selbst habe, brauche ich nicht.

Und das wäre eine sehr reale Möglichkeit, wenn ich zu viel herumstochere oder zu tief bohre. Das ist mir durchaus bewusst.

Nein, mein Interesse ist persönlicher Natur. Ihre Firma kann ich außen vor lassen. Außer natürlich, es ergibt sich eine besonders schwer zu ignorierende Gelegenheit, ein paar weitere Kontakte zu knüpfen. Schlecht wäre das nicht, denn ich bin in derselben Branche, wenn auch auf der anderen Seite der Medaille unterwegs. Wo Shae Programme entwickelt, die Daten sichern, bin ich darauf spezialisiert, Unternehmen zu zeigen, wie dringend sie so etwas brauchen, weil ich zu leicht an ihre Geheimnisse herankommen konnte.

Wobei Datensicherheit keine meiner Stärken ist. Ich bin sehr gut darin, an Orte zu gelangen, an denen ich nichts zu suchen habe. Ein Relikt meiner vertanen Jugend, könnte man sagen. Ich bin kein Hacker. Aber … ich kenne welche.

Und einer von denen verschafft mir Zugriff auf einige Kameras für Beobachtungen, die ich machen will. Nicht im oder am Sitz der Firma, für die Shae arbeitet. Aber ganz in der Nähe.

Im Gegensatz zu einem Softwareunternehmen in der Daten-sicherheits-Branche, sind die Kameras der Stadt für die Überwachung des öffentlichen Raums geradezu lächerlich einfach zu hacken. Ich könnte das sogar selbst, aber es wäre weniger elegant und vor allem weniger spurlos. Es kostet mich außerdem nur einen Gefallen, dann habe ich dauerhaften Zugriff und kann in der zweiten Wochenhälfte genau beobachten, wann die Kleine zur Arbeit erscheint und wann sie Feierabend macht. Die interessanteste Entdeckung mache ich allerdings Am Mittwoch zur Mittagszeit. Und dann noch einmal am Donnerstag, was mich darin bestärkt, dass es eine regelmäßige Sache ist. Nicht viel später habe ich einen Plan. Er ist so verrückt, wie er dreist ist.

Aber ich schulde es ihr. Wenn ich ihr schon Ratschläge gebe, wie sie mit ihrem Kollegenproblem umgehen kann, sollte ich auch nachhaken, wie es läuft. Und noch einmal vertiefen, warum sie zumindest einige meiner Vorschläge offenbar völlig in den Wind schlägt ...

Nicht, dass ich einen Vorwand bräuchte, um zu tun, wonach mir der Sinn steht. Falls sie jedoch nachfragt, habe ich eine nette, erste Antwort. Für die Wahrheit ist sie, fürchte ich, noch nicht bereit. Falls sie das jemals sein wird.

Es ist ein sonniger Freitagmittag im Spätfrühling. Schön genug, dass ich nicht einmal besonders auffalle, wenn ich meine Sonnenbrille trage. Warm genug, dass ich kein Sakko bräuchte. Aber da ich Downtown und im direkten Umfeld einer sehr hochkarätigen Techfirma unterwegs bin, trage ich es dennoch. Das gehört dazu, wenn man nicht auffallen will.

Der Wolkenkratzer ist das übliche Gebilde aus viel Glas und Stahl. Kein überdimensionales Firmenlogo prangt daran. Was ein wenig ungewöhnlich für die hervorragende Lage ist. Aber wer dieses Unternehmen sucht, braucht keinen Wegweiser. Werbung muss die Firma auch nicht machen. Sie bietet keinerlei Dienste für Endverbraucher an.

Über dem Haupteingang steht dennoch etwas. ›Integrated Systems Solutions Limited‹ ist dort in dezenten Buchstaben zu lesen. Das ist, wie ich weiß, nicht Shaes Arbeitgeber. Es handelt sich um eine Tochterfirma, die IT-Unternehmenslösungen und Serverdienstleistungen anbietet. Sie belegt einen Teil des überirdischen Komplexes. Der Rest wird von Büros des Mutterkonzerns vereinnahmt.

Wirklich interessant wird es erst unter der Erde. Neben einem Parkhaus befinden sich dort die Labore für Forschung und Entwicklung. Dort arbeitet die Kleine. Viel mehr ist nicht herauszufinden, ohne zu riskieren, in ein Hornissennest zu stechen.

Mein Ziel ist allerdings weder dieser unterirdische, pseudogeheime Bereich, noch der Haupteingang. Ich steuere ein Café an, das sich im Erdgeschoss befindet und einen eigenen Zugang von innen wie von außen hat. Es ist ein recht beliebtes Lokal, wenn auch in keiner Weise außergewöhnlich. Aber ich bin ja auch nicht wegen der Speisen und Getränke hier, sondern wegen einem ganz bestimmten Gast.

Ich kann sie draußen sitzen sehen, wo sie etwas Sonne abbekommt. Sie hat genau das an, was ich erwarte – T-Shirt und Jeans. Dass sie hier arbeitet und kein Business Casual tragen muss, sagt mehr als alles andere, wo ihr Platz ist. Nur in der Forschung und Entwicklung herrschen so lockere Kleidervorschriften. Denn dort trägt ohnehin jeder einen Kittel. Ob das nun sinnvoll und notwendig ist, oder nicht.

Ich halte kurz inne, um sie in Augenschein zu nehmen. Ein wenig erschöpft wirkt sie. Stress auf der Arbeit. Vielleicht auch eher mit den Kollegen. Komischerweise lässt das einen vagen Wunsch in mir aufkommen, ein paar Nasenbeine dauerhaft umzugestalten. Es ist … lange her, dass ich diesen Impuls unterdrücken musste.

Mir fällt auf, dass sie nervös ist und immer wieder in ihrer unerwartet damenhaften Sitzhaltung herumrutscht. Irgendwie überrascht es mich, dass sie überhaupt ihre langen Beine übereinanderschlägt. Sie ist eher der Typ Frau, die sich nicht an

solche Konventionen hält. Wobei sie andererseits selbst unbeholfen, verzweifelt oder zutiefst verunsichert eine überaus weibliche Ausstrahlung hat. Sie ist eben ein wandelndes Mysterium.

Mit meinem Mitbringsel unter dem Arm betrete ich den Sitzbereich des Cafés und nähere mich ihr von der Seite. Sie ist ahnungslos. Ihr Blick ist in die Ferne gerichtet, ihr Kopf mit einem Problem beschäftigt, das sie die Nase krausziehen lässt. Angespannt wippt sie mit dem Fuß und denkt angestrengt nach.

Ich halte noch einmal inne und betrachte den Anblick, den sie bietet. Sie ist anders als auf der Party bei den Edmontons. In diesem Moment wirkt sie nicht verloren und auch nicht mädchenhaft unsicher und unschuldig anziehend. Jetzt gerade sehe ich eine absolut erwachsene Frau vor mir, die ernsthaft über eine Herausforderung nachdenkt und nach einer Lösung sucht. Erstaunlicherweise … steht ihr das nicht weniger gut …

»Sieht so aus, als wäre da noch ein Platz frei«, mache ich auf mich aufmerksam und trete an ihren Tisch.

Sie schreckt aus ihrer Versunkenheit auf und fixiert mich. Es dauert nur einen Sekundenbruchteil, dann erkennt sie mich und … *alles* ändert sich.

Verdammte Scheiße! Ich liege völlig falsch!

Das ist der Anblick, mit dem sie mich an den Haken genommen hat. Aus riesigen Augen starrt sie mich an, wie ein Reh im Scheinwerferlicht. Und ungefähr so hilflos ist auch ihre Miene. Dann huscht ein Ausdruck darüber, den ich nur als ›freudiges Erkennen‹ beschreiben kann. Gefolgt von einem Versuch, die Emotion dahinter schnell wieder zu verbergen. Was völlig in die Hose geht.

Mir sagt das, dass sie sich sehr genau an unsere Begegnung erinnert. Der Eindruck, den ich hinterlassen habe, scheint allerdings nicht nur bleibend zu sein, sondern auch ausgesprochen positiv. Wenn ich hinzunehme, wie tief sie errötet, scheint mir nicht zu weit hergeholt, dass sie ein paar Mal an mich gedacht hat. Und zwar nicht nur entrüstet oder empört …

Ich setze mich ihr gegenüber und lege mein Mitbringsel auf den Tisch. Sie beachtet es nicht. Stattdessen starrt sie mich fassungslos an. Und mustert mich dabei. Eindringlich. Ganz genau.

Ich gebe ihr die Gelegenheit, indem ich mich betont lässig zurücklehne und tief einatmend einen Blick in die Runde werfe. »Hübsch hier«, kommentiere ich. »Kein Wunder, dass du so gern hier sitzt.«

»W-was ... machst du hier?«, stößt sie keuchend aus und ihre Stimme überschlägt sich fast. »Wieso ...? Wie ...? Woher weißt du, dass ich ...?«

»Atme, Shae«, weise ich sie an. »Ich möchte ungern dem Sicherheitsdienst erklären, warum du ganz plötzlich in Ohnmacht fällst.«

Sie stutzt und zieht kurz die Stirn in Falten, bevor sie den Kopf schüttelt. Aber sie tut, was ich sage, und atmet tief ein. Dann richtet sie sich auf und beugt sich vor.

»Was machst du hier?«, wiederholt sie ihre erste Frage.

»Dass ich zufällig hier vorbeigekommen bin und dich gesehen habe, würdest du mir nicht glauben, oder?«, scherze ich.

Sie schüttelt den Kopf und ihr Blick versucht, sich durch meine Brille in meine Augen zu bohren. Sie scheint in sehr entschlussfreudiger Stimmung zu sein. Zeit, sie ein wenig aus dem Gleichgewicht zu bringen.

»Du hast meinen Rat nicht angenommen«, sage ich mit bewusst tiefer Stimme. »Ich nehme an, das Betriebsklima hat sich auch nicht gebessert?«

Das wirkt. Sie schluckt, schlägt den Blick nieder und schüttelt nach einem Moment den Kopf. Erneut zeigt sich die kleine, süße Maus. Erneut spüre ich diesen absurden Drang, ihr aus der Patsche zu helfen. Und den anderen Drang, dem ich hier nicht nachkommen kann. Denn wenn ich ihr jetzt die Klamotten vom Leib reiße und sie mir nehme, lässt man uns ganz sicher nicht gewähren.

»Du musst wirklich lernen, auf mich zu hören«, tadele ich sie ruhig. »Wie soll ich dir sonst helfen?«

»Warum tust du das überhaupt?«, wispert sie. »Was … willst du von mir?«

»Ich will, dass du dir nicht den Kopf über deine Arbeit zerbrechen musst, wenn ich anfange, dich zu verführen, und dich dazu bringe, dich bis weit über jede Grenze, die du dir vorstellen kannst, gehenzulassen.«

Das ist, was mir bei ihrer Frage durch den Kopf ging. Sagen wollte ich es eigentlich nicht. Aber der Effekt ist überaus sehenswert!

Ihre Augen weiten sich und sie atmet tief ein. Ihr ganzer Körper erzittert und die Schauer pflanzen sich eine ganze Weile lang fort, ohne sie zur Ruhe kommen zu lassen. Ich kann sehen, wie die zurückweichende Röte wieder auffrischt. Es ist jedoch keine Scham. Nicht nur. Das stammt aus einer anderen Quelle.

Noch nie habe ich eine Frau so eindrucksvoll auf eine so einfache – und zugegebenermaßen extrem dreiste – Ansage reagieren gesehen. Mir entgeht nicht, dass sich auf den Hügeln ihrer Brüste kleine Wölbungen bilden. Durch ihr Shirt und was ich jetzt als BH erkennen kann, zeichnen sich ihre Nippel ab, so hart werden sie.

Am faszinierendsten sind jedoch ihre Augen. Sie sind gewöhnlich dunkelgrau, aber jetzt hellen sie sich erheblich auf und es funkelt darin. Ein Schleier legt sich darüber, während sie schluckt und nicht verhindern kann, dass ihre Zungenspitze über ihre Lippen huscht.

»Du hast nicht mal eine Ahnung davon, wie verführerisch du gerade in deiner Überraschung bist, nicht wahr?«, lasse ich noch einen weiteren Gedanken einfach über meine Lippen kommen. »Wie deutlich du mir gerade völlig ohne Worte sagst, dass ich mich alles andere als im Ton vergriffen habe. Wie klar du machst, dass ich dich nicht groß jagen muss, weil du längst erlegt bist …«

»Derrick!«, zischt sie mir zu.

Aber was eine Ermahnung sein soll, ist ein Lockruf. Ihr Blick verrät, dass sie nicht weniger hören will, sondern mehr. Viel mehr!

»Shae«, erwidere ich und beuge mich vor. »Ich wollte das subtil machen und dich langsam daran gewöhnen, dass du mir zu gehorchen hast, wenn ich etwas von dir verlange. Aber nachdem die Katze jetzt aus dem Sack ist, weil du mich mit deiner verfickten Unschuld einfach zu sehr reizt ...«

Sie lauscht völlig gebannt und packt sogar die Armlehnen ihres Stuhls, während ich heiser spreche, als wäre meine Kehle rau und trocken. Dabei bin ich einfach nur verdammt geil. Was mir so auch noch nicht passiert ist, nur weil ich mit einer Frau *rede* ...

Was nicht bedeutet, dass mir entginge, wie sie an meinen Lippen hängt. Als hätte sie ihr Leben lang nur darauf gewartet, dass endlich einer so einen Ton bei ihr anschlägt. Was ... exakt meine Wunschvorstellung ist! Genau das *soll* der Fall sein!

»Sie sind noch immer gemein zu dir?«, grolle ich.

Sie nickt und entzieht sich meinem bohrenden Blick für einen kurzen Moment. Aber sie muss mich wieder ansehen. Sie kann nicht anders.

»Du hast sie nicht auf ihre Plätze verwiesen, weil du deinen eigenen Wert nicht begreifst«, werfe ich ihr vor. »Das lernst du genau jetzt. Nimm die Tüte, geh auf die Gästetoilette des Cafés und zieh dich um. Und wag es nicht, einen BH darunter anzubehalten. Hast du verstanden?«

Sie blinzelt und ein Hauch von Zweifel will sich in ihre Augen schleichen. Vernunft und Anstand versuchen, über das andere, was da in ihr kocht, zu triumphieren. Was ich nicht zulassen werde!

»Du tust, was ich dir sage, wenn ich es sage«, knurre ich. »Oder du siehst mich nie wieder.«

In fast jedem anderen Fall – mit der eventuellen Ausnahme einer sehr ungesunden, kranken Psychobeziehung – wäre das eine lächerliche Drohung. Aber ich kann in dieser Frau lesen,

wie in einem offenen Buch. Zumindest, was eine bestimmte Sache angeht.

Ich kann ihren Hunger sehen, erobert zu werden. Aber nicht mit Blumen, Pralinen und hundert ausgefallenen Verabredungen. Auch nicht mit schöngeistigen Gesprächen und einem gemeinsamen Buchklub. Sie will gepackt und von dem Drachen, der den Ritter in schimmernder Rüstung zerfetzt hat, in seine Höhle geschleift werden.

Und dieser Drache sitzt gerade vor ihr und befiehlt ihr Gehorsam!

»Los!«, stoße ich hart aus.

Und sie zuckt zusammen und erwacht aus ihrer Starre.

Dreizehntes Kapitel

Shae

Der Befehl von seinen Lippen fährt durch mich hindurch wie ein Hochspannungs-Stromstoß. Das Kribbeln in meinem Unterleib breitet sich explosionsartig aus und schießt in meine Gliedmaßen. Dort durchdringt es meine Haut und lässt alle Härchen auf meinem Körper sich aufstellen. Und an einigen besonders sensiblen Stellen konzentriert es sich, um ein fast unerträgliches Prickeln zu erzeugen.

Ich bin atemlos, als ich mich auf den Beinen wiederfinde. Jede Empörung über die Art, wie er sich erdreistet, mit mir reden zu können, ertrinkt in einem Ozean der Erregung. So allumfassend und überwältigend habe ich das noch nie empfunden. Und auch nicht so ganzkörperlich. Es wirkt definitiv zwischen meinen Beinen, aber eben auch überall sonst in mir.

Mit kochend heißem Kopf starre ich ihn an. Es ist, als würde ich durch einen Nebel blicken. Dennoch erkenne ich jedes Detail. Zumindest, was diesen Mann betrifft. Alles andere um uns herum ist so vage und undeutlich, dass es ebenso gut nicht existieren könnte.

Leugnen ist zwecklos – er macht mich irrsinnig an. Er ist ein verdammt attraktiver Kerl. Sein legerer Anzug mit dem kragenlosen Hemd passt ihm wie angegossen. Oder eher als wäre er maßgeschneidert. Was wahrscheinlich die Erklärung ist. Aber nein, der Anzug passt nur zum Träger, er macht ihn nicht. Ich sehe in dieses markante Gesicht mit dem dunklen Sieben-Tage-Bart und den vollen Lippen. Diese blöde Sonnenbrille verstellt mir den Blick in seine Augen. Ich kann sie nur gerade eben so ausmachen. Aber ich glaube, sie funkeln in diesem Moment. Oder vielleicht ... ist das auch nur mein eigenes Spiegelbild.

Ich sollte die Beine in die Hand nehmen und rennen. Ein Teil von mir weiß das genau. Dieser Typ ist das, was meine Freundinnen ›Bad News‹ - schlechte Nachrichten – zu nennen pflegten. Auf der Uni wäre er todsicher in einer Studentenverbindung gewesen. Würde er so tief sinken, mich betrunken zu machen, um mich rumzukriegen? Würde es mich scheren? Ach was, wäre das überhaupt notwendig?

Das ist doch die eigentliche Frage. Die Antwort scheine nicht nur ich zu kennen.

Hat er wirklich gesagt, dass er mich verführen und über alle denkbaren Grenzen hinausführen will? Das bilde ich mir nicht ein, oder? Und ich werde so wahnsinnig scharf davon, dass ich ihm aufs Wort gehorche? Was stimmt mit mir nicht?

Auch diese Frage hat eine Antwort, die ich eigentlich schon lange kenne. Wenn ich ganz ehrlich bin, hatte ich nie Angst vor Verbindungsbrüdern auf der Uni. Nicht einmal vor dem bösen Wegelagerer im Gebüsch. Meistens war ich einfach zu beschäftigt für so einen Kram, aber nachts in meinem Bett ... habe ich genau von dieser Sorte Kerle intensiv geträumt.

Es waren Bri, Robyn und Gwen, die mich davon abgehalten haben, überhaupt jemals herauszufinden, ob ich es bereuen würde, einem solchen Aufreißer ›zum Opfer zu fallen‹. Sie haben mich stets davor bewahrt, auch nur ansatzweise in so eine Lage zu geraten. Ich dachte immer, dass ich ihnen schon allein

116

dafür Dank schulde. Das war, bevor ich Derrick begegnet bin
…

Er ist wie ein wandelndes Versprechen sexueller Perversionen und Abgründe, die mich unwiderstehlich anziehen. Er tut nicht mal so, als wäre das nicht, was er im Sinn hat. Gott, er sagt mir offen auf den Kopf zu, dass er genau das beabsichtigt. Ich spüre, wie alles, was ich bin, zu einer Echokammer für diesen Lockruf wird.

Sex, das … war nie die Sorte Erlebnis, die ich dringend wiederholen wollte. Aber was habe ich denn an Erfahrungen vorzuweisen? Wenn es dazu kam, dann fast immer mit Jungen und Männern, die mindestens so unbeholfen waren, wie ich selbst.

»Hey, ich habe mich gefragt, ob es dir unangenehm wäre, wenn ich dir sage, wie scharf ich dich finde?«

»Ne, schon okay.«

»Uhm … Meinst du, wir könnten mal rummachen?«

»Wie, jetzt? Wir wollten doch Geografie lernen …«

»Ja, na ja, muss ja nicht jetzt sein. Ich meine nur, so generell. Ich … hab noch nicht so viel Erfahrung, weißt du?«

»Ich auch nicht.«

»Ja, warum lernen wir dann nicht mal ne Runde Biologie zusammen?«

Ja, der war schlecht. Aber als Schülerin ein Jahr vor dem Abschluss und ohne irgendwelche Erfahrungen fand ich ihn gelungen. Ganz im Gegensatz zu dem, was danach kam. Das war … entschieden unbeeindruckend und wesentlich weniger interessant, als die Zeit, die ich mit meinen Fantasien und Fingern verbringen konnte. Und so blieb das. Bis heute. Oder genauer, bis zum letzten Wochenende.

Ich muss es mir eingestehen: Derrick ist genau das, wonach ich mich sehne. Er sieht nicht nur aus, wie die Kerle auf den Covern der Sorte Bücher, von denen ich beschämend viele besitze. Er benimmt sich auch so. Das versetzt alles in mir in Aufruhr.

Und er *weiß* das! Was auch nur wieder exakt dem entspricht, was mir diese Bücher als eigentlich unrealistische Wunschträume in den Kopf gepflanzt haben. Wie soll ich so einem wahrwerdenden Traum widerstehen?

Und ... warum sollte ich das überhaupt?

All diese Gedanken, Erinnerungen, Gewissheiten und Ungewissheiten wirbeln durch meinen Kopf, während ich am ganzen Körper bebend, schnell atmend und mit rasendem Herzen dastehe. Vor mir sitzt der Mann, der dafür die Verantwortung trägt. Er sieht *nicht* unbeeindruckt aus.

Er lächelt selbstgefällig und mustert mich ungeniert. Was mich gleichermaßen verlegen macht, wie kribbelig. Seinen Blick dort zu spüren, wo sich meine Nippel gegen meinen BH pressen, das ist ... heiß. Hinter seiner Sonnenbrille zu erahnen, dass ihm gefällt, was er mit mir anstellt ... *auch*!

Gott, ich will das! Ich tue, was er von mir verlangt. Auch wenn ich keine Ahnung habe, was es ist. Weil ich nicht aufhören will, mich so zu fühlen, wie ich es gerade tue: begehrt.

Mir ist bewusst, wie verrückt das ist. Ich mache mir doch gar nichts aus Sex. Warum will ich es dann mit ihm tun? Weil ich jetzt schon spüre, wie viel näher ich einem Orgasmus nur durch seine Nähe und die Dreistigkeiten bin, die er sich herausnimmt, als je zuvor mit einem Mann. Oder mit einer Fantasie.

Ich werde gehorchen. Nicht, weil er das Recht hätte, mir Befehle zu erteilen. Aber die Macht dazu, die hat er. Ich will das. Und ich werde endlich einmal tun, was ich will. Ohne dass jemand sich einmischt und es mir ausredet. Ohne dass ich mich in die Flucht schlagen würde.

Vor mir sitzt ein verdammter Mistkerl. Ein Playboy, wie er im Buche steht. Selbstgerecht, unwiderstehlich und arrogant. Als würde ihm die Welt gehören. Als würde *ich* ihm gehören.

Und er hat recht damit. Er hat mich in der Hand, ohne mich auch nur berühren zu müssen. Es ist absolut unglaublich, wie

sehr ich dieses verrückte Gefühl genieße und was es in mir auslöst.

»Fein!«, fauche ich.

Dann erschrecke ich mich vor mir selbst, denn das klang so wild und aggressiv, dass ich mich kaum selbst darin wiedererkenne. Dennoch mache ich einen Schritt vorwärts und greife nach der eingerollten Tüte, die er auf den Tisch gelegt hat.

Blitzschnell packt er zu und hält mich fest. Mein Herz bleibt stehen und ich muss mich mit der anderen Hand auf dem Tisch abstützen, weil ich gleichzeitig instinktiv zurückweichen will und nach vorne kippe. Atemlos starre ich ihm ins Gesicht.

»Sag niemals Nein zu mir, außer du meinst es todernst«, grollt er und blitzt mich über den Rand seiner Brille an.

Diese Augen! Sie sind wie ... Ich weiß auch nicht. Blau und grau, aber hell. Stahl ist das Einzige, was mir in den Sinn kommt. Dabei weiß ich gar nichts über Metalle. Stahlgrau? Stahlblau? Stahl ...

»Hast du das verstanden, Shae?«

»Ich bin nicht taub«, zische ich.

Himmel! Was ist denn das? Ich bin doch gar nicht wütend. Warum fahre ich ihn denn so an?!

Und wieso ... grinst er so teuflisch, kaum dass ich es getan habe?

»Das Kätzchen steht dir, kleine Maus«, raunt er leise und gibt mich frei.

Abrupt richte ich mich auf und nehme das ... sein ... Geschenk mit mir. Unwillkürlich presse ich es an meine Brust und weiche einen Schritt vor ihm zurück. Denn wenn ich das nicht täte, dann weiß ich nicht, was passieren würde!

»Du beeilst dich besser, sonst ist deine Mittagspause zu Ende, bevor du fertig bist«, rät er mir.

Und ich ... gehorche.

Vierzehntes Kapitel

Shae

E s ist nicht, was ich erwartet habe. Wirklich ganz und gar nicht!

Auf dem Weg zu den Toiletten und in eine der Kabinen hatte ich Zeit, mir immer knappere, enthüllendere und skandalösere Kleidung auszumalen. Ein Kleid, da war ich mir sicher. Und zwar ein verdammt kurzes und knappes. Vermutlich mit tiefem Ausschnitt und rückenfrei. Womöglich mit nichts als Spitze, um meine Brüste zu bedecken. Und weiß Gott wo sonst noch …

Nichts hat mich auf die flauschige Weichheit vorbereitet, die meine Finger in der Tüte erwartete. Nichts darauf, wie allein diese erste Berührung sich schon wie ein hauchzartes Streicheln anfühlen würde.

Es ist ein Pullover. Ich habe keine Ahnung, woraus er besteht, denn ich habe nicht nach einem Zettel darin gesucht. Ich war zu erstaunt. Und dann … zu begierig, meine Anweisungen auszuführen.

Zweifel, Skepsis und der letzte Rest von Vernunft sind ganz einfach dieser irrsinnigen Flauschigkeit zum Opfer gefallen. Jede Überlegung, mich vielleicht doch nicht ganz den Befehlen zu beugen, ganz einfach vergessen. So einen Pullover wollte ich schon *immer*!

Er sitzt wie angegossen. Buchstäblich. Es ist eine zweite Haut. Entweder kennt Derrick meine Kleidergröße besser als ich, oder er hat eine Nummer zu klein gekauft. Ich glaube allerdings, dass dieses Stück so hauteng sitzen *soll*. Es dauert ein klein wenig, aber dann bin ich mir dessen sicher.

Ich stehe vor dem Spiegel über dem Waschbecken und betrachte mich. Die anschmiegsame Flauschigkeit des weißen Gewebes kann man sogar sehen. Die feinen Härchen auf der Oberfläche lassen mich an irgendeine Art von Wolle denken. Ich habe jedoch keine Ahnung von solchen Dingen.

Dafür weiß ich, dass dieses Material innen so weich und streichelzart ist, wie außen. Und nach den ersten paar Minuten darin verstehe ich auch, weswegen ich keinen BH tragen soll.

Himmel! Ich weiß nicht, ob ich das packe. Aber ich weiß, dass ich dieses Stück nie mehr hergebe. Denn es fühlt sich fantastisch an!

Ich blicke mir in das gerötete Gesicht und die glänzenden Augen. Diese Frau, die ich da sehe, wirkt nur vage vertraut. Sie ist sichtbar erhitzt auf eine sehr klar sinnliche Weise. Was daran liegt, dass jeder Quadratmillimeter ihres Oberkörpers selbst dann zärtlich liebkost wird, wenn sie alles versucht, sich nicht unnötig zu bewegen.

Gott, ich muss nur atmen und werde von einem Dutzend Schauer erfasst. Jedes Härchen auf meiner Haut reckt sich dem flauschigen Stoff entgegen. Und noch etwas tut genau das. Verflucht, so etwas habe ich noch nicht erlebt!

Ich suche nach äußerlichen Anzeichen für das, was ich in aller Klarheit fühle. Meine Nippel waren noch nie so hart und wurden auch noch nie so irrsinnig gereizt. Als ich den Oberkörper zur Seite drehen will, um einen Blick auf mein Profil zu werfen, muss ich mich an der Wand abstützen, so intensiv ist das pure Lustgefühl, das von meinen Brüsten tief in meinen Unterleib schießt.

So soll ich noch einen halben Arbeitstag überstehen? Unmöglich! Doch wenn ich mich weigere, dann … ist er weg. Ich glaube ihm das. Er hat ein ganz spezifisches Interesse an mir. Solange ich das erfülle, was er sich verspricht und erhofft, kann ich seine Aufmerksamkeit festhalten. Wenn er hat, was er will, oder denkt, er bekommt es nicht …

Ich bin nicht so blöd zu denken, dass er sich dann weiter um mich bemühen wird. Selbst wenn er es nicht schon angekündigt hätte, könnte ich mir das denken. Er nennt mich ›Maus‹ und er ist dazu der Kater. Wenn er mit mir fertig ist, kann ich froh sein, wenn ich mit dem Leben davonkomme. Unbeschadet werde ich nicht bleiben. Das ist mir bewusst.

Aber unbeschadet zu sein hat mir auch nichts als Kummer eingebracht. Ich sehne mich nach etwas Neuem! Deswegen mache ich das. Und … weil ich weiß, dass er mir geben kann, was ich mir wünsche. Sogar, wenn ich selbst das nicht in Worte zu fassen vermag. Er weiß, worauf ich stehe. Das hat er mir gerade zum wiederholten Mal bewiesen. Vielleicht kann ich es ja von ihm *lernen?*

Ja, ich werde das durchziehen! Ich gebe mir einen Ruck und …

Schwerer Fehler! Noch mit der Hand an der Wand kralle ich mich krampfhaft fest, während ich nicht anders kann, als den Kopf in den Nacken zu werfen und mir fest auf die Lippe zu beißen. Sonst würde ich laut aufstöhnen. Und das … könnte jemand hören.

Wenn er derjenige wäre, dann würde ich mich allerdings nicht beherrschen. Wenn er vor der Tür stünde, weil er darauf wartet, dass ich rauskomme … Und bei meinem Stöhnen hereingestürzt käme, nur um mich näher an einem Orgasmus vorzufinden, als ich es jemals ohne handfeste Berührungen oder etwas in meiner Muschi und an meinem Kitzler war …

Oh Gott, ich kann mir das viel zu bildhaft vorstellen. Im Spiegel würde ich seinen gierigen Blick sehen. Ohne die blöde

Sonnenbrille. Die Entschlossenheit in seinen Augen. Diesmal auf mich fixiert und auf ein einziges Ziel ausgerichtet.

Hilflos würde ich nichts tun, als zuzusehen, wie er zu mir tritt, die Tür mit dem Fuß zuknallt und mich im Haar packt. Mitten im Schopf, den ich ihm so handgerecht hinhalte. Seine andere Hand würde ...

Der Schreck, als sich die Tür plötzlich wirklich öffnet, reißt mich nur halb aus meinem fiebrigen Tagtraum. Es ist allerdings kein Derrick mit funkensprühenden Augen, der eintritt, sondern eine ältere Frau. Sie stutzt, mustert mich und zieht eine Augenbraue hoch. Ich stelle mich eilig wieder gerade hin und versuche so zu tun, als hätte ich mich gestreckt. Aber sie glaubt mir keine Sekunde. Das sehe ich ihren Augen an.

Verflucht, ich brauche Feierabend. Aber das dauert noch. Ob ich in meinem Zustand viel Arbeit bewältigt bekomme, bezweifle ich. Zumindest habe ich gerade keinerlei Angst vor meinen Kollegen. Ehrlich gesagt erscheinen sie mir im Moment wie sehr blasse Abziehbilder echter Menschen, die keinerlei Bedeutung besitzen.

Ich verlasse die Toilette und mache eine neue Feststellung: Jeder Schritt erschüttert meine Brüste, was den samtweichen Stoff über die harten Nippel reiben lässt. Der Kitzel, den das auslöst, macht mir die Knie weich! Es ist ... Ich weiß auch nicht. So könnte es sich anfühlen, mit einer Feder gefoltert zu werden, stelle ich mir vor. Ich glaube, ich muss mir eine kaufen ...

Als ich die Terrasse des Cafés erreiche, stoppt mein langsames Vorankommen abrupt. Er ist weg? Aber ...

»Oh, da sind Sie ja, Miss«, werde ich vom Kellner angesprochen. »Ihr Freund hat Ihre Rechnung beglichen und noch einen Kaffee für Sie bestellt. Soll ich den wirklich umgehend bringen?«

»Ich, ähm ...«, versuche ich, eine Antwort in meinem leeren Geist zu finden.

»Er hat auch eine Nachricht hinterlassen. Wollen Sie die gleich hören?«

»Ja!«, verlange ich sofort und schäme mich augenblicklich dafür, wie heftig mir das herausplatzt.

»Er hat gesagt, Sie sollen unter keinen Umständen die Grenze überqueren«, gibt der sichtlich verwunderte Mann wieder. »Nicht ohne ihn.«

Ich runzele die Stirn, während ich mir einen Reim auf diese offensichtlich verschlüsselte Nachricht zu machen versuche. Bis ich es schlagartig verstehe und ich gar nicht anders kann, als die Augen aufzureißen und nach Luft zu schnappen.

»Was?«, ächze ich verzweifelt. »Aber ...« Gerade so kann ich mir verkneifen, den armen Kellner zu fragen, warum er mir das antut und wie ich das schaffen soll. »Äh, hat er sonst noch was gesagt? Oder hinterlassen? Eine ... Telefonnummer, beispielsweise?«

»Nein, Ma'am, tut mir leid«, lautet die Antwort. »Soll ich Ihnen nun den Kaffee bringen?«

»Ich, ähm ...«, stöhne ich frustriert. »Nein. Oder ... Ja, gut. Bitte an meinen Tisch.«

»Natürlich.«

»Dieser Mistkerl«, schnaube ich dann. »Dieses ... *Arschloch*!«

»Ma'am?«

»Nichts! Verzeihung. Ich habe nur ... laut gedacht.«

»Natürlich ...«

Oh, das wird er ... Das zahle ich ihm ... Dafür werde ich ihn ...

Oh Gott, das kann mich doch nicht noch mehr *anmachen*! Das ist *monströs*! Ich *hasse* ihn dafür!

Keinesfalls gehorche ich so einem gemeinen Befehl! Er kann ja gar nicht wissen, ob ...

Oh, aber er *würde* es wissen! Wie auch immer er das anstellt. Wahrscheinlich, weil ich völlig unfähig bin, irgendjemanden zu täuschen.

Gottverdammt! Das werde ich ihm nicht vergessen!

In Wahrheit werde ich nichts von diesem Tag jemals wieder vergessen. Was alles allein Derricks Schuld ist. Für alles, was ich an diesem Nachmittag durchleiden muss, trägt allein er die Verantwortung. Nur die Frage, ob ich ihn dafür lieber erwürgen oder auf Knien anbeten sollte, ist nicht so ganz klar zu beantworten. Der restliche Arbeitstag vergeht nicht einfach, er verfliegt. Ob mir irgendjemand etwas ansieht, kann ich nicht einmal sagen. Denn ich betrachte nichts als den Boden, wenn ich woanders als an meinem Arbeitsplatz bin. Was wiederum nur nach der Mittagspause und auf dem Heimweg der Fall ist.

Dass ich irgendetwas Sinnvolles zuwege bringe, bezweifle ich stark. Jede Regung – auch das Tippen auf meiner Tastatur und die Armbewegungen zur Steuerung meiner Maus – hat dramatische Auswirkungen auf meinen Zustand. Am Ende ist mir so heiß, dass ich mir immer wieder Schweißtropfen von der Stirn wischen muss. Was ... nicht die einzige Feuchtigkeit darstellte, mit der ich zu tun habe.

Als es endlich Zeit ist, Feierabend zu machen, kann ich nicht wagen, mich zu erheben. Etwas Derartiges ist mir noch nie passiert, aber ich ... ich bin ... Mein Schoß ist ... **nass**!

Nicht ›feuchte Spalte, bereit für Sex‹ Nässe, sondern ›biblische Sintflut‹ Ausmaße. Aufzustehen und zu gehen – selbst mit meinem Kittel, der alles verdecken dürfte, was man vielleicht sehen könnte – wage ich nicht. Die Möglichkeit erwischt zu werden ... Nein. Keinesfalls!

Also bleibe ich, bis wirklich alle Kollegen fort sind, die nicht die Spätschicht zu besetzen haben. Ich bleibe, tue so, als würde ich arbeiten, leide unter noch immer weiter anschwellender Geilheit und der sanftesten Streichelfolter meines Lebens, und ... habe einen der geilsten Nachmittage meines Lebens.

So verrückt das auch klingen mag, es ist *unglaublich*. Ich bin so ganz und gar bei mir, dass ich keine Zeit für irgendetwas anderes habe. Ich nehme meinen Körper auf eine Weise wahr, die mir völlig neu ist. Jede Regung und die davon ausgelösten

Empfindungen sind neue Erfahrungen. Heiße Erfahrungen. Scharfe Erfahrungen! Diese *Lust!* Sie ist so allumfassend, tiefgehend und vor allem lang anhaltend wie nie zuvor. Ich weiß gar nicht mehr, wo mir der Kopf steht, als ich endlich heimzugehen wage. Was sich als ganz eigene Herausforderung erweist, wenn ich … Derrick gehorchen will.

Es ist schnell klar, dass ich einen neuen Schwierigkeitsgrad in diesem Spiel freigeschaltet habe. In meinem Zustand sind es nicht mehr nur die Erschütterungen jedes Schritts, die mir zu schaffen machen. Und das tun sie drastisch mehr als zuvor, weil meine armen Nippel seit Stunden gequält werden und doch noch immer nicht genug davon haben.

Hinzu kommt jetzt auch noch, dass es in meinem Schoß sehr deutlich glitscht, wenn ich gehe. Und was sich da nass gegeneinander gleitet, das … sind meine Schamlippen, fürchte ich. Wie in aller Welt kann sich das so scharf anfühlen?! Und wie soll ich so den Heimweg schaffen, ohne … zu *kommen*!?

Von allen Erkenntnissen ist das die Krönung. Ich könnte einen Orgasmus davon haben, dass meine nasse Spalte beim Gehen gegeneinander glitscht, weil mich ein Kuschelpullover – den ich *nie* wieder hergebe! – auf der bloßen Haut meines Oberkörpers mit seinen Streicheleinheiten vor Erregung wahnsinnig macht. Das sprengt jeden Rahmen, den selbst meine blühende Fantasie sich jemals stecken könnte. Und es ist *real!* Ich kann es einfach nicht fassen!

Wie ich nach Hause komme, ist so einfach wie unerträglich: langsam. Ich benutze normalerweise die U-Bahn. Dummerweise kommt mir gar nicht der Gedanke, mir einen Uber oder sogar ein Taxi zu rufen, bevor ich es auf den Bahnsteig geschafft habe. Dabei könnte ich mir das mittlerweile sogar leisten. Ich verdiene schließlich verdammt gut.

Doch ich kann mich nicht die Treppen wieder hochquälen und die Aufzüge sind schon außer Betrieb, seit ich das erste Mal hier war. Ich kann also ebenso gut bleiben. Denke ich mir. Und

warte. Während mir im Inneren meiner Hose mein Lustsaft an den Schenkeln hinabrinnt. Und jeder Atemzug das Kribbeln überall in mir auf höchster Stufe aufrechterhält.

Erst als ich bereits in der Bahn sitze, bemerke ich, dass zumindest zwei Männer mich beobachten. Beide sind mit mir eingestiegen. Beide setzen sich so hin, dass sie einen guten Blick auf mich haben. Meine polange Jacke, die meine Misere im Unterleibsbereich verbergen konnte, solange ich stand, lege ich mir auf den Schoß. Mehr Schutz habe ich allerdings nicht. Und das scheinen diese Typen zu spüren.

Ich ignoriere sie, so gut ich kann. Einer ist noch ziemlich jung, der andere eher in meinem Alter. Beide sehen nicht aus, wie Stadtstreicher. Im Gegenteil, sie wirken ordentlich. Der Ältere trägt sogar einen Anzug.

Aber sie benehmen sich nicht anständig. Sie starren! Sie mustern mich. Sie … ziehen mich mit ihren Blicken aus. Als wüssten sie, wie es um mich steht. Was gut sein kann, denn ich muss knallrot im Gesicht sein und der Schweiß läuft mir jetzt in Strömen.

Das Schlimmste ist jedoch, dass … ich ihre Aufdringlichkeit *nicht* abstoßend finde! Immer wieder muss ich meine Fantasie davon abhalten, mit mir durchzugehen. Was, wenn sie mich hier und jetzt zusammen zwingen würden, ihnen zu Willen zu sein? Gott, ich würde kommen, wie nie zuvor! Oder wenn sie warten und mich verfolgen, bis sie mich in eine Seitengasse ziehen können, um sich mir aufzuzwingen? Ja, gleiches Ergebnis. Verflucht, ich darf nicht einmal daran denken, dass sie mich mit erschreckend wenig Gewalt dazu bringen könnten, ihrer beider Schwänze in mich aufzunehmen, sonst …

Es … wäre leicht für sie. Ich bin so nass, dass ich wahrscheinlich selbst an meinem Hintereingang nur so glitsche. Analsex. Das habe ich nie erlebt. Aber wenn ein Finger oder ein sehr kleiner Plug mir einen brauchbaren Vorgeschmack geben können, dann würde ich es definitiv überlegen. Und mehr. Heute … würde ich vielleicht schon davon allein hart kommen.

So fokussiert bin ich darauf, die Tagträume abzuwehren, dass ich fast meine Haltestelle verpasse. Ob ich erleichtert oder enttäuscht bin, dass mir bei meinem beinahe dramatischen Ausstieg niemand folgt, will ich gar nicht weiter vertiefen. Stattdessen tue ich alles, um heil zu Hause anzukommen.

Als mir das schlussendlich gelingt, ist es so spät wie noch nie. Und ich bin *fertig*! Es ist dennoch keine Erleichterung in Sicht. Gott! Ich kann ihn ja nicht einmal kontaktieren, um ihn anzuflehen, es mir zu erlauben! Ich weiß *nichts* von ihm. Nicht einmal seinen Nachnamen, geschweige denn eine Handynummer.

Und er weiß ebenso wenig von mir. Wie soll er mir also erlauben, Erleichterung zu finden? Wann soll das stattfinden? Ich kann nicht ... das ganze Wochenende ...

Nichts hat mich je mehr erschreckt und im nächsten Sekundenbruchteil mehr beflügelt, als meine Klingel in diesem Augenblick. So schnell eile ich zu meiner Tür, dass mir beinahe ein Unglück passiert. Nach Luft ringend und voller Hoffnung reiße ich die Tür auf, ohne auch nur durch den Spion zu schauen. Ich strahle sogar voller Freude. Bis ich begreife, dass mir nicht Derrick gegenübersteht, sondern ein ... Pizzabote?

»Ähm ...«, mache ich.

»Pizza mit Schinken und ... Ananas für Shae von Derrick«, sagt er. Mit einer geradezu angewiderten Pause an der Stelle, wo er von der besten Kombination spricht, die es für Pizzabelag gibt.

»Oh?«, rutscht es mir raus.

»Es gibt auch eine Nachricht«, lässt er mich wissen.

Damit rausrücken scheint er nicht zu wollen, denn jetzt nimmt er mich zum ersten Mal voll in Augenschein. Und ich habe keine Jacke mehr, um meinen nassen Schoß zu verbergen, der – wie eben gerade überprüft habe – *sehr* deutlich auszumachen ist.

»Ich kann warten, falls Sie ...«, murmelt er entschuldigend, sieht aber nicht weg.

»Hm?«

»Falls Sie … da was gegen tun wollen?«

»Das … darf ich nicht«, sage ich zu meinem blanken Entsetzen laut. »Das darf nur er.«

»W-wer?«

»Der Mann, von dem die Nachricht ist«, erwidere ich etwas ruhiger. »Derrick.«

»Ach ja, die …«, stammelt er und schluckt. »Ja, ähm … Es ist eigentlich eine Frage …«

Ich seufze und stütze mich im Türrahmen ab. Dieser junge Kerl ist offensichtlich irritiert, aber ich bin mir absolut sicher, dass er obendrein noch herauszögert, seinen Job zu machen. Und zwar, weil das, was er vor sich sieht, ihn fasziniert. Oder vielleicht sogar anmacht?

Zu meinem Erstaunen schockiert mich das nicht besonders. Ich bin eher genervt, weil ich unbedingt wissen will, was der … der nächste Zug in Derricks Spiel ist. Seinem Spiel mit meiner Lust. Einem Spiel, an dem ich, wie ich zugeben muss, zumindest so viel Spaß habe, wie ich auch darunter leide.

»Wirst du sie mir stellen?«, erkundige ich mich und fange an, den Burschen so ungeniert zu mustern, wie er es bei mir tut. Wo mein Schamgefühl abgeblieben ist, kann ich nicht sagen. Vermutlich wurde es weggespült.

»Ja, also … Ich soll dich fragen … Wirst … Willst du eine, ähm … eine brave, kleine Maus sein und bis morgen durchhalten?«, stottert er sich unsicher zurecht. »Oder bist du ein, äh … eine Muschi, ähm … ein ungeduldiges Kätzchen und hältst es nicht mehr aus?«

Ich atme tief und scharf ein, als ich das höre. Da ist doch noch ein letzter Rest von Scham, der sich gerade aufbäumt. Hat dieser Mistkerl allen Ernstes einen Pizzaboten beauftragt, mir solche Fragen zu stellen?! Erwartet er etwa, dass ich darauf jetzt antworte?

»Ich, ähm … soll eine Antwort einholen«, bekomme ich gleich darauf bestätigt.

Etwas in mir zersplittert mit einem Klirren, das nur ich wahrnehme. Es fühlt sich jedoch ganz ehrlich nicht nach einem Verlust an. Ich spüre eine kochend heiße Aufwallung, als ich den Arm ausstrecke und die Pizzaschachtel ergreife. Dann beuge ich mich vor und stöhne betont langsam und so lustvoll, wie ich mich gerade fühle:

»Sag ihm, dass ich eine brave Maus bin. Und dass ich ihn hasse. Und dass er mir *weit* mehr als eine Pizza schuldet!«

Der Pizzabote erschauert und ich bemerke, wie sich seine Hose im Schritt ausbeult. Aber das ist mir egal. Alles ist mir egal. Ich würde mich jetzt und hier nackt ausziehen und dem Jungen beim Wichsen zusehen, wenn ich dafür Derrick hierher bekommen würde, glaube ich. Auch wenn ich froh bin, dass ich so etwas nicht tun muss, wäre ich … bereit dazu. Ich kann gerade keine Grenze erahnen, die ich nicht überschreiten würde, um zu bekommen, was ich mehr als alles andere brauche – den Schwanz dieses fiesen Arschlochs!

»Und beschreib es ihm«, füge ich noch hinzu. »Sag ihm, dass du gesehen hast, wie nass vor Geilheit ich bin. Mal es ihm in jeder Einzelheit aus. Sieh genau hin, damit du es bloß richtig wiedergeben kannst.«

Der Bursche schluckt und … tut genau das. Er glotzt mir auf den Schoß und leckt sich sogar über die Lippen. Was mir ein frustriertes Aufstöhnen entlockt.

Ich trete zurück und nehme die Pizza mit mir. Meine Tür werfe ich schwungvoll zu. Sonst bin ich am Ende vielleicht alles andere als eine brave Maus und zerre diesen Blödian in meine Wohnung, weil ich die Geduld verliere.

»Vergiss nicht, ihm zu sagen, dass ich ihn **hasse**!«, rufe ich noch durch die geschlossene Tür. Dann murmele ich an mich selbst gewandt: »Woher weiß dieser Mistkerl bloß, dass ich Hawaii-Pizza *liebe*?!«

Nicht über die Lippen kommen mir hingegen die anderen Fragen: Was macht er mit mir? Wie bringt er mich dazu, dass ich so etwas tue, wie das gerade? Oder das in der Firma? Wie

schafft er es, dass ich mich nach ihm verzehre und bereit bin, mich ihm völlig zu unterwerfen?

Und wieso zum Teufel fühlt sich das alles so unglaublich *gut* an!?

Fünfzehntes Kapitel

Derrick

So früh wie heute bin ich nur sehr selten auf den Beinen. Es ist kurz nach acht am Samstagmorgen. Nachtschlafende Zeit, soweit es mich betrifft. Normalerweise …

Aber ich kann nicht mehr schlafen. Und ich kann mich nicht mehr gedulden. Ich will es langsam angehen und auskosten. Doch nach dem, was ich gestern getan, gesehen und zum Schluss auch in einem Apartmentkomplex ein Stück weit den Gang hinunter und um eine Ecke mitangehört habe, ist das verdammt noch mal keine Option mehr.

Viel zu oft habe ich die Tonaufzeichnung des Gesprächs zwischen Shae und dem Pizzaboten angehört. Viel zu viele Male habe ich mich geärgert, dass ich dem Bengel keine Kamera verpasst habe, um zum Ton auch Bild zu haben. Weil ich einfach *weiß*, dass der Anblick so reizvoll gewesen sein muss, wie die Akustik.

Ich will wissen, wie diese im Schritt nasse Hose aussah. Mit eigenen Augen will ich das sehen. Auch wenn ich der Beschreibung des Jungen glaube, fällt es mir schwer, mir das auszumalen. Sie ist so spitz geworden von dem Pullover auf bloßer Haut während der Arbeit, dass sie eine Jeans im Schritt durchnässt hat? Heilige Scheiße!

Ich habe sie mit eigenen Ohren sagen hören, dass sie mich hasst. Das einzige, was das auslöst, ist ein schmerzhaft pulsierender Ständer, wann immer ich daran denke. Dieses Beben in ihrer Stimme. Der außergewöhnliche Beiklang der rasenden Geilheit im Ton. Die Leidenschaft, mit der es aus ihr herausplatzte. Das sind Dinge, die man nicht von einer abgebrühten Frau bekommen kann. Und das ist alles, was ich seit Jahren hatte.

Sicher, ich weiß eine erfahrene Partnerin zu schätzen. Aber da ist etwas an der Unschuld, was einen Dreckskerl wie mich magisch anzieht. Und Shaes Unschuld ist ganz besonders exquisit.

Ich bin mir noch immer nicht sicher, ob sie auf ›dem Spektrum‹ ist oder einfach einzigartig. Sie ist definitiv alles andere als normal. Im einen Moment ist sie schüchtern ohne Ende, dann scheint sie keine Scham zu kennen. So gut ich sie in mancher Hinsicht durchschaue, in anderen Bereichen ist sie rätselhafter als eine Sphinx. Und weit, weit mysteriöser als eine noch so geheimnistuerische Bri Edmonton oder jemand aus deren Dunstkreis.

Ich kann nicht mehr warten. Ich muss ihr auf den Zahn fühlen. Oder eher auf etwas ganz anderes. Ich muss es mit eigenen Augen sehen, mit eigenen Ohren hören und … mit der eigenen Nase riechen. Und wenn es stimmt, dann will ich endlich meinen Spaß haben! So lange warte ich eigentlich nie auf eine Frau. Eine Woche zu investieren, ist schon ein Großprojekt für mich.

Was danach geschieht, weiß der Geier. Ich denke nicht darüber nach. Was an sich schon wieder ungewöhnlich ist, weil ich normalerweise einen Fluchtplan habe, bevor ich überhaupt aufbreche. Mal ehrlich, wozu brauche ich den bei jemandem wie Shae? Sie weiß nicht einmal, dass sie Klauen hat, die sie wahrscheinlich ganz schön tief in mich schlagen könnte. Sie ist einfach anders …

Ich kehre zu ihrem Apartmentkomplex zurück, den ich am Vorabend mit dem Pizzaboten verlassen habe. Ob sie sich

gewundert hat, dass ich ihren Lieblingsbelag kenne? Viel deutlicher konnte ich sie nicht mit einer letzten Warnung versehen, dass ich keiner von ›den Guten‹ bin. Sie zu stalken und zu durchleuchten war kinderleicht. Und ich habe nicht gezögert. Vor Ort ist es so leicht wie zuvor, ins Haus zu gelangen. Es gibt bestenfalls marginale Sicherheitsvorkehrungen. Kleinkriminelle mag das zumindest bremsen, aber die gibt es in so einem Viertel ohnehin nicht allzu häufig. Zu viel Sicherheit, wenn auch von zweifelhafter Qualität, für zu wenig Profit. Darauf hinweisen werde ich sie trotzdem. Sodass sie etwas deswegen unternehmen kann, falls ihr das wichtig sein sollte.

Schließlich bin ich zwar vielleicht ein Arsch und ganz sicher ein Mistkerl, aber kein Monster. Ich will auf jeden Fall nicht, dass ihr was passiert. Jedenfalls nicht durch einen anderen als durch mich.

In ihrem Stockwerk angekommen, tippe ich eine Nachricht, lese sie noch einmal gegen und schicke sie dann ab. ›Komm zur Tür, wie du gerade bist. Lass mich nicht warten.‹ Einfach, klar und direkt. Oh, und natürlich unverschämt. Was mir bei ihr ganz besonders leicht fällt. Ob sie nun darauf abfährt oder sich darüber empört, es ist gleichermaßen unterhaltsam.

Direkt vor ihrer Wohnungstür stütze ich mich mit dem Arm im Türrahmen ab und halte die Hand vor den Spion. Nicht, weil sie nicht wissen soll, wer es ist. Das begreift sie schon. Aber ich will ihr keine Zeit zur Vorbereitung geben. Immer die Initiative behalten zu wollen ist eine meiner zahlreichen, schlechten Eigenschaften. Kontrollbesessen bin ich auch. Und eifersüchtig, obwohl ich ganz bestimmt keine Treue biete …

Es dauert in etwa so lange, wie ich erwarte, falls sie noch im Bett liegt, bis ich etwas höre. Nicht viel, aber genug, um mir auszurechnen, dass sie zumindest nicht voll bekleidet durch ihren Flur gelaufen kommt. Was nicht heißt, dass sie nicht beispielsweise einen Bademantel haben mag, der am Bett lag. Aber dann … bestrafe ich sie eben, statt sie zu belohnen.

Einen Herzschlag lang ist es völlig still, nachdem die Schritte verstummt sind. Ich sehe sie vor meinem geistigen Auge, wie sie sich auf die Zehenspitzen stellt und durch den Türspion zu sehen versucht. Sie wird sich wundern, dass sie nichts sieht, es noch einmal probieren, und dann ...

Die Tür wird entriegelt und einen Spalt weit geöffnet. Ein Augenpaar blinzelt mich an und weitet sich dann. Der Spalt wird größer. Ein verwuschelter Schopf und ein gerötetes Gesicht werden erkennbar.

»Du ...?«, wispert sie und die Röte vertieft sich.

Zu der gewaltigen Lust, die ihren Blick dominiert, gesellt sich eine so ehrliche und offene Freude, dass es einem verdammt noch mal das Herz erwärmt. Was mir ein wenig Unbehagen bereitet. Doch dann ändert sich der Ausdruck. Wut blitzt in ihren Augen auf.

»Du ... Scheißkerl!«

»Dir auch einen guten Morgen«, schnaube ich amüsiert. »Lass mich rein, sonst zerre ich dich raus.«

»Deinetwegen habe ich kaum ein Auge zu bekommen«, zischt sie vorwurfsvoll und zögert für einen Sekundenbruchteil. Dann öffnet sie die Tür und verwendet sie zugleich als Sichtschutz, indem sie dahinter bleibt. »Du bist ein Monster!«

Ich kann nicht anders, als zufrieden zu grinsen. Sie sieht wirklich geschafft aus. Selbst das steht ihr ausgezeichnet. Ich kann ... Gottverdammt, ich kann ihre Lust *riechen*! Sie erfüllt die ganze Wohnung. Mein Schwanz schwillt sofort zu voller Größe an und drängt gegen meinen Hosenstall. Am liebsten würde ich sie jetzt sofort ...

Als ich weit genug eingetreten bin, um hinter ihren türförmigen Schild zu sehen, kommen alle Gedanken abrupt zum Stehen. Der Anblick, der sich mir bietet, fordert die vollständige Aufmerksamkeit jeder einzelnen Gehirnzelle. Heilige Scheiße!

Sie sieht mich voller Zweifel, Unsicherheit, Sehnsucht, Wut und Erregung an. Ihre Lippen formen einen Schmollmund, den sie ziemlich sicher selbst gar nicht bemerkt. Es ist eine zuckersüße Miene der Verletztheit, dass ich so ein gemeines Spiel mit ihr gespielt habe. Und ein Flehen um Erlösung.

Sie hat den Pullover noch an. Hat sie den die ganze Zeit getragen? Ob er den Effekt hat, den ich mir erhoffe, muss ich nicht fragen. Das ist offensichtlich. Aber dass sie ihn gar nicht mehr ablegen mag? Oder … gefällt ihr das etwa!?

Ich kann mich diesen Fragen nicht widmen, denn als ich an ihr hinabsehe, stelle ich fest, dass es sonst keine Kleidung zu finden gibt. Bis zum Bauchnabel ist sie eingehüllt in flauschigen Plüsch-Stoff, darunter liegt alles bloß. Und offenbart mir so das ganze Ausmaß ihrer Not.

Am Rande nehme ich wahr, dass sie verlegen einen Fuß auf den anderen stellt und sich verkrampft. Ich bin hoffentlich nicht der erste Mann, der sie nackt sieht. Selbst wenn …

Verdammt, sie ist aber auch wirklich eine verfickt scharfe Maus! Schmale Taille, breite Hüften und darunter lange, schlanke Beine. Sportlich fit, aber nicht dürr. Gute Gene, schätze ich, denn ich wüsste nicht, dass sie mehr als ein Minimum an Fitness betreibt.

Nichts davon ist allerdings so interessant wie das, was in ihrem Zentrum zu finden ist. Ich kann den Ansatz ihrer rotgeschwollenen Lippen ganz klar erkennen. Ein dunkler Streifen von den Seiten zusammenlaufenden Schamhaars darüber sieht aus, als wäre es natürlich schwacher Wuchs und nicht gestutzt. Dass ich es völlig glatt und nackt bevorzuge, vergesse ich fast, als ich auf ihre Schenkel blicke.

Sie sind nass!

Klitschnass!

Mein Gott, diese Frau läuft buchstäblich aus! Und das schon seit gestern!

Ich zwinge mich, den Blick zu heben und in ihr Gesicht zu sehen. Es fällt schwer. Ich will weiter betrachten, in was für einen Ausnahmezustand ich sie versetzt habe. Aber ich will auch wissen, was sie denkt. Das verraten mir ihre Augen offener als irgendetwas anderes.

139

Sie hält den Atem an. Trotz ihres Zustands ist es gerade nicht Sex, der ihren Kopf ausfüllt. Es ist Angst. Sie ... fürchtet sich davor, wie ich sie beurteilen werde? Wie zum Fick kann so eine umwerfende Frau so selbstunsicher sein, ohne die üblichen, anderen Zeichen für einen passenden Dachschaden an den Tag zu legen?!

Entschieden packe ich die Türkante und gebe dem Ding einen festen Stoß, sodass sie zu schwingt und ins Schloss fällt. Shaes Hände, die sich am Türgriff festgehalten haben, fallen hinab und zucken ein paar Mal, weil sie nicht weiß, was sie damit anfangen soll. Dem Impuls, sich zu bedecken, gibt sie entweder nicht nach, oder er existiert nicht.

»Derrick, ich ...«, wimmert sie kläglich und schluckt hart.

»Du bist einfach zu perfekt«, knurre ich und bin so schnell bei ihr, dass sie einen Aufschrei ausstößt.

Der wird schnell zu einem Stöhnen, als ich sie mit der Hand am Hals packe und an die Wand dränge. Sie ringt keuchend nach Luft, als sich mein Körper gegen ihren presst. Gewaltige Hitze geht von ihr aus und vertreibt die morgendliche Kühle, die ich mit reingebracht habe. Aber nicht, bevor sie nicht den Kontrast zu spüren bekommt und er ihren Zustand noch mehr verschlimmert.

»Hände hinter den Rücken«, fordere ich rau. »Drück dich dagegen. Wag es nicht, einzugreifen!«

»Oh Gott!«, japst sie und tut, was ich verlange, so schnell sie es hinbekommt.

Was sie völlig in meine Hände legt. Das weckt einen so gewaltigen und sogar gewalttätigen Hunger in mir, dass ich mich bremsen *muss*! Sonst ... verletze ich sie. Das würde mir mein Spielzeug kaputtmachen, mit dem ich plötzlich eine Menge neuer Pläne habe.

Ganz verdrängen kann ich diesen plötzlichen Ausbruch sexueller Aggression in mir jedoch nicht. Nur bezähmen und begrenzen. In Bahnen lenken, die keinen Schaden anrichten. Auf

eine Weise ausdrücken, die vielleicht sogar … ihre Lust steigern mag?

Ein Zucken fährt durch ihren Körper, als ich mit der freien Hand zwischen ihre Beine greife. Mitten hinein in die nasse Hitze. Was für ein verdammt geiles Gefühl! Sie schnappt nach Luft, als ich die Fingerspitzen durch ihre Spalte glitschen lasse. Den Kitzler meide ich, weil ich mir vorstellen kann, dass es dann zu schnell vorbei ist. Da ist jedoch noch so viel mehr. Ihre Lippen teilen sich meinem Zugriff und dahinter flutschen zwei Finger ohne den geringsten Widerstand in ihren Eingang. Dann erst zieht der sich zusammen, aber das tut er … kraftvoll!

Sie packt die Eindringlinge mit ihrer Pussy und ich muss sofort daran denken, wie geil sich das an meinem Schwanz anfühlen würde. Ich kann es nicht erwarten, das zu erleben.

»Atme!«, fahre ich sie an und sie stößt die angehaltene Luft aus und saugt frische in ihre Lungen. Ohne mein Zutun hat sie sich auf die Zehenspitzen gehoben. Jetzt fixiere ich sie so, indem ich ihren Hals fester packe und mehr Druck zur Wand ausübe.

»Du willst mir erzählen, dass dieses geile, nasse Fötzchen keine Schlange von Verehrern hat, die anstehen, um sich damit zu vergnügen?«, grolle ich.

Sie versucht, etwas zu erwidern, aber mein Griff lässt es nicht zu. Schließlich schüttelt sie den Kopf.

»Das ist schwer zu glauben«, schnaube ich. »Aber wer auch immer da noch anstehen mag, hat Pech. Denn das gehört jetzt mir!«

Sie stöhnt auf, als ich meine Hand kurz zurückziehe und drei Finger eindringen lasse. Bereitwillig nimmt sie auch die in sich auf, bevor sich ihr Innerstes zusammenzieht und fest zupackt. Ich kann das Zucken ihrer inneren Muskeln spüren. Die Anspannung, die nötig ist, um den Druck aufrechtzuerhalten. Etwas sagt mir, dass sie das nicht bewusst und gezielt tut. Sie ist so überspannt, dass es einfach geschieht.

»Schämst du dich dafür, dass du so nass bist?«, will ich wissen. »Schämst du dich vor den Pizzaboten? Vor deinen Kollegen? Vor … mir?«

Ich lasse ihr keine Zeit zu antworten, weil nur eine meiner Fragen wirklich zählt und ihre Erwiderung darauf für alles gelten wird. Sie zuckt unter den Worten zusammen und versucht erneut zu sprechen. Wieder ist das unmöglich. Ihr bleibt nur, den Kopf zu schütteln.

»Gut«, raune ich und lasse etwas nach, damit sie Luft schöpfen kann. »Weil ich es nämlich scharf finde, wenn andere mitbekommen, wie geil ich dich mache.«

Keuchend reißt sie die Augen auf und will protestieren. Aber ich schiebe sie an der Wand hinauf, bis ihre Zehenspitzen fast den Bodenkontakt verlieren. Gleichzeitig entziehe ich ihr meine Finger und glitsche durch ihre Spalte nach oben, bis ich ihren Kitzler dazwischen fühle. Er fühlt sich geschwollen an und scheint von innen heraus zu pochen.

»Du bist eine brave Maus«, lasse ich sie wissen. »Du bist allerdings nicht sehr weise. Du weißt, dass ich kein guter Mann bin. Aber jetzt hast du mich so sehr angemacht, dass ich dich für mich haben will. Also gehörst du jetzt mir. Verstehst du das?«

Sie schreit auf, als ich ihre Perle zwischen den Fingern zusammendrücke. Ein heftiges Schütteln fährt durch ihren Körper, der dabei ist, in Schweiß auszubrechen. Womit sie nicht allein ist. Ich spüre es auch …

»Hast du gehört?«, knurre ich und fange an, mit festem Druck an beiden Seiten des sensiblen Nervenknotens entlang zu reiben, während ich ihn immer wieder drücke. »Du gehörst jetzt mir!«

»Oh-mein-Gott!«, stößt sie atemlos aus, als ich ihr den Raum dazu gebe.

»Antworte!«, schnauze ich sie an.

»Ja!«, stöhnt sie und schafft es tatsächlich, mich anzufunkeln. »Verflucht, *ja*!«

»Ja, was?«, presse ich zwischen zusammengebissenen Zähnen hervor. »Ja, du verstehst?« Ich intensiviere die Reibung. »Ja, du gehörst mir?« Ich verstärke den Druck auf ihren Kitzler. »Oder ja, lass mich kommen, mein Herr und Meister?«

Ich weiß, dass es unaufhaltsam ist, als ihr gesamter Körper zu zittern beginnt. Der Orgasmus, auf den sie so lange wartet, rollt heran. Und ich glaube, er wird ziemlich hart.

Ganz dicht komme ich ihrem Gesicht mit meinem und greife von ihrem Hals zu ihrem Kinn, das ich eisern packe. Ihre Augen öffnen sich flatternd und sie schafft es irgendwie, ihren Blick auf mich zu fokussieren.

»Antworte!«, fordere ich.

»Ja!«, stößt sie aus. »Ja! *Ja! Jaaahh!*«

Mit einem zufriedenen Grunzen fasse ich in ihren Nacken und ziehe sie an mich, während ich mit der Hand in ihrem Schoß nur ein wenig sanfter weiter ihren Höhepunkt vorantreibe.

»Dann komm«, raune ich in ihr Ohr. »Komm für mich. Vergiss jede Zurückhaltung. Ich will, dass du alles rauslässt ...«

Ihre Hände kommen hoch und klammern sich an meine Arme, während ihr ganzer Körper von einem gewaltigen Krampf erfasst wird. Ich kann fühlen, dass es ein wenig aus ihr herausspritzt. Was mich nur noch mehr erregt. Aber ich muss mich gedulden. Noch ist es nicht so weit. Sie soll ... mir *hörig* sein, bevor sie meinen Schwanz bekommt!

Mit diesem Abgang habe ich den Grundstein dafür gelegt. Er ist so heftig, dass sie erst nach einer Weile anfängt zu stöhnen, zu wimmern und nach Luft zu ringen. Davor war sie zu angespannt. Erst als die Wellen zurückgehen, ist sie dazu in der Lage, diese Laute von sich zu geben.

Laute, die dicht an meinem Ohr beinahe ausreichen, um meine Beherrschung doch noch zu zerschmettern. Weil sie so absolut hemmungslose Geilheit und willige Hingabe ausdrücken. Ohne Vorbehalte, Zurückhaltung und vor allem ... ohne Hintergedanken!

Verdammte Scheiße, ich glaube, ich habe eine Frau gefunden, die ich mir voll und ganz zu eigen machen kann. Wie zur Hölle soll ich da widerstehen können?!

Das wird kein gutes Ende nehmen ...

Aber bis dieses Ende kommt, wird es eine verdammt geile Reise.

Für sie.

Und für mich!

Sechzehntes Kapitel

Shae

Das war nötig! Bitter, dringend und unbedingt nötig. Es eine Frage von Leben und Tod zu nennen, kommt mir nicht übertrieben vor. Gott, ich habe diesen Orgasmus *so* sehr gebraucht!

Schwer atmend, am ganzen Leib zitternd, unendlich schwach und endlich nicht mehr innerlich vor Begierde qualvoll verbrennend klammere ich mich an seine muskulösen Arme und lehne mich an seinen starken Körper. Mit dem Gesicht an seiner Brust atme ich seinen Geruch ein und seine Hände auf mir lassen mich von mehr als nur Nachbeben meines Höhepunkts erschauern.

Es ist ein Moment des absoluten Friedens und der seligen Befriedigung. Ein Augenblick, der mir unendlich kostbar vorkommt. Ein tiefes Gefühl der ›Zugehörigkeit‹ durchdringt mich bis in den letzten Winkel. Ihm gehören – das klingt gerade absolut traumhaft.

Ich staune allerdings auch. Je mehr sich mein Geist klärt und nicht mehr nur Sex meine Gedanken beschäftigt, desto erstaunlicher, wilder und – ganz besonders – unwahrscheinlicher kommt mir alles vor. Habe ich ihm wirklich fast nackt die geöffnet? Ist das, was mit dem Pizzaboten am Vorabend geschah, Realität oder ein wüster Traum? Habe ich ernsthaft die ganze Nacht über in unruhigem Halbschlaf furchtbar gelitten, statt es mir einfach selbst zu besorgen? Nur, weil ich seinen Erwartungen entsprechen wollte? Um ihm ... zu gefallen?

Falls ja, hat es sich *so* verdammt gelohnt! Schon, als er mich am Hals gepackt und an die Wand gedrängt hat, war alles plötzlich so seltsam und unbegreiflich *richtig*. So begehrt habe ich mich noch nie gefühlt. Es hat mich auch noch nie so angemacht, gewollt zu werden und tun zu müssen, was jemand von mir verlangt.

Seine Finger, die in mich eindrangen ... Gott! Das war scharf! Es waren mehr als die üblichen ein oder zwei. Genug, dass ich spüren konnte, wie ich gedehnt werde. Was ein Gefühl ist, das ich liebe. Dieses Mal hätte es ... wahrscheinlich sogar ausgereicht, mich kommen zu lassen. Ein erstes Mal von reiner Penetration.

Das war jedoch nur der Anfang! Dieser Mann weiß, was ein Kitzler ist und wo er sich befindet. Er weiß sogar, dass man nicht wild daran rumrubbelt. Auch wenn ich sagen muss, dass seine Technik mir völlig neu war.

Nicht, dass ich es sonderlich gut analysieren konnte. Aber ich bin mir absolut sicher, dass er es nicht mit Druck und kreisenden Bewegungen getan hat, wie ich selbst. Es schien eher ein beidseitiges Reiben daran entlang zu sein. Und ein Zusammendrücken der empfindlichen Perle. Eine außergewöhnliche Erfahrung. Und *sehr* effektiv!

Ich lächle, als mir durch den Kopf geht, dass sich jedes Risiko, jede Bloßstellung, alle Peinlichkeit und das gelegentliche Bangen bereits gelohnt haben. Die Erlebnisse der vergangenen Stunden werde ich niemals vergessen. Sie werden mich lange begleiten und mir noch eine Menge mehr Orgasmen bescheren. Selbst wenn sich alles in diesem Moment als Traum erweisen würde, würde ich doch nicht leer ausgehen.

Es ... *ist* jedoch kein Traum! Es ist wahr. Er ist hier. Und er hält mich im Nacken und mit der flachen Hand an der Muschi aufrecht, weil ich sonst in die Knie gehen würde vor Schwäche. »Du Mistkerl ...«, seufze ich leise und überhaupt nicht wütend. »Geile, kleine Sexmaus«, raunt er mir zu und jagt mir eine heftige Gänsehaut über den Rücken. »Du hast abgespritzt ...«

»Oh ...«, mache ich und fühle nur einen Hauch Verlegenheit. Außer, es wäre ein ... Vorwurf? »Oh Gott, habe ich dich an...?«, japse ich und will mich aufrichten.

»Du hast genau das getan, was ich von dir will«, grollt er entschieden und lässt nicht zu, dass ich mich von ihm löse. »Entspann dich. Ich finde das ziemlich scharf.«

Mein Herz, das hektisch angefangen hat zu pumpen vor Sorge, beruhigt sich wieder. Und ich mich mit. Ich weiß, dass ich dazu in der Lage bin. Manchmal gelingt es mir, das selbst geschehen zu lassen. Aber es ist mir meist zu anstrengend, auch wenn es geil ist. Außerdem macht es ... Sauerei.

In diesem Moment ist mir das allerdings völlig egal. Ich bin sowieso ein einziges Chaos. Himmel, ich bin wirklich aus dem Bett gesprungen und zur Tür gelaufen, ohne irgendetwas zu richten, als ich seine Nachricht bekam. Und das nach so einer Nacht, die ich mit dem Hintern auf einem mehrlagigen Handtuch verbringen musste, um nicht mein Bett zu durchweichen!

»Ich ... brauche eine Dusche«, wispere ich.

»Stimmt«, meint er mit einem Schnauben, das mich erstarren lässt.

Merkt man das so deutlich? Oh Gott, kann man es womöglich sogar ... riechen?!

»Lass das!«, fordert er so energisch, dass ich vor Schreck vergesse, mich weiter zu verkrampfen. »Nichts an dir ist abstoßend, kleine Maus. Es ist einfach nur verständlich, dass du duschen willst. Ich erlaube das. Aber ich würde mich auch nicht daran stören, wenn du bleibst, wie du bist.«

Ich atme langsam aus und sinke wieder gegen ihn. Irgendwie schafft er es, genau so zu reagieren, dass es mir auch das bisschen Befangenheit nimmt, das ich noch habe. Wo der Rest abgeblieben ist, kann ich nicht sagen. Aber es ist nicht viel übrig. So wie es sich auch mit meiner Scham verhält. Gut, die war in sexueller Hinsicht nie wirklich ausgeprägt. Ich bin schüchtern im Umgang mit Menschen, aber nicht prüde. Das kommt mir wie Zeitverschwendung vor, wenn man sich einmal einig ist, dass man sich nackt, verwundbar und in den unmöglichsten, körperlichen Ausnahmezuständen miteinander einlassen will. Oder, anders gesagt, wenn man bereit ist, sich voreinander nackig zu machen.

»Lässt du mich gehen?«, frage ich leise und irgendwie kläglich.

»Nein«, erwidert er sofort entschieden. »Aber ich erlaube dir zu duschen«, fügt er hinzu, während mich eine Flutwelle der Zuneigung und Wärme überrollt, weil die erste Reaktion das war, was ich in völlig anderer Hinsicht unbedingt hören wollte.

Er gibt mich frei und ich löse mich etwas widerwillig. Zu ihm hochsehend und seinem Blick begegnend, würde ich nichts lieber tun, als auf die Zehenspitzen zu gehen und ihn zu küssen. Ich weiß nur nicht, ob er … Mir ist unklar, was wir eigentlich miteinander haben …

Meine Augen weiten sich, als er meine Wangen in die Hände nimmt und meinen Kopf zu sich hochzieht, während er sich runterbeugt. »Beeil dich«, raunt er mir zu und küsst mich auf den Mund. »Wir sind noch nicht fertig …«

Dann wendet er sich ab und lässt mich stehen. Mit klopfendem Herzen, stockendem Atem und wiedererwachender Lust. Noch nicht fertig? Meint er etwa …? Oh Gott, ich muss mich beeilen!

Schnell setze ich mich in Bewegung und verschwinde im Bad.

»Ach, Shae?«, stoppt er mich noch einmal.

»Ja?«

»Rasier deine Pussy. Ich mag keine Haare zwischen meinen Zähnen …«

Wie vom Donner gerührt starre ich ihn an, als er mir einfach wieder den Rücken zukehrt. Dieser unverschämte, rüpelhafte … Gott! Ich kann nicht glauben, dass er das einfach so fordert! Und noch weniger, dass ich bereits plane, wie ich im gehorchen werde …

Aber genau so ist es.

Als ich fertig bin und nicht nur gesäubert, sondern auch von jedem Haar in meinem Schoß befreit aus der Dusche trete, ist es um die Befriedigung durch den Orgasmus längst wieder geschehen. Nie zuvor habe ich diesen Teil meines Körpers rasiert, auch wenn ich das sonst überall tue. Keiner der Männer, mit denen ich was hatte, sagte etwas dazu. Und es waren auch nie so viele Haare, dass ich eine Notwendigkeit gesehen hätte. Es kam mir nie in den Sinn.

Bis mir ein selbstgerechter Mistkerl den Befehl gegeben hat, es zu tun. Ein bisschen hat es mich geärgert, dass ich ihm so bereitwillig gehorche. Was bildet er sich ein, mir so etwas aufzutragen? Was nimmt er sich heraus? Und wieso macht mich das so an?!

Auf die meisten dieser Fragen kann ich keine Antworten finden, denn je weiter ich komme, desto mehr spüre ich die irrsinnige Empfindsamkeit der nun nackten Haut. Selbst das Kratzen des Rasierers wird zu einer Quelle zusätzlicher Erregung. Ganz zu schweigen davon, dass ich immer mehr darüber nachdenken muss, was seine Worte bedeuten.

Keine Haare zwischen die Zähne bekommen will er. Dazu muss er mich dort küssen. Nein, das Wort dafür ist lecken. Auch damit habe ich wenig Erfahrung. Ich kann es mir jedoch ausmalen und ich habe eine *Menge* darüber gelesen. Vorfreude beschreibt nicht ansatzweise gut genug, was ich darüber denke. Ich werde jetzt schon ganz kirre.

Schnell will ich mich abtrocknen, um ihn nicht zu lange warten zu lassen. Als sich die Tür zum Bad plötzlich und unerwartet öffnet, fahre ich vor Schreck zusammen und erstarre in vorgebeugter Haltung, weil ich gerade mit meinem Bein beschäftigt war.

»Das ist Zeitverschwendung«, höre ich seine Stimme und dann atmet er tief ein. »Was für ein Arsch«, grollt er leise.

Ich will mich aufrichten und umdrehen. Ob ich ihm die Leviten lesen möchte, weil er einfach so hier rein platzt, oder mich in seine Arme werfen will, weil ich nicht anders kann, werde ich nie herausfinden. Ohne Vorwarnung spüre ich seine Hände auf meinem Po, wie sie die Backen auseinanderziehen und mich nach vorne drücken.

Und noch etwas ist da. Ein ... heißer Hauch auf meiner nassen Haut, der einen Schauer meinen Rücken hinaufjagt. Atem! Blitzschnell muss ich mich am Waschbecken abstützen, sonst falle ich um. Das nimmt mir jede Chance, auf etwas anderes zu reagieren. In der nächsten Sekunde vergesse ich sofort, warum ich das jemals wollen sollte ...

Sein Stöhnen, als er sein Gesicht von hinten zwischen meine Schenkel drängt und mit der Zungenspitze meinen Eingang streift, löst tiefe Vibrationen in meinem gesamten Unterleib aus. Das Gefühl dieser ungewohnten, unbekannten Berührung an meiner privatesten Stelle lässt mich die Augen aufreißen und nach Luft schnappen. Und ein hartes, lautes, wildes Stöhnen ausstoßen, das im Badezimmer stark nachhallt.

Ohne bewusste Kontrolle gehe ich auf die Zehenspitzen und beuge mich so weit vor, dass eiskalte Keramik auf meine erhitzten Brüste trifft. Mein scharfes Einatmen rührt aber daher, dass er den besseren Zugang sofort ausnutzt, um seine Zunge tiefer in mich eindringen zu lassen. Hart drücken sich seine Fingerspitzen in meine Pobacken und halten sie weit offen. Weich, aber nicht weniger fordernd drückt sich der Eindringling zugleich in mich und lässt mich etwas völlig Neues erleben.

»Oh Gott!«, wimmere ich. »Das ist ...!«

Ich weiß nicht, was es ist. Umwerfend. Atemberaubend. Fantastisch. *Geil!* Ich packe den Rand des Waschbeckens und recke meinen Hintern noch mehr hoch und nach hinten. In meinem Kopf schwimmt alles. Meine frischrasierten Schamlippen machen das nun beginnende Lecken zu einem irrsinnig intensiven Erlebnis. Doch auch das ist längst nicht alles!

Ich ächze laut und spüre es durch meinen ganzen Körper zucken, als er durch meine Spalte und über meinen Eingang leckt, ohne innezuhalten. Weiter zurück kitzelt und reizt mich seine Zunge. Immer weiter, bis sie meinen … meinen *Anus* erreicht! Und ausgerechnet dort verweilt, um sich dagegenzudrücken, als wolle er …

Ein Aufschrei entkommt meiner Kehle, als ich begreife, dass er keinerlei Skrupel hat, mit seiner Zunge in meinen Hintereingang eindringen zu wollen. Tausend Gedankenimpulse feuern gleichzeitig, aber jeder Widerstand und alles Unwohlsein hat keine Chance gegen die Flutwelle intensiver Lust, die über mich hinwegspült. Es ist kein Orgasmus. Nicht ganz. Aber es lässt einen Schwall Lustsaft aus meiner Spalte quellen, so scharf macht es mich.

»Das gefällt dir«, knurrt er hörbar zufrieden.

Es ist keine Frage. Und ich könnte auch gar keine Antwort geben.

Ein Klagelaut ist alles, was ich herausbringe, als er von mir ablässt. Nichts will ich weniger, als dass er aufhört. Das stürzt mich beinahe in eine emotionale Krise und lässt mich fast in Tränen ausbrechen. Aber ich wage nicht, mich zu beschweren. Als das unerfahrene, dumme Landei kann ich wohl kaum irgendwelche Ansprüche stellen …

Kurz scheint er zu warten, ob ich etwas sagen will, dann steht er auf.

»Ich will sehen, wie du es dir machst«, sagt er heiser. »Ich habe deine Spielzeuge gefunden. Benutz sie für mich vor meinen Augen. Zeig mir, was sonst keiner zu sehen bekommt.«

Der Kübel Eiswasser, den diese Forderung über mir ausgießt, ist nicht mehr als ein Tropfen auf einem heißen Stein. Der Schreck ist schneller wieder vergangen, als er spürbar war. Zurück bleiben nur Brocken. Sehen will er mich. Meine Lust und meine Geheimnisse soll ich ihm zeigen. Das, was niemand jemals sieht.

Ohne mir die Zeit zu geben, mich auch nur zu rühren, zieht er mich hoch und nimmt mich auf seine Arme. Alles, was ich sehe, ist seine angespannte Miene, als er mich durch meine Wohnung trägt. Angespannt vor … Erregung. Mühsam beherrscht. Verbissen …

Ich weiß nicht, wo mir der Kopf steht, als ich auf meinem Bett liege und er drohend über mir aufragt. Aber ich finde auch jetzt nicht die Zeit, über irgendetwas nachzudenken. Nicht, während er seinen Gürtel und seine Hose öffnet und, sich in den Schritt greifend, seinen harten Ständer hervorholt.

Oh mein Gott, ist das ein pralles Teil! Und er zuckt! Es ist, als würde er von innen heraus in schnellem Takt erbeben. Direkt über meinem Gesicht schwebt er und ein kleiner Tropfen bildet sich an der Spitze. Ich lecke mir über die Lippen, auf die er fallen mag, wenn er noch weiterwächst. Was genau das ist, was ich mir augenblicklich wünsche.

»Zeig mir, wie hart du dich selbst rannimmst«, presst er heiser hervor. »Dann zeige ich dir, wie mir das gefällt …«

Ich denke nicht, ich handele. Blind taste ich nach meinem Dildo und meinem Vibrator, denn es kommt überhaupt nicht infrage, den Blick von diesem Schwanz abzuwenden. Nie mehr!

Nur einmal muss ich die Suche unterbrechen, als das geschieht, was ich mir ersehne. Ein Tropfen milchiger Flüssigkeit an seiner Eichel wird so groß und schwer, dass er schließlich hinabfällt. Ich reiße den Mund auf und strecke die Zunge aus, um ihn zu fangen. Und dann stöhne ich, denn … Das ist sein Sperma! Oder zumindest die Vorform davon. Eindeutig jedoch *sein* Geschmack!

Es ist völlig verrückt. Ich erkenne mich nicht wieder. Ich habe mir nie was daraus gemacht, an einem Schwanz zu lutschen. Noch weniger wollte ich Sperma schlucken. Aber dieser einzelne Tropfen seines Aromas auf meiner Zunge, der fegt jede verbleibende Zurückhaltung beiseite. Ich habe meine Spielzeuge gefunden und ich *will* jetzt, dass er mir zusieht. Ich will, dass es ihn so sehr anmacht, dass er seinen Samen auf mich spritzt. Ich will seine Geilheit so weit hinauftreiben, wie er es bei mir schafft.

Ich wünschte, er würde meinen Mund benutzen. Ich weiß, dass mich das noch spitzer machen würde. Es ist alles, als wäre ich in einem der Bücher, die ich manchmal lese, um mich anzuregen. Nichts hiervon passt zu Sex, wie ich ihn zuvor kannte. Nichts passt in die Realität, wie sie immer zu sein schien. *Alles* ist irrsinnig heiß!

»Streck deinen Unterleib hoch«, verlangt er. »Lass mich deine Pussy sehen. Ich will wissen, ob du nass genug bist ...«

Nass! Gott, das bin ich. Es läuft längst wieder in einem steten Rinnsal aus meiner Spalte und zwischen meine Pobacken. Ich werde mein Bett frisch beziehen müssen, aber ... wen interessierts?!

Ich stelle die Füße auf die Matratze und drücke meine Körpermitte nach oben. Sofort fühle ich mich noch exponierter und entblößter. In seinen Augen blitzt es auf und mehr Ermutigung brauche ich nicht. Auch wenn ich genau die erhalte, als sein Schwanz einmal hart pulsiert.

»Du bist mehr als bereit«, knurrt er. »Zeig es mir endlich!«

Ich zucke zusammen, weil es so hart und wütend klingt. Mit zittriger Hand bringe ich meinen Dildo zwischen meine Schenkel und suche mit der Spitze nach meinem Eingang. Dabei kann ich den Blick jedoch nicht von seinem immer wieder pulsierenden Ständer abwenden. Und wenn, dann nur, um den darüber aufragenden Mann zu betrachten, der dafür sorgt, dass ich mich klein fühle. Winzig, aber nicht ... unbedeutend.

Mit kleinen Bewegungen lasse ich den Silikonprügel über meine Schamlippen glitschen und mache ihn feucht. Als er schließlich die richtige Stelle findet und anfängt, etwas in meine Spalte zu tauchen, kann man das sofort nur allzu deutlich *hören*. Ein Stromstoß durchzuckt mich und ich höre Derrick scharf einatmen.

»So geil bist du, dass es schmatzt«, sagt er. »Das ist nicht sehr brav, kleine Maus …«

»Ich bin nicht brav …«, wispere ich.

»Bist du böse?«, will er wissen. »Oder versaut?«

Ich zögere nicht. Darauf gibt es nur eine Antwort: »Ja.«

»Bist du ein kleines, böses, versautes Mädchen?«

»Ja«, stöhne ich und mir wird um ein Vielfaches heißer.

»Beweis es mir!«, schnappt er.

Den Dildo hart in mich rammend schreie ich auf: »Ja!«

Sterne tanzen vor meinen Augen, so intensiv ist das alles verzehrende Lustgefühl bei diesem groben Akt. Härter als je zuvor stoße ich mir mein Spielzeug in die Muschi. Aber ich war auch noch nie so bereit! Es schmatzt laut und Lustsaft spritzt auf meine Schenkel, weil ich so furchtbar nass bin. Von einem Moment auf den anderen füllt mich das dicke Teil völlig aus. Und ich … komme fast davon!

Doch zwischen den Sternen in meinem Blickfeld steht unverrückbar das Einzige, was ich sehen kann und will. Sein Schwanz bebt und eine seiner Hände schiebt sich in Sicht. Hektisch fange ich an, nach Luft zu schnappen, und stoße wimmernde, flehende Laute aus.

»Soll ich ihn anfassen?«, höre ich seine raue Stimme wie durch Watte.

»Bitte!«, schluchze ich.

Als er das tut, spannt sich jeder Muskel in meinem Körper an. Ich würde mich aufbäumen, wenn ich nicht schon meinen Unterleib so weit hochrecken würde, wie es möglich ist. Seiner Hand zuzusehen, wie sie sich um die harte Latte schließt und eine Faust bildet. Gott, das macht mich rasend vor Geilheit!

Ich bringe kein verständliches Wort heraus. Nur Wimmern und Stöhnen entkommt meiner Kehle. Aber ich weiß plötzlich, was ich tun muss, um mich ihm verständlich zu machen. Weit öffne ich meinen Mund und strecke meine Zunge raus.

»Das musst du dir erst verdienen«, lässt er mich abblitzen.

Ich kann keine Enttäuschung empfinden, weil er sich trotzdem vorbeugt und ich für einen Moment glaube, er würde es doch tun. Meinen Kopf hebend, gelingt es mir mit der Zungenspitze, einen weiteren Tropfen von seiner Eichel zu lecken, bevor er sie mir wieder entzieht. Im gleichen Moment bringt er mich fast zum Orgasmus, als seine Finger in meinen Schoß gleiten und dabei auch meine Perle streifen.

Ich kann nicht atmen, nicht denken und mich nicht rühren, als seine beiden Hände in meine Nässe gleiten und sich um den Dildo legen, der in mir steckt. Ich kann allerdings ein verzweifeltes Winseln ausstoßen, als sie sich zurückziehen und er sich wieder aufrichtet.

Warum quält er mich so? Warum tut er nicht mit mir, was ich mir so sehr wünsche? Wie soll ich es mir verdienen?! Gott, bedeutet das etwa, dass ich mich sogar danach verzehre, seinen Schwanz zu lutschen?

Ja … Ja, verflucht, das bedeutet es!

Mit Tränen in den Augen sehe ich zu, wie er sich erneut an den Ständer greift. Er reibt darüber, als würde er ihn eincremen. Hektisch blinzele ich, um meinen Blick zu klären. Er … Er verteilt … meinen Saft darauf! Er reibt meine Nässe auf seinen Schwanz. Und dann …

Oh-mein-Gott!

Dann beginnt er, ihn zu *wichsen*!

Ich habe noch nichts Schärferes gesehen als das, was ich gerade bezeuge. Mein eigener Lustsaft lässt seinen prallen Ständer im Licht funkeln und leise schmatzen, während seine Hand fest zupackend daran auf und ab gleitet.

Ohne zu denken passe ich mich an diesen Takt an, den er vorgibt. In der gleichen Geschwindigkeit, wie er sich massiert,

stoße ich meinen Dildo in mich. Wenn er beschleunigt, tue ich das auch. Und als sich seine Knöchel vor Anspannung weiß färben, ramme ich ihn noch härter in meine Muschi.

»Machst du es dir so selbst?«, keucht er.

Ich werfe den Kopf hin und her, während ich immer lauter stöhne.

»Machst du es mir nach?«, grollt er.

Ich nicke heftig.

»Weil dich das so richtig geil macht?«

Noch härter nicke ich und stoße mich dabei immer näher an einen unwahrscheinlichen, aber definitiv nicht mehr unmöglichen Höhepunkt heran.

»Mein Schwanz macht dich geil?«

Ich stöhne bestätigend, denn ich kann nicht riskieren, wegzusehen. Nicht, wenn ich sehe, wie sich etwas in dieser prachtvollen Männlichkeit anzuspannen scheint. Nicht, wenn ich glaube, dass er sich seinem Orgasmus nähert.

»Ich will, dass du kommst!«, fordert er heiser. »Ich will, dass du abspritzt und es einfach passieren lässt. Ich will dabei zusehen!«

»Oh Gott, *Derrick*!«, entfährt es mir.

»Fuck, ja! Sag meinen Namen!«

»Derrick!«, schreie ich auf. »F-fuck … i-ich … Ich …!«

»Ja! Komm für mich, meine kleine Sexmaus!«, stöhnt er. »Zeig mir, dass deine Geilheit keine Grenzen kennt und du alles willst … Du alles *brauchst*, was ein kaputtes Arschloch wie ich mit dir anstellen will!«

»Derrick!«, kreische ich aus vollen Kräften.

»Shae!«, brüllt er auf.

Und das ist es! Als ich meinen Namen voller geballter Lust aus seinem Mund kommen höre, verliere ich völlig die Kontrolle. Ich nehme noch wahr, wie es in hohem Bogen aus seiner Eichel herausschießt. Hervorgepumpt von seiner geballten Faust, die sich so schnell bewegt, dass sie zu verschwimmen

scheint. Es klatscht auf meinen Körper – vom Hals bis hinunter zu meiner Muschi. Und die ...

Ich reiße den Dildo heraus, als ich fühle, dass es passieren wird. Mit hochgerecktem Schoß ein letztes Mal verkrampfend, löst sich die gesamte Spannung in mir und schießt nach draußen. Es ist so irrsinnig befreiend und befriedigend. So wahnsinnig und unerträglich ekstatisch. Ich kann nur noch schreien vor Lust.

. Und kommen.

Für weiß Gott wie lange und weiß Gott wie nass.

Ich selbst weiß es jedenfalls nicht, denn dieser unglaubliche Ausbruch raubt mir die Besinnung. Ich verliere mich in meiner Ekstase und komme nicht wieder daraus hervor.

Aber das ist es wert!

Siebzehntes Kapitel

Derrick

»**S**o ein verficktes Engelsgesicht«, murmele ich und streichele vorsichtig am Rand ihres Gesichts entlang bis zum Kinn. »So viel Lust in so einem heißen, geilen Körper, aber wenn man dir beim Schlafen zusieht, dann siehst du aus, als wärst du gerade vom Himmel gefallen …«

Shae reagiert nur sehr schwach auf die Berührung und gar nicht auf die Worte. Sie schläft tief und fest. Ihr Orgasmus hat sie völlig ausgeknipst.

Ich habe gewartet, bis ich mir ganz sicher sein konnte, dass es wirklich nur zu viel Lust und zu große Erschöpfung sind. Sie atmet ruhig, ihr Puls hat sich normalisiert. Sie ist okay. Ich werde sie noch etwas ausruhen lassen, bevor ich sie wecke. Denn ich habe noch Pläne für heute. Aber sie sind nicht zeitkritisch.

Was ich nicht tun werde, ist, mich zu ihr zu legen. Auch wenn das verlockend ist. Möglicherweise sogar fast unwiderstehlich.

Gottverdammt! Ich will diesen Körper an meinen pressen. Nackt. Sodass ich meinen Schwanz in sie rammen kann, wie sie sich mit ihrem Dildo selbst gefickt hat. Ich mag nicht ganz so ›stattlich‹ gebaut sein, wie das Gummiding. Aber das belastet mich nicht. Ich weiß genau, wie ich einsetzen muss, was ich habe, um sie in den Wahnsinn zu treiben. Immer und immer wieder.

Eine Squirterin ... Eine Frau, die abspritzen kann. Und unschuldig, aber auf eine irgendwie natürliche Weise zutiefst versaut. Wie soll man da nicht wenigstens mal kurz an einen Engel denken? Wie soll man nicht den Drang verspüren, sie zu beschmutzen?

Und das habe ich. Fast schien es, als wäre es der Auslöser für ihren Abgang gewesen. Ganz sicher bin ich mir da nicht, aber sie war ... extrem fixiert auf meinen Schwanz. Was mir verdammt gut gefallen hat. Wenn sie sich nur noch ein wenig mehr und lauter und artikulierter winden würde ...

Das ist es, was ich von ihr will. Sie soll mir zeigen, wie verrückt die neuen Erfahrungen sie machen. Ich will es sehen und hören. Ich will, dass sie es ausspricht. Nicht nur in kurzen, atemlosen Antworten. Sie soll mir stöhnend und wimmernd davon erzählen, wie sie süchtig danach wird, was ich mit ihr mache! Und sie soll mich verfickt noch mal endlich *anflehen*, sie zu ficken!!

Ich presse meine Lippen fest zusammen. Hoffentlich war sie schon zu weggetreten oder in ihrer Ekstase gefangen, um richtig zu verstehen, was ich da ausgestoßen habe, als ich kam. Das war ein wenig zu ... offen für meinen Geschmack. Ich muss besser aufpassen. Offenbar bin ich nicht der Einzige, der zwischen uns etwas herauskitzelt ...

Bevor ich aufstehe, decke ich sie zu. Was keine Fürsorge ist. Oder ... jedenfalls nicht aus reiner Menschenfreundlichkeit. Wenn sie krank wird, muss ich auf ihre Genesung warten, bevor ich sie mir weiter zu Willen machen kann. Das ist alles ...

Ach verflucht, *ernsthaft*? Ich muss jetzt schon eine ganz normale Nettigkeit vor mir selbst als Teil meines kranken Masterplans rechtfertigen, damit ich nicht das Gefühl habe, es würde mich zu ihr hinziehen? Ich bin wirklich nicht mehr ganz dicht!

162

Ich gehe und sehe mich in ihrer Wohnung um. In der Küche finde ich alles, was ich brauche, um mir einen Kaffee zu machen. Während ich darauf warte, starre ich aus dem Fenster. Keine wunderbare Aussicht, aber auch kein zugemüllter Hinterhof oder eine Müllkippe. Sie wohnt bescheiden, aber nicht ärmlich. Unter ihren Möglichkeiten. Sparsam. Auch das passt zu dieser Frau.

Mit dem Kaffee in der Hand begebe ich mich in das, was sich – wie erwartet – als Wohnzimmer entpuppt. Sparsam möbliert, wobei ich für möglich halte, dass sie noch nicht fertig mit der Einrichtung ist. Offenbar war jedoch eine Priorität, eine ziemlich gemütlich aussehende Leseecke einzurichten. Mal schauen, was sie so in ihren Bücherregalen stehen hat. Das sagt eine Menge über einen Menschen aus ...

Als ich davon einen Eindruck bekomme, muss ich ein lautes Lachen unterdrücken. Ja. Ich muss zugeben, auch das passt zu ihr. Man würde es wohl bei keinem anderen Menschen so vorfinden, aber zu Shae passt es absolut perfekt.

»Derrick?«, höre ich sie mit unsicherer Stimme rufen. »Bist ... du noch da?« Als ich nicht antworte, seufzt sie nach einer Weile: »Ach, verflucht.« Und das klingt wirklich tief enttäuscht.

Ich lasse das Buch sinken und sehe auf die Uhr. Es sind Stunden vergangen. Überraschend. Oder vielleicht auch nicht. Ich muss zugeben, dass es sicher keine Weltliteratur ist, aber sehr mitreißend geschrieben. Eindeutig gut, um darüber die Zeit und wahrscheinlich auch die alltäglichen Sorgen zu vergessen. Ein ziemlich gutes Produkt, wenn man die Zielgruppe berücksichtigt.

Ich habe das Buch nicht willkürlich aus dem Regal gezogen. Dieses Exemplar ist bei Weitem am meisten abgegriffen. Der Zustand ist zwar gut, aber das geübte Auge kann erkennen, dass hiernach oft gegriffen wurde. Viel häufiger, als nach jedem anderen Werk.

Warum das so ist, kann ich mir ausmalen. Erstaunlicherweise habe ich aus diesem fiktiven Werk etwas über die süße, kleine, unschuldige Maus gelernt, was mir weiß Gott wie lange entgangen wäre. Der Umstand, dass es so abgegriffen ist, stellt dabei nur einen Hinweis dar. Der andere liegt in den eingeknickten Ecken einiger Seiten, die wie sehr subtile Lesezeichen fungieren dürften. Ich ergreife meinen Kaffeebecher. Halb voll und kalt. So fesselnd war die Lektüre. Da muss ich jetzt wohl durch ... Laut schlürfend nehme ich einen Schluck und stelle die Tasse dann geräuschvoll wieder ab. Ein erschrockenes Einatmen aus dem Schlafzimmer bestätigt, dass mein Opfer nicht vergebens war. Kalter Kaffee – widerlich!

Sie ruft nicht noch einmal. Ich kann hören, wie sie aufsteht und dann nichts mehr. Die Vorstellung, wie sie auf Zehenspitzen zur Tür und in den Flur schleicht, ist überraschend reizvoll. Nackt muss sie dort irgendwo stehen und vermutlich mit sich ringen. Ich mache es leichter, indem ich vorgebe, noch voll und ganz im Buch vertieft zu sein.

Aus dem Augenwinkel entdecke ich einen Teil ihres Gesichts, als sie um den Türrahmen herum schielt. Ohne aufzusehen oder sie in anderer Form vorzuwarnen, spreche ich los.

»Eine sehr interessante Bibliothek hast du da. Was habe ich gesehen? ›Ungelöste Probleme der Mathematik‹ und ›Kryptografie in den Weltkriegen‹? Dazwischen solche Klassiker wie ›Die Braut beider Mafia-Brüder‹, ›Dem Biker verfallen‹ und natürlich der unangefochtene Bestseller ›Versohl mir den Hintern, Sir‹.«

Ich hebe besagtes Buch an, sodass sie sehen kann, dass ich darin lese. Sie saugt scharf die Luft ein und verschwindet kurz aus meinem Blickfeld. Wenn mich nicht alles täuscht, wird sie bereits rot. Sie schämt sich aber auch wirklich für die seltsamsten Dinge, während Sachen, die den meisten anderen Frauen peinlich wären, ihr kaum etwas ausmachen.

»Habe ich irgendwann den Eindruck erweckt, ich würde lieber mit Türrahmen sprechen, als von Angesicht zu Angesicht?«, tadele ich und orientiere mich dabei etwas an dem Schinken in meiner Hand.

Es ist wirklich ein Schmachtfetzen. Etwas naiv, ein wenig albern und oftmals übertrieben. Aber deswegen nicht schlecht. Sogar anregend. Und eben vor allem verdammt vielsagend. Shae tritt verlegen in den Raum und blickt zu Boden. Sie hält die Hände schüchtern und schuldbewusst fummelnd vor dem Schoß und den Kopf gesenkt. Was ihrer Anziehungskraft keinen Abbruch tut. Im verfickten Gegenteil!

»Hast du etwas zu deiner Verteidigung vorzubringen?«, grolle ich verärgert.

»Ver...!?«, keucht sie und reißt den Kopf hoch. »Muss ich mich für meinen Büchergeschmack verteidigen? Das ...«

Oh, da habe ich einen Nerv getroffen. Sie funkelt mich an und ich habe keinen Zweifel, dass sie diese Grenze entschlossen verteidigen will. Ihr Ärger steht ihr so hervorragend, wie die schlafende Unschuld und die grenzenlose Lust es tun. Er ist nur gerade ... unpassend.

Ich schnalze missbilligend mit der Zunge und hebe die Hand, um mit dem Zeigefinger tadelnd von einer Seite zur anderen zu wackeln. Sie stockt, starrt mich aber weiter kampfbereit an.

»Nicht für deine Auswahl an Lektüre«, stelle ich klar. »Dafür, dass du mir nicht alles offenbart hast, was deine Fantasien beherrscht.« Ich kippe das Buch so, dass sie das Cover gut erkennen kann. »Und du beleidigst besser nicht meine Intelligenz, indem du es abzustreiten versuchst ...«

Volltreffer! Sie hatte noch gar nicht begriffen, was ich da genau lese. Jetzt erkennt sie es. Und die Reaktion ist genial!

Sie wird erst blass, dann nimmt sie umso mehr Farbe an. Ihr Mund öffnet und schließt sich. Ihre Augen zucken von einer Seite zur anderen auf der Suche nach einer Antwort, die genug,

aber nicht zu viel verrät. Oder die einfach nur die Peinlichkeit abwendet. Dabei glitzert es in ihnen auffällig.

»I-ich …« setzt sie an, stoppt aber wieder. »Wie soll ich denn …? Wir kennen uns kaum! Und ich hatte ja gar keine Gelegenheit … Also, was geht es dich überhaupt an?!«

»Komm hierher!«, schnauze ich so hart und laut, dass sie zusammenzuckt.

Da ist er wieder, der blinde Gehorsam. Sie handelt, bevor sie denken kann, und kommt auf mich zu. Ich beobachte dabei sehr genau, ob sie den Kopf aus Unsicherheit einzieht, oder wie jemand, der Schläge erwartet. Und weil ich den Unterschied ganz genau kenne, bin ich mir sicher, dass es keine Furcht vor körperlicher Strafe ist. Gut!

»Willst du abstreiten, dass die Dinge, die in diesem Buch geschehen, dich extrem faszinieren?«, frage ich sie mit maximaler Autorität in der Stimme.

Sie schüttelt den Kopf.

»Ich will deine Antwort hören«, fordere ich.

»Ja, Sir. Ähm, ich meine, nein, Sir. Also …«

»Das ›Sir‹ lassen wir weg, Maus«, raune ich sanfter, als ich das eigentlich beabsichtige. »Damit kann ich absolut nichts anfangen.«

Sie ringt laut nach Luft und reißt die Augen weit auf. Aber der Schock dauert nur eine Sekunde an, dann erschauert sie und kann ein Lächeln nicht unterdrücken. Schnell senkt sie wieder den Kopf, aber ihre Haltung entspannt sich erheblich.

»Nein, Derrick«, haucht sie. »Ich streite nicht ab, dass mich in diesem Buch eine Menge extrem fasziniert. Einiges macht mich sogar ziemlich an.«

»Und warum höre ich davon zum ersten Mal?«, schnaube ich.

»Ich bin noch nicht dazu gekommen, dich zu unterrichten?«, schlägt sie ein wenig unsicher vor.

»Du unterrichtest mich grundsätzlich viel zu wenig«, schnappe ich. »Jede Antwort, jede Regung, jeden Lustschrei

muss ich aus dir rauskitzeln. Alles, was dein Körper mir so freigiebig bietet, muss ich deinem Kopf mühsam entreißen. Findest du das angemessen?«

Ihre Hand ruckt zu ihrer Brust und sie starrt mich durch den Vorhang ihrer Haare erstaunt an. Alles an ihr sagt mir, was ich schon weiß – sie hält nicht absichtlich zurück, was in ihr vorgeht. Aber sie *hält* es zurück ...

»Nein«, krächzt sie nach einem Moment heiser. »Nein, das ist nicht ... angemessen. Das tut mir leid.«

»Deine Entschuldigung ist annehmbar«, gewähre ich. »Aber eine Strafe ist dennoch angemessen, denke ich. Leg das weg.«

Ich reiche ihr das Buch und rutsche auf dem Sessel etwas nach vorn, denn er steht sehr versunken in der Ecke. Shae nimmt es mir ab und sieht so aus, als würde sie nicht so recht verstehen. Jedenfalls so lange, bis ich mir auf die Knie klopfe.

»Wenn ich dich erst zwingen muss, wird es dir schwerfallen, danach noch zu sitzen«, warne ich zusätzlich.

»Oh Gott«, wimmert sie ganz leise und fängt an zu zittern.

Aber – und das ist der Punkt, der es mir schmackhaft macht – es ist kein *ängstliches* Zittern. Es ist ein Beben der Erregung, die jetzt so richtig in ihrem Körper wiedererwacht. Ihre Nippel werden härter und ihre Haut nimmt einen sichtbar rosigeren Ton an, als alles mehr und mehr durchblutet wird. Selbst darin, wie die Härchen auf ihrem Körper sich aufrichten, liegt ein Hinweis. Auch wenn es am deutlichsten daran zu erkennen ist, wie sie unbewusst die Schenkel aneinander reibt.

Unsicher tritt sie näher, bis sie neben meinen Knien steht. Ihr Zittern wird immer ausgeprägter, aber als ich von unten einen Blick in ihr Gesicht werfe, strahlen ihre Augen förmlich vor Aufregung. Ihr gerötetes Gesicht ist eine Maske angespannter Erwartung. Angst oder zumindest eine gewisse Sorge mischt sich mit Erregung und Neugier. Sie erwidert meinen Blick und befeuchtet mit ihrer Zungenspitze ihre Lippen.

Obwohl es ihr gar nicht entgehen kann, wie ich den Arm hebe und mich strecke, zuckt sie zusammen und stöhnt dann

leise auf, als ich in ihren Nacken greife und beginne, sie zu mir nach unten zu ziehen. Ihr Atem geht stoßweise, während sie sich langsam über meine Beine legen lässt. Ganz genau so, wie man es sich vorstellt, wenn von ›übers Knie legen‹ gesprochen wird.

»Ich will, dass du ganz genau verstehst, dass ich das nicht mache, weil ich auf Strafen stehe«, sage ich ernst und streichele über ihren sagenhaften Arsch, der sich meiner Hand perfekt dafür entgegenwölbt. »Ich bin kein Sadist. Und auch kein Dom. Schon gar nicht, wie einer der Typen aus deinen Büchern, denn die können Gedanken lesen, weil sie zusammen mit den Frauen im Kopf des Autors existieren. Oder wohl eher im Kopf der Autorin ...«

Stück für Stück lässt die anfangs extreme Anspannung so weit nach, dass man sich wenigstens keine Sorgen mehr machen muss, wie stark sie zittert. Jedenfalls, bis ich am Ende dieser Ausführung meine Handfläche kraftvoll auf ihren Hintern klatschen lasse, dass es durch den ganzen Raum schallt. Dicht gefolgt von einem Aufschrei aus ihrer Kehle, der ebenfalls einen klaren Nachhall hat.

Sie bäumt sich hoch auf und zuckt unter dem Schmerz, den sie erlebt. Ich nehme an, sie hat so etwas noch nie empfunden. Eine Weile atmet sie nicht einmal. Dann sinkt sie zitterig wieder nach unten und ringt keuchend nach Luft.

»Ich tue das nur, wenn es dir Lust bereitet«, fahre ich fort, als hätte es die Unterbrechung nicht gegeben.

Erneut streichele ich sie dabei. Genau an der Stelle, die sich sichtbar rötet von meinem Schlag. Sie zischt leise, erschauert und verstummt dann kurz, bevor sie ein leises, aber sehr vernehmliches Stöhnen von sich gibt.

»Macht oder Kontrolle oder auch nur Gehorsam sind nicht, worauf ich aus bin«, führe ich weiter aus. »Ich will deine Lust. Ich will ihre Grenzen ausloten. Und dann werde ich diese ausweiten. Eine Frau interessiert mich dann am meisten, wenn sie

ein Bündel kaum beherrschter, praktisch unkontrollierbarer und vor allem wilder und echter Geilheit ist.«

Sie hört mir sehr aufmerksam zu. Das spüre ich. Umso weniger rechnet sie mit dem zweiten Schlag an dieser Stelle. Noch lauter als zuvor schreit sie auf. Diesmal flucht sie auch:»Gott!«

»Der kann dir ganz sicher nicht helfen, wenn du bei mir bist«, schnaube ich und packe fest an ihren Hintern, um zu massieren, statt zu streicheln, was noch ordentlich prickeln und schmerzen muss.

Ihr Stöhnen platzt geradezu aus ihrer Kehle. Sie schnappt nach Luft und stößt es aus. Laut und ungehemmt. Ich spüre, wie sich in meinem Schoß etwas regt, als ich diesen Laut höre.

»Ich will immer erfahren, wie spitz du bist, Shae«, raune ich sanft und streichele sie ein wenig.»Nur so kann ich entscheiden, was ich tun werde, um das so weit zu steigern, dass du die Beherrschung verlierst. Du musst mir sagen, was du willst. Damit ich beschließen kann, ob du es bekommen wirst oder ob es dich und mich mehr anmachen wird, wenn ich es dir vorenthalte.«

Als ich an dieser Stelle eine Pause einlege, spannt sie sich erwartungsvoll an. Aber das wäre viel zu berechenbar. Statt zuzuschlagen, schiebe ich meine Hand zwischen ihre Schenkel. Sie öffnet sich mir sofort und ich kann problemlos bis zu ihrer Pussy vordringen, die mich heiß, nass und bereit erwartet. Sehr bereit …

»Würdest du sagen, es erfüllt bisher deine Erwartungen?«, frage ich.

»Ich … glaube schon«, erwidert sie und will noch mehr sagen. Stattdessen schreit sie laut auf und krümmt sich dann, kaum dass sie sich aufbäumen wollte, weil ich wieder zuschlage. »Fu…!«, setzt sie an, bringt es aber nicht zu Ende.

»Raus damit!«, schnauze ich und schlage sofort noch einmal zu.

»*Fuck!*«, winselt sie und packt meinen Unterschenkel fest mit beiden Händen.»Gottverdammt, Fuck, ich …«

Es schüttelt ihren ganzen Körper, bevor sie laut stöhnend verkündet, wie aus dem Brennen der Schmerzen das nachfolgende Kribbeln wird.

»Oh, Derrick«, schluchzt sie. »Ja, es *gefällt* mir! Verflucht, ich bin so gestört …«

»Das sind wir alle«, wische ich die Worte beiseite. »Oder wie erklärst du dir das, was du an deinem Bauch spüren musst, wenn ich ganz sicher kein Sadist bin?«

Sie hält die Luft an und spürt dem, was ich ihr aufzeige, nach. Dann keucht sie und erschauert, gefolgt von einem überaus wohligen Laut.

»Hör mir jetzt ganz genau zu«, verlange ich. »Ich werde dir von jetzt an oft mit Strafen drohen, wenn ich dir Anweisungen gebe. Normalerweise liegt mir das nicht. Ich brauche auch keinen blinden Gehorsam. Im Gegenteil. Ich kann mir so oder so nehmen, was ich wirklich will.«

Ich merke mir, wie sie scharf einatmet, als ich das sage. Für später …

»Wenn ich dir Strafen androhe und du immer gehorchst, wirst du sie nie erhalten. Das macht das ganze Spiel weniger aufregend, findest du nicht?«

Sie antwortet nicht. Sie muss denken, es sei eine rhetorische Frage. Eine Abfolge von zwei Schlägen, die ihr die Luft rauben und auch noch das letzte Stück nicht zornig roter Haut auf ihrem Hintern einfärben, belehrt sie eines Besseren.

»Ja!«, wimmert sie, als sie wieder etwas sagen kann.

»Ich will mehr als das«, grolle ich.

»Uhh!«, macht sie überrascht. »Ich, ähm … Oh, Fuck!«

Meine Hand, die ihren Hintern knetet, dass es zumindest ziehen muss, bringt sie eindeutig aus dem Konzept. »Nicht aus dem Konzept bringen lassen«, fordere ich rau.

»Nicht aus … Gott …«, stöhnt sie und windet sich, während ich immer fester zugreife und auch weiter zwischen ihre Schenkel vordringe. »Wie!?«, stößt sie dann aus. »Du bringst mich völlig um den Verstand, ganz zu schweigen vom Konzept. Ich weiß

nicht mal mehr, was die Frage war. Deine Hand … Gott, mein Po brennt, aber das fühlt sich so pervers gut an. Ich drehe durch, so intensiv spüre ich dich. Ich kann nicht …«

»Weißt du wenigstens, was du willst?«, frage ich bedrohlich leise.

»Mehr!«, stöhnt sie sofort. »Von allem, was du mit mir machst! Ich will *mehr*! Aber ich kann nicht sagen, was genau. Ich will …«

»Dann halt die Klappe«, schnappe ich hart und schlage ein paar Mal schnell nacheinander, wenn auch weniger hart zu. »Wenn du nicht weißt, was du willst, wirst du nur bekommen, was *ich* will.«

Ich packe sie im Nacken und reiße sie hoch. Schluchzend und völlig verwirrt kann sie nur nach Luft ringen, bis sie seitlich auf meinem Schoß sitzt. Dann erst sucht sie nach meinem Blick und scheint mit den Augen um Verzeihung flehen zu wollen.

»Und ich will dich jetzt schmecken«, knurre ich ihr direkt ins Gesicht, das ich mit festem Griff in ihrem Haar dicht vor mir fixiere. »Ich will auskosten, wie geil es dich macht, dir von mir den Hintern versohlen zu lassen, du perverse, kleine Sexmaus.«

Sie reißt die Augen auf und starrt mich ungläubig an. Doch was als Nächstes aus ihrem Mund kommt, ist kein Protest und auch sonst nichts, was ich kommen sehen kann. Es ist der wohl unglaublichste Satz, den ich je von einer Frau gehört habe. Vor allem, wenn man dabei auch den Tonfall bedenkt.

»Kann ich **bitte** endlich auch deinen Schwanz lutschen?!«, fordert sie so entrüstet und vorwurfsvoll, als würde ich ihr den seit Jahren vorenthalten, und nicht nur einmal. Und es klingt wirklich, als wäre das die größte Gemeinheit der Welt.

Ich kann nicht anders, ich muss lachen. Was sie mit einem geradezu beleidigten Blick beantwortet.

»Ja«, glucke ich und schüttele den Kopf. »Ja, du darfst endlich meinen Schwanz lutschen. Falls du die Konzentration dazu beisammen halten kannst …«

Und damit nehme ich sie auf die Arme und stehe auf. Und für einen Moment ist es, als wären wir weit mehr als nur ein Mistkerl und sein neuestes Opfer, als sie mich anstrahlt und einen Freudenlaut ausstößt. Einen kleinen Jubelschrei, weil sie von der Bewegung überrascht wird und weil ich ihr gestatte, mir einen zu blasen. Das ist so niedlich, dass es mir mein kaltes, böses Herz gefährlich wärmt. Aber ich wische es beiseite und trage sie ins Schlafzimmer.

Zeit, ihr zu zeigen, dass sie meinen Fähigkeiten ihr den Verstand zu rauben nichts entgegenzusetzen hat. Zeit, ihr noch einen Orgasmus zu bescheren, der sie umhaut. Zeit, sie endlich richtig auszukosten, wie ich es will, seit ich sie zum ersten Mal geschmeckt habe.

Und nur darum geht es hier – um grenzenlose Lust und wilden, hemmungslosen Sex. Andere Gefühle und Regungen existieren nicht in mir. Die sind mit der Liebe für meine Mutter gestorben, als die meine Brüder und mich in ihrem ununterbrochenen Rausch einfach vergaß. Wahrscheinlich weiß sie bis heute nicht, dass wir weg sind. Falls sie sich auch nur daran erinnert, dass es uns gab.

Was keine Gedanken sind, die ich jetzt zulassen werde. Oder irgendwann sonst. Jetzt zählt nur, Shae so in den Wahnsinn zu treiben, dass sie sich gar nicht auf meinen Schwanz konzentrieren kann.

Nicht, weil ich etwas dagegen hätte, es mir von ihr besorgen zu lassen.

Einfach nur aus Prinzip, weil sie mich herauszufordern wagt.

Achtzehntes Kapitel

Shae

Als Derrick zu mir aufs Bett kommt, wo er mich abgesetzt hat, tut er das auf eine Weise, die sich nur als raubtierhaft bezeichnen lässt. Ich beiße mir auf die Lippe und mein Herz pocht mir bis in den Hals, als er auf mich zu kommt und mich mustert. Der Hunger in seinen Augen … Gott, das macht mich so unglaublich an!

Ich begreife diesen Mann nicht. Das hält mich jedoch nicht davon ab, ihn zu vergöttern. Zum ersten Mal sehe ich ihn völlig nackt. Er hat sich vor meinen Augen ausgezogen und ich musste all meine Willenskraft zusammennehmen, mich nicht dabei anzufassen.

Er ist so ein verfluchtes Prachtexemplar! Sein muskulöser Körper ist ein fantastischer Anblick. Seine Tätowierungen machen ihn zum absoluten Bad Boy. Seine Selbst-sicherheit ist pure Dominanz und zugleich ein Versprechen welterschütternder Lust. Dass er das einlösen wird, hat er mir bereits eindrucksvoll bewiesen.

Mir wird schwindelig von diesem Mann. Ich bin fest entschlossen, mich diesmal zu revanchieren. Ich will diesen Schwanz! Überall. Aber jetzt ist mein Mund dran und in dem läuft mir wirklich und wahrhaftig das Wasser zusammen bei der Vorstellung, ihn gleich schmecken und lecken zu können.

Ich quietsche, als er meine Knöchel packt und mich zu sich zieht, als wäre es nichts. Meine Schenkel fallen von allein auseinander. Wie er so dazwischen kniet, kommt mir der Gedanke, dass er sich jetzt auch einfach in mir versenken könnte. Ich sehe seinen Ständer von seinem Schoß abstehen und ich weiß, dass meine Muschi so bereit dafür ist, wie sie es nur sein kann. Wenn ich die Knie anziehe und mich ihm ganz weit öffne ... Vielleicht ...?

Sein diabolisches Lächeln verrät mir, dass er mich durchschaut. Es warnt mich allerdings nicht vor, dass er meinen Fuß nehmen und anheben könnte, um meinen großen Zeh zu küssen und dann ganz plötzlich fest in seinen Mund zu saugen. Und auch nicht vor dem irrsinnigen Ziehen, das dadurch in meinen Unterleib fährt.

Ich stöhne gepresst und drücke den Rücken durch, ohne eine Wahl zu haben. Seine Zunge leckt über den Zeh, an dem er intensiv saugt. Meine Muschi findet aus irgendeinem Grund, dass sie das auch fühlen muss. Laut und lang anhaltend stöhne ich die Bestätigung heraus, dass er mich gerade unheimlich scharfmacht.

Das ist es doch, was er will, nicht wahr? Ich soll ihm zeigen und sagen, was ich will und was mir gefällt. Damit er mich auf diese Weise quälen und mir den Verstand rauben kann. Verflucht, wo ist da der Haken? Das ist absolut traumhaft!

»Das hat noch nie jemand bei mir getan«, ringe ich mir atemlos ab. »Das zieht mir bis in ... die Muschi. Gott, das macht mich unglaublich an!«

Ich grinse mit offenem Mund, als ich nun sein Stöhnen höre. Er bekommt, was er verlangt. Und ich bekomme eine eigene Belohnung dafür. Also, wenn er so reagiert, wenn ich mich

überwinde und ausspreche, was ich fühle, dann werde ich nie wieder schweigen!

Ich lasse mich tiefer in die Empfindung fallen und entspanne mein anderes Bein. Dabei berührt mein Fuß etwas Heißes und bekommt ein wenig Feuchtigkeit ab. Sofort weiß ich, was das ist. Und das *elektrisiert* mich! Vorsichtig ertaste ich seinen Schwanz mit meinen Zehen. Ohne ihn sehen zu können, streichele ich darüber und spüre, wie sein Stöhnen tiefer wird. Es vibriert durch meinen Fuß aufwärts in mein Zentrum. Das *gefällt* ihm!

»Ich liebe deinen Schwanz«, wimmere ich. »So habe ich noch nie über einen Penis gedacht. Ich will ihn anfassen, reiben und massieren, daran lutschen, saugen und lecken. Ich ... weiß nicht, ob ich ihn ganz in mich nehmen kann. Das habe ich auch noch nie versucht. Oder versuchen wollen. Aber ich möchte es ausprobieren.«

»Pandoras Büchse«, stößt er aus, als er meinen Zeh freigibt.

»Das ist aus der griechischen Mythologie«, stelle ich fest.

»Das bist du, nachdem ich dir gesagt habe, was ich von dir will«, erwidert er und sein Tonfall bringt mich dazu, den Kopf zu heben und ihn anzusehen. »Der Zauber, den ich rief, oder wie heißt das?«

Ganz tief sehe ich in seine Augen, die mich nicht anklagen. Ich verstehe exakt, was er meint. Und ich habe keinerlei Mitleid mit ihm. Denn das, was er da gerade andeutet, das ist genau, was er mit mir macht. Und so sehr ich das auch genieße und liebe, ich finde die Vorstellung, dass es ihm ähnlich gehen könnte, mehr als reizvoll!

»Die ich rief, die Geister, werd ich nun nicht los«, zitiere ich aus dem Gedicht, das er meint. Es ist Goethes Zauberlehrling.

»Das ist ganz allein deine Schuld«, werfe ich ihm dann vor. »Du hast das in mir aufgeweckt. Du willst wissen, was es mit mir macht. Willst du dich jetzt beschweren?«

Ich richte mich weiter auf und drehe mich, um wieder auf den Rücken zu sinken. So kann ich mich mit dem Kopf voran

auf seinen Schoß zuschieben. Ich mag es noch nie getan haben, aber wie man sich gegenseitig mit dem Mund verwöhnen kann, weiß ich natürlich. Ich lese erotische Romanzen und schaue manchmal einen Porno. Nur die *praktische* Erfahrung fehlt mir. »Wer beschwert sich?«, grollt er und lässt mich nur mit seinem Tonfall erschauern.

Als er seine Hände auf meine Brüste legt und darüber reibt, stöhne ich nicht nur, ich winde mich auch. Ich weiß nicht, wie man sich lasziv oder einladend bewegt, aber meine Lust macht es leicht, einfach irgendetwas zu tun. Sie *will* nach außen dringen und sich mitteilen.

Und sie will wachsen! Ich will, dass er mit seinen Händen überall hinfährt. An jeder noch so unbedeutenden Stelle will ich von ihm berührt werden. Das ist sein Territorium. Sein Revier. Und er soll es markieren. So, wie er meinen Po markiert hat, der noch immer glüht und wahnsinnig kribbelt. So, wie er meine Brust, meinen Bauch, meine Scham und mein Kinn markiert hat, als sein Sperma dorthin gespritzt ist. Ich brauche mehr davon! Ugh!

Energisch greife ich an seinen Hintern und versuche, entweder seinen Körper zu mir oder meinen Körper zu ihm zu ziehen. Zuerst gelingt das auch und ich habe endlich diesen wunderbaren Ständer wieder über meinem Gesicht. Ganz nah, diesmal. Fast nah genug.

Doch Derrick hat andere Pläne. Ich stöhne unendlich frustriert auf, als er sich zur Seite fallen lässt. Warum entzieht er sich mir schon wieder!?

Wild funkele ich ihn an, als ich mich aufrichte. Doch was ich sehe, wischt alle schlechten Gedanken sofort beiseite. Er liegt auf dem Rücken auf meinem Bett und sieht mich an. Wichtiger ist jedoch, was seine Hand tut. Die hält nämlich seinen Schwanz gerade aufgerichtet. Wie eine *Einladung*!

Ich werfe mich zu ihm herum und tue, was nötig ist. Ohne darüber nachzudenken, gehe ich über ihm auf Hände und Knie. Erst als er mich an den Hüften packt und meinen Unterleib über

seinem Kopf zurechtrückt, wird mir bewusst, dass es genau die Stellung ist, die ich auch aus Videos und unzähligen Internet-Memes kenne. Neunundsechzig. Jetzt auf einmal ... begreife ich den Witz.

Ich knie über ihm und meine Brüste streifen seinen Bauch. Seine Hand ist fort von seinem Ständer. Er steht dennoch gerade ab und reckt sich mir entgegen. Seufzend betrachte ich ihn aus allernächster Nähe. Die Festigkeit, wenn ich mit der Nase dagegen drücke. Die dicken Adern unter der Haut des Schafts. Die pralle, rötlich-violette, im Licht glänzende Eichel mit dem kleinen Tropfen direkt auf dem Loch in der Spitze.

Gott, was für ein Teil! Wer dieses Organ als hässlich bezeichnet, kann nicht auf Männer stehen. Ich senke meinen Oberkörper auf die Ellenbogen und lege mein Gesicht an diese außergewöhnliche Härte. Heiß, biegsam und ... von seinem Geruch nicht einfach eingehüllt. Nein, von hier scheint der zu stammen!

Hände, die über meinen hypersensiblen Po streicheln, versuchen mich aus dem Konzept zu bringen. Es ist kaum erträglich intensiv, dort berührt zu werden. Das macht mich so unglaublich an! Wie der Pullover, der mich nach Stunden völlig überreizt hat, scheinen auch die Schläge auf meinen Hintern etwas geweckt zu haben. Ich stöhne, als ich mich in dieses Gefühl fallenlasse. Nicht unerträglich ist es, sondern in seiner überwältigenden Intensität einfach nur genau richtig.

Ich keuche, als sein Körper zuckt und er leise aufstöhnt. Seine Finger graben sich in meine Pobacken, dass ich wimmernd aufheule. Ein leises Schmatzen und ein weiteres Stöhnen geben mir Hinweise auf das, was passiert ist. Aber ich will meiner blühenden Fantasie nicht glauben, dass sie richtig liegt. Bis ...

»Du tropfst mir ins Gesicht!«, knurrt er gepresst. »Du läufst aus ...«

Das ist kein Vorwurf. Jede Scham, die ich empfinden könnte, erstickt unter der Decke der Begierde, die sein Tonfall

über uns ausbreitet. Ich ergreife seinen Schwanz mit einer Hand und küsse den Schaft.

»Deine Schuld!«, stöhne ich. »Du machst das!«

»Ich mache noch viel mehr!«, stößt er aus und packt mich noch fester.

Ich bin völlig machtlos gegen seine Kraft, mit der er meinen Unterleib zu sich hinabzieht. Und noch viel mehr gegen die Flutwelle … Nein, den *Tsunami* der wilden Lust, der über mich hinweg und durch mich hindurch rauscht, als seine Lippen sich auf meine Spalte pressen und seine Zunge dazwischen gleitet. Sofort begreife ich den Unterschied, den die Stellung macht. Als ich im Bad stand, hat er mich von hinten geleckt. Jetzt tut er es von unten. Und das ist offenbar die Art, wie sie von der Natur vorgesehen ist.

Es *muss* so sein, denn es ist einfach perfekt! Ich schreie auf, als seine Zunge vom Ansatz meiner Schamlippen aus über meinen Kitzler streicht und von dort der glitschigen Bahn bis zu meinem Eingang folgt, wo sie sich in mich drängt. Lichtblitze zucken durch mein Blickfeld. Ich presse mich ihm entgegen. Ich will es tiefer in mir spüren. Und dabei dem Kitzel an meiner Perle, der nur von seinem Bart stammen kann, erlauben, mir den Verstand zu rauben.

Erst als es an meinen Lippen und meiner Wange heiß pulsiert, erinnere ich mich wieder an das, was ich direkt vor mir habe. Mühsam zwinge ich meine Augen, sich zu öffnen, und es anzusehen. Rhythmisch schwillt es immer wieder an, während ich in aller Deutlichkeit die obszönen Geräusche hören kann, die aus meinem Schoß kommen.

Derrick hält sich nicht zurück. Er leckt meine Muschi. Er schmatzt und schlürft und stöhnt dabei. Mir wird unfassbar schwindelig, als ich begreife, dass ihm mein Lustsaft direkt in den Mund fließen muss, weil ich immer mehr auslaufe. Genau das scheint ihn jedoch nur noch immer wilder zu machen.

Ich lasse meine Hand an seinem Ständer auf und ab fahren. Ich kann ihn kaum umfassen, aber ich tue es so fest ich kann.

Aus der Eichel quillt mehr von seinem Saft. Ich hebe den Kopf und lecke darüber. Sein Aroma explodiert förmlich in meinem Mund und lässt mich genussvoll stöhnen, während sein hemmungsloses Lecken mir den Atem raubt.

Ich will es so sehr! Ich zwinge mich weiter hoch, bis ich es schaffe, meine Lippen über die Eichel zu stülpen. Was ich da genau tue und wie ich es am besten machen kann, ist mir schleierhaft. Der gemeine Mistkerl nimmt mir mit seiner Zunge, seinen Lippen und seinem tiefen Grollen und lustvollen Stöhnen jede Fähigkeit zu denken. Aber er kann mir nicht den Hunger nehmen, ihm auch Lust zu bereiten!

Selbst wenn ich nur kopieren kann, was ich hier und da gesehen habe, tue ich das mit vollem Einsatz. Ich sauge an seiner Eichel und benutze meine Lippen, um sie und den Schaft darunter zu massieren, während ich den Kopf auf und ab bewege. Ich massiere weiter, was unter meinem Mund frei bleibt. Ich kann in seiner Anspannung spüren, dass es zumindest nicht wirkungslos ist.

Was er allerdings mit mir tut, spielt in einer völlig anderen Liga. Er ist ein Virtuose und ich bin sein Instrument. Die Lust, die sich in mir aufstaut, kennt keine Grenzen. Und es wird nur immer noch weiter mehr und besser, je wilder er es tut und je härter er mich dabei packt.

Mit aller Willenskraft, die mir bleibt, versuche ich mitzuhalten. Ich weiß, dass es eine Technik gibt, auch einen so großen Schwanz in einem so kleinen Mund verschwinden zu lassen. Ich versuche, es hinzubekommen. Aber wenn er in meinem Rachen anstößt, muss ich gegen einen intensiven Würgereiz ankämpfen, den ich nicht überwunden bekomme. Was mich nicht davon abhält, es wieder und wieder zu probieren.

Jetzt erzeuge auch ich verflucht obszöne Laute. Es ist mir jedoch egal! Ich lasse die entstehende Spucke seinen Schaft hinunterlaufen und verschmiere und verreibe sie mit der Hand, mit der ich ihn immer weiter wichse. Nichts ist mehr wichtig, als

diese Aufgabe zu bewältigen. Und ... nicht den Verstand zu verlieren bei dem, was er auf seiner Seite tut.

Als er mit seinen Händen nachgreift und ich seine Fingerspitzen plötzlich in meiner Pospalte und an meinem Anus spüre, scheitere ich fast dabei. Kurz reiße ich den Kopf in den Nacken und stoße einen heiseren Aufschrei aus. So fest ist einer seiner Finger an meinen Hintereingang gestoßen, dass der sich zuckend geöffnet hat und die Fingerkuppe eingedrungen ist. Zu sagen, dass mich das irre anmacht, wäre eine schändliche Untertreibung.

Gott, das ist so falsch und unanständig und gleichzeitig scharf und intensiv! Die Hand hält nicht still. Die Fingerspitze drängt immer wieder etwas hinein, bevor sie sich teils ganz zurückzieht. Mein Lustsaft macht auch dort alles glitschig. Sodass es ein flutschendes Rein und Raus ist, ohne dass er es auch nur zu bemerken scheint. Das ist der erste, fremde Finger in meinem Hintereingang. Und ich finde heraus, dass ich es *liebe*!

Mit neuer Entschlossenheit stürze ich mich auf seinen Schwanz. Ich nehme die Hand weg und stemme mich hoch, um einen besseren Winkel zu haben. Doch als ich von oben direkt auf dieses Organ hinabschaue, das buchstäblich den Inbegriff aller Männlichkeit darstellt, halte ich inne.

»Ich glaube, ich liebe deinen Schwanz«, kommt es mir über die Lippen.

Ein Schauer geht durch seinen Körper und er stoppt für einen Augenblick seinen unermüdlichen Angriff auf meine geistige Gesundheit.

»Nicht so sehr, wie ich deine Pussy«, kommt es tief und unwahrscheinlich rau. »Du wirst mir gleich ins Gesicht spritzen.«

Ich bin an der Reihe, den Rücken unter einem intensiven Schauer durchzudrücken, als ich im Geist vor mir sehe, was er da nicht erbittet oder vorschlägt, sondern fordert. Ich spüre die Ablehnung gegenüber der bloßen Idee. Das kann ich nicht tun! Das macht man einfach nicht. Das geht über jede denkbare Grenze hinaus. Vor allem, wenn ich ... mir dessen bewusst bin.

Aber genau darum geht es. Er *weiß* das. Und ich weiß, dass er mich zu allem bringen kann, was er will. Die Frage ist nur, wie sehr ich mich dagegen wehren will ...

»Nur über meine Leiche!«, stöhne ich und stürze mich auf seinen Ständer.

»Das wird nicht nötig sein«, knurrt er. »Ich zeige es dir.«

Und schon bevor er seine Lippen erneut auf meine Muschi presst und seine Zunge noch wilder von einem meiner sensibelsten Punkte zum nächsten glitscht, stöhne ich bereits gegen den Schwanz in meinem Mund an. Weil ich genau das von ihm will. Er soll mich völlig überwältigen. Ohne Rücksicht auf so dumme Dinge wie Anstand oder Nebensächlichkeiten wie meine Bereitschaft.

Er kennt Welten der Lust und Leidenschaft jenseits meiner Vorstellungskraft. Und ich will diese Welten erfahren! Dazu gebe ich mich in seine Hand und ... wehre mich nur, weil es das ist, was ihn anmacht. Denn gottverdammt, was will ich diesen Mann anmachen!

Wieder einmal ist er es allerdings, der das bei mir schafft. Ich weiß schon, dass ich kommen werde. Ich spüre die unverkennbaren Anzeichen heranrasen. So kurze Zeit mit ihm und ich kenne die Vorboten der neuen Art von Orgasmen, die er mir beschert, bereits ganz genau.

Doch die Zeit bis zum Einschlag dieses Meteoriten der Ekstase verkürzt sich *drastisch*, als er beginnt, seine Zungenspitze schnalzend in den Eingang meiner Muschi schlagen zu lassen, während er daran *saugt*. Noch einmal reiße ich den Kopf hoch. Diesmal, weil ich aufschreien muss vor Geilheit.

Jeder dieser schnellen, harten und zugleich ganz weichen, schmatzenden, perversen Schläge jagt einen Stromstoß durch meinen Körper. Ich presse mich ihm ganz ohne bewusste Kontrolle entgegen. Was ... die Fingerspitze tiefer in meinen Po eindringen lässt! Doch kaum zucke ich vor Schreck zurück, zieht er mich wieder fest an sich und es passiert erneut.

»D-du … fingerfickst meinen Arsch!«, platzt es wimmernd aus mir heraus. Er grunzt nur angespannt mitten in meine Muschi hinein und macht es noch bewusster. Jetzt fährt das Glied wirklich dort ein und aus. Jetzt tut er absichtlich, was vorher ein Versehen gewesen sein mag. Und ich … Ich könnte durchdrehen, so scharf ist das!

»Du *Mistkerl*!«, fauche ich, als mein Orgasmus mich zu überrollen beginnt. »Fuck, ich … Mein Gott, ich werde kommen. Und ich werde … Derrick, ich werde …!«

Sein Knurren lässt es bis in mein tiefstes Innerstes vibrieren. Ich werde abspritzen. Es wird sich alles in seinen Mund ergießen, der wild an mir saugt, während seine Zunge unaufhörlich weiter schnalzt und alles immer schlimmer macht. Und damit immer besser und besser, geiler und geiler … Bis es kein Zurück mehr gibt.

Mein Aufschrei, als ich explodiere, ist ein gepresstes Kreischen an zusammengebissenen Zähnen vorbei, so unglaublich brutal verkrampft sich alles in mir. Nur um einen Augenblick später diese ganze Anspannung schlagartig zu entladen und aus mir heraus, ihm entgegenzuschleudern.

Das Gefühl der unendlich erleichternden Befreiung, das damit einhergeht, raubt mir fast das Bewusstsein, so schön ist es. Ich will heulen. Und vor Glück schreien. Ich will …

Mein schweißnasses, glühendes Gesicht streift seine Härte, als ich den Kopf hängen lasse. In dem Moment weiß ich, was ich noch mehr will, als all das. Ich öffne den Mund und sauge ihn in mich, wie er es mit mir tut. Und ich stoppe nicht.

Auch nicht, als er in meinem Rachen anstößt. Eine der Millionen Zuckungen, die meinen Körper fest im Griff haben, öffnet diese Barriere für uns. Als seine Eichel diese passiert, verändert sich sein Stöhnen und auch die Art der Anspannung in seinem Leib. Plötzlich ist er nicht mehr nur gierig dabei, mich zu trinken – er ist auf einmal auch seiner eigenen Lust ausgeliefert.

Je tiefer ich ihn aufnehme, desto mehr verkrampft nun er. Ich kann nicht mehr atmen, aber das ist mir egal. Ich schlucke und zucke und presse mich tiefer, bis mein Kinn sich in seinen Schambereich bohrt und meine Nase sich zwischen seine Hoden drückt; bis ich jeden Millimeter seines Ständers in meinem Mund, Rachen und Hals aufgenommen habe; bis er ganz allein mein ist und nicht mehr so tun kann, als hätte er die alleinige Kontrolle.

Mein Kopf wird leicht, meine Sicht verschwimmt und meine Lungen beginnen zu brennen, doch ich lasse nicht ab. Nicht, bevor er seinen Mund von mir losreißt und sich fluchend aufbäumt.

»Shae!«, schnauzt er. »Heilige Scheiße! Du …« Er ringt nach Luft und sein Schwanz zuckt hart, bevor er laut stöhnend anfängt, mir seinen Samen tief in den Hals zu pumpen. Wo ich keine Wahl habe, als ihn komplett zu verschlingen, bevor mir schwarz vor Augen wird.

Er ist gekommen, weil *ich* das so wollte.

Er kontrolliert … nein, *besitzt* mich!

Aber er gehört mir nicht weniger, als ich ihm.

Ich bin diejenige, die ihm die Kontrolle entreißen kann.

Nur für einen Augenblick. Aber das reicht mir.

Ich glaube, das schafft keine andere bei ihm.

Mehr will ich gar nicht.

Nur … der beste Fick sein, den er je hatte.

Seine geile, kleine, tabulose, perverse, enthemmte und willige *Sexmaus!*

185

Neunzehntes Kapitel

Derrik

Als Shae zuckend und meinen Erguss tief in ihrem Hals schluckend auf mir zusammenbricht, erfasst mich eine Panik, wie ich sie nur einmal zuvor empfunden habe.

Für einen schrecklichen Moment bin ich wieder ein kleiner Junge von kaum zehn Jahren, der nach der Schule im Wohnzimmer seine leblose Mutter in einer Lache ihrer eigenen Kotze vorfindet. Auf dem Boden vor der versifften Couch, auf der sie den Großteil ihrer Tage und die meisten Nächte verbringt, liegt sie in dem Müll, der sie stets umgibt, und scheint ein Teil des Abfalls zu sein.

Es war nicht das, was ich für einen toten Körper hielt, was mich so tief erschütterte, dass etwas in mir zerbrach. Es war die Erkenntnis, dass die Frau, an die ich mich aus frühester Kindheit zu erinnern glaubte, für immer fort war. Die letzte Hoffnung, sie würde vielleicht irgendwie die Kurve kriegen und meinen Brüdern und mir doch wieder die Mutter werden, die wir brauchten, verreckte elendig.

Die Tränen, die mir in dem Moment in die Augen schossen, galten nicht der Crackhure, die da lag. Sie galten der Frau, die sie einmal war. Obwohl ich nicht einmal wusste, ob ich mir diesen Menschen nur einbildete. Vielleicht war sie schon immer ein Junkie, der sich einen Dreck um die Kinder scherte, die sie einmal zur Welt gebracht hatte. Das Kind in mir starb in diesem Moment. Und mein Glaube an so etwas wie Liebe mit ihm. Auch wenn sich herausstellte, dass sie noch lebte und es überstehen würde, war danach nichts mehr wie zuvor. Ich übernahm es, mich um meine Brüder zu kümmern, statt sie immer wieder anzuflehen, das zu tun. Ich hörte auf, sie als Mutter, Erwachsene oder gar Autoritätsperson zu sehen. Ich verlor die Angst vor ihren Wutanfällen und auch den letzten Rest Respekt vor ihr. In jeder bedeutenden Hinsicht *war* sie tot für mich.

Und die Schuld daran ... suchte ich bei mir. Weil ich es nicht geschafft hatte, zu ihr durchzudringen und sie aufzurütteln. Weil ich nicht liebenswert genug war, sie aus ihrer Besessenheit vom nächsten Rausch zu reißen. Weil ich als Sohn versagt hatte.

Habe ich jetzt ebenso versagt, Shae vor Schaden zu bewahren, den sie sich selbst zufügt? Weil sie ahnungslos und unerfahren ist, während ich weiß, was man tun kann und was nicht? Habe ich ... sie auf dem Gewissen?

Als ich sie in den Armen auf dem Schoß habe und sicher bin, dass sie noch atmet, beruhigt sich mein Herz. Aber nicht ganz ...

Ich fühle es auf eine Weise, wie fast mein ganzes Leben nicht. Ich ... hatte Angst um diese Frau. Die Vorstellung, sie auf dem Gewissen zu haben ... Nein, die Vorstellung, sie *nicht mehr* zu haben! Das jagt mir gleich noch einmal einen kalten Schauder über den Rücken.

»Wir haben gewonnen«, seufzt sie, als sie wieder zu sich kommt, und schlägt langsam die Augen auf. »Beide ...«

Ich starre sie an und weiß nicht, ob ich sie anbrüllen sollte. Sie wirkt so gelöst und zufrieden. Ganz und gar nicht wie in

Lebensgefahr. Und wenn ich darüber nachdenke, bestand die auch nie. Mehr als eine Ohnmacht war nicht zu befürchten, schätze ich.

»Du bist völlig verrückt«, schnaube ich. »Jag mir nicht so einen Schrecken ein!«

Ihre Augen öffnen sich weiter und ihr Blick klärt sich. Sie studiert mein Gesicht und runzelt die Stirn. Dann hebt sie die Hand an meine Wange und streichelt darüber.

»Hattest du Angst um mich?«, haucht sie. »Ich … habe kurz das Bewusstsein verloren, glaube ich.«

»Du hast dich beinahe erstickt!«, schnappe ich aufgebrachter, als ich es zeigen will.

»Das war es wert«, seufzt sie. »Du bist gekommen. Weil *ich* das so wollte!«

»Meine Lust ist kein solches Risiko wert«, widerspreche ich.

»Deine Lust ist jedes Risiko wert«, beharrt sie energischer. »Vor allem so ein kleines. Es ist ja nicht so, als hätte ich mein Leben aufs Spiel gesetzt.«

Ich schlucke wohl etwas zu verräterisch, denn sie bemerkt, dass ich etwas zu verdrängen versuche.

»Oh Gott, dachtest du etwa …?«, keucht sie und richtet sich auf. »Hast du befürchtet …?«

Ich werfe ihr einen wütenden Blick zu, um sie zum Schweigen zu bringen, aber das funktioniert nicht.

»Du hast dir Sorgen um mich gemacht? Dir liegt etwas an mir?!«

»Denkst du, du bist mir egal?«, grolle ich, als wäre das eine abwegige Überlegung.

»Ich dachte, dir geht es nur um Sex. U-und … das ist okay! Ich erwarte nicht, dass du dich für mehr interessierst. Mir reicht der Sex. Ich meine, mir reicht das, was ich bekomme. Es ist unglaublich! Ich habe mich noch nie so lebendig gefühlt. Ich will nicht behaupten, dass ich mir nicht vielleicht mehr zusammenfantasiere, aber …«

Es sprudelt nur so über ihre Lippen, wie bei einem Wasserfall. Es sind verdammt gefährliche Themen und Gedanken. Mich überrascht, dass sie gar nicht an die große Liebe zu glauben scheint, aber was sie da sagt, hat trotzdem ...

Ich kann damit gerade nicht umgehen! Also tue ich das Einzige, was mir einfällt, um sie zum Schweigen zu bringen: Ich küsse sie.

Sie quietscht überrascht und setzt an zu quengeln. Aber nur für den Bruchteil einer Sekunde. Dann erwidert sie den Kuss stöhnend und ... entfesselt auf eine mir unbegreifliche Weise eine Leidenschaft, die mich völlig mitreißt.

Plötzlich ziehe ich sie fester in meine Arme, presse sie an mich und muss mit meiner Zunge ihren Mund erkunden. Unsere Lippen treffen und lösen sich. Sie wimmert und kratzt mir verzweifelt über den Rücken, wo sie sich festhält. Es ist definitiv mehr als nur Lust und Sex. Ich kann dennoch nicht aufhören.

»Derrick!«, schluchzt sie. »Lass mich nicht los!«

»Keine Chance«, knurre ich und meine es todernst. »Du gehörst *mir*! Mir allein! Du bist mein! Ich *besitze* dich! Ob du das willst oder nicht ...«

»Ich will das!«, stöhnt sie. »Ich wollte nie was anderes! Nur jemandem ganz und gar gehören. Und ... *genug* sein ...«

»Das bist du!«, stoße ich aus, denn allein die Idee, sie könne nicht genügen, ist so vollkommen absurd. »Du bist *mehr* als genug. Du bist *perfekt!*«

»Deine Sexmaus?«, fleht sie.

»Meine Sexmaus«, versichere ich ihr entschieden. »Meine kleine, bildhübsche, lebensmüde und unwiderstehliche Sexmaus.«

»Ich bin nicht so hübsch«, wispert sie kleinlaut. »Aber ich mache es wett! Ich tue alles, was du mit mir machen willst. *Alles!*«

»Shae, wer hat dir eingeredet, du wärst nicht schön?«, frage ich sehr ernst, als mir aufgeht, dass sie das nicht einfach nur so dahinsagt. Sie *glaubt* das!

»Das muss mir niemand sagen. Ich bin nicht blöd. Ich habe Augen im Kopf und …«

»Dann brauchst du eine Brille«, falle ich ihr ins Wort.

Ich bin dankbar für die Gelegenheit, mich von Dingen abzuwenden, die mir über den Kopf wachsen und mein Herz schmerzen lassen. Aber es ist nicht nur eine Gelegenheit, das Thema zu wechseln. Ich halte sie weiter in meinen Armen auf meinem Schoß. Ich will sie nicht wegschieben. Im Gegenteil … Was ich gerade empfinde, habe ich bisher nur für meine Brüder gefühlt, als die noch auf meinen Schutz angewiesen waren.

»Du bist eine Schönheit, selbst wenn du deine Vorzüge so ungeschickt zu verstecken versuchst, Maus«, kläre ich sie auf. »Das ist nicht der Grund, weswegen du mich reizt. Der liegt in deiner grenzenlosen Geilheit. Das ist unwiderstehlich für mich. Aber ich kann trotzdem erkennen, wie leicht du selbst deine sogenannten Freundinnen ganz leicht in den Schatten stellen könntest. Haben die dir das eingeredet? Dass du nicht hübsch bist?«

Sie starrt mich an und zum vielleicht ersten Mal sehe ich echtes Misstrauen in ihrem Blick. Bisher war sie bereit, mir alles zu glauben, was ich sage. Doch diese offensichtliche Sache, die scheint sie nicht akzeptieren zu wollen.

»Das musste mir niemand sagen«, erwidert sie leise. »Können wir … das Thema wechseln, bitte?«

»Nein«, beschließe ich. »Das tun wir nicht. Aber ich weiß einen Weg, es ohne unangenehme Gespräche zu klären. Ich hatte das sowieso vor. Gehen wir duschen.«

»Was, ähm …?«, setzt sie an, bevor sie keucht, weil ich sie auf die Arme nehme und aufstehe. »Unfair …«, ist alles, was dann noch von ihr kommt. Mit einem Schmollmund und einem vorwurfsvoll-anhimmelnden Blick, der mir zumindest diese Aussage komplett erklärt.

Ich grinse. Wenn es so einfach ist, sie friedlich zu stimmen und eine Auseinandersetzung abzuwenden, dann wäre eine Beziehung mit dieser Frau vielleicht …

Heilige Scheiße, was denke ich denn da?! Ich sehe sie an und erwische sie, wie sie mit der Unterlippe zwischen den Zähnen mein Gesicht bewundert. Ertappt macht sie große Augen und errötet ein wenig. Ja, was denke ich da nur? Was für eine absolut absurde Idee, bei einer Frau wie dieser mal zur Abwechslung in Erwägung zu ziehen, sie *nicht* nach kürzester Zeit abzuschießen. Was für ein Wahn, sich zumindest die Möglichkeit offenzuhalten, *nicht* das vielleicht Beste, was mir je passiert ist, *absichtlich* zu zerstören. Wirklich verrückt, was ich da denke ...

Kompletter Irrsinn.

Reiner Wahnwitz.

Was für ein Wechselbad der Gefühle!

Ich weiß auch nach der Dusche – noch ein erstes Mal: mit jemandem zusammen – noch immer nicht, wo mir der Kopf steht. Aus dem absoluten Himmel der Ekstase und einer Ohnmacht der geilen Gier mitten hinein in ein Gespräch, das tiefer ging, als ich es jemals mit ihm erwartet habe. Worte, die ich beim besten Willen nicht ganz ohne eine Andeutung tiefer Gefühle interpretieren kann. Themen, die mir immenses Unwohlsein bereiten, neben solchen, von denen ich nicht genug kriegen kann.

Ich versuche, das alles irgendwie in meinem Kopf zu sortieren. Das ist immerhin mein Ding. Ich analysiere, kategorisiere und ignoriere, womit ich nicht zurechtkomme. Nur so komme ich ohne die Tabletten aus, die ich meine ganze Kindheit und Jugend durch nehmen musste. Um meine manchmal extremen Gefühlsaufwallungen und meine Hyperaktivität zu bändigen.

Aber jetzt … muss ich mich einigen sehr extremen Gefühlen stellen. Gefühlen, die ich für einen Mann zu empfinden beginne, der meine ganze Welt auf den Kopf stellt. Der davon nichts wissen will, dachte ich. Bis er mir eben sagte, dass ich ihm gehöre, und es klingen ließ, als meine er ›für immer‹.

Zum ersten Mal seit vielen Jahren wünschte ich mir beinahe, meinen Therapeuten befragen zu können. Aber nein, der Impuls ist schnell verflogen. Was ich ganz sicher nicht will, ist jemand, der mir einredet, diese Empfindungen müssten unterdrückt und begrenzt werden. Das ist das genaue Gegenteil von dem, was ich will!

Ich beobachte Derrick, während wir uns abtrocknen und anziehen. Ich weiß nicht, was er vorhat, aber wir gehen irgendwo hin. Er mit mir. Öffentlich. Als ... Freunde?

Oder sind wir ein Paar? Lover? Freunde mit besonderen Vorzügen?

Verflucht, ich habe keine Ahnung! Ich kann es auch nicht einfach nehmen, wie es kommt. Das ist normalerweise meine Herangehensweise. Doch dieser Mann hat alles durcheinandergewirbelt und ... etwas in mir geweckt! Etwas Wildes, das sich nicht ignorieren lassen will. Es tobt selbst jetzt schon wieder in mir. Nur wenn er mich vor Lust in den Wahnsinn treibt, ist es zufrieden.

Meine Anspannung wächst, bis wir Wohnung und Haus verlassen haben und auf der Straße stehen. Ich habe das Gefühl, ich würde platzen, wenn ich ihn nicht endlich frage, wie ...

Als er meine Hand ergreift und mich zu sich zieht, ist es, als würde ein stürmischer Windstoß alle schweren, dunklen Wolken in meinem Kopf blitzschnell wegpusten. Gott, es fühlt sich an, als würde sogar die Sonne rauskommen. Ich schlucke und lege die Arme um seine Körpermitte. Er legt einen Arm um mich und seine Hand kommt auf meiner Hüfte zu liegen. So gehen wir los und ich fürchte, ich bekomme für eine Weile nichts mit, was um mich herum vor sich geht.

»Du bist nicht neugierig, wohin wir gehen?«, erkundigt er sich schließlich.

»Hm?«, mache ich abwesend. »Ähm, nein. Solange ich mit ... Äh, ich meine, ich vertraue dir. Eine Wahl habe ich sowieso nicht, oder?«

»Also kann ich dich überall hinbringen?«, sagt er nachdenklich. »Selbst in einen Sexklub? Interessant.«

Ich zucke mit den Schultern und sehe zu ihm hoch. »Du würdest mich nicht teilen oder anderen erlauben, mich auch nur anzufassen«, erwidere ich voller Überzeugung. »Und ob uns jemand zusieht, vergesse ich sowieso, sobald du mich anfasst.«

»Du scheinst dir da sehr sicher zu sein«, brummt er.

Ich nicke, denn das bin ich. Ich habe nicht den geringsten Zweifel.

»Ich dachte, du bist nicht gut darin, Menschen einzuschätzen. Und obendrein unerfahren und naiv.«

Das bringt mich aus dem Konzept. Er ... hat recht. Wieso bin ich mir so sicher, obwohl ich keine Ahnung davon habe, wie Menschen ticken? Woher kommt diese felsenfeste Gewissheit?!

»Die beiden jungen Frauen, die uns entgegenkommen«, sagt er unerwartet. »Beobachte und sag mir, was du denkst, wenn sie vorbei sind.«

Ich muss nicht lange suchen, um zu finden, wen er meint. Zwei Frauen, vielleicht Anfang zwanzig. Schick angezogen und mit einigen Taschen von Modegeschäften auf dem Weg nach Hause oder so. Sie neigen sich immer wieder zueinander und erzählen sich von Dingen, die sie zum Lachen bringen. Aber es ist eine besondere Art von Spaß. Es geht um Anzüglichkeiten, Männer oder was auch immer die beiden reizvoll finden.

Ich versuche, nicht zu offensichtlich zu starren. Ich müsste mir jedoch keine Mühe geben, denn als sie uns entdecken, bin ich ihnen nur einen flüchtigen Blick wert. Derrick ist es, der ihre Aufmerksamkeit erregt. Sie sind sehr offensichtlich in ihrer vermeintlich diskreten Betrachtung. Er gefällt ihnen und sie tauschen sich flüsternd darüber aus, was sie am besten finden. Ich denke, sein Gesicht – trotz der blöden Sonnenbrille – und seine Hände. Es gab auch jeweils mindestens einen Blick auf seinen Schritt.

Ich bin ehrlich gesagt ein wenig erschrocken, wie offen und direkt sie ihn mustern und auch zumindest einen Versuch

unternehmen, Blickkontakt herzustellen, um ihm das zu zeigen. Das würde ich niemals wagen! Selbst wenn ein Mann keine Frau an seiner Seite hätte. Selbst wenn mich jemals ein Mann genug interessiert hätte. Selbst wenn ...

Ach, verflucht! Ich funkele die eine, die näher an mir vorbeigeht, kurz an, als wir einander passieren. Sie soll wissen, dass ihre Unverschämtheit mir nicht entgangen ist! Auch wenn sie das nicht allzu sehr interessiert.

»Mach das nicht«, raunt Derrick sanft. »Du hast schon gewonnen. Du hast meinen Arm um dich und ich gehe mit dir an Orte, von denen solche Hühner nicht einmal zu träumen wagen. Du hast es nicht nötig, dein Revier zu verteidigen. Es ist nicht in Gefahr.«

Meine Wangen werden heiß. Nicht vor Scham. Was die Mädchen denken ist mir im Grunde egal. Es ist etwas anderes, was er gesagt hat.

»Also bist du mein Revier?«, wispere ich leise. »Mein Territorium? Mein ... Besitz?«

»Was hast du gesehen?«, fragt er, meine Fragen komplett ignorierend.

Doch ich habe eine Reaktion gespürt. Seine Finger drücken sich ein wenig fester in meine Taille und sein Arm ist etwas angespannter. Die Wärme in meinem Gesicht breitet sich auch in meiner Brust aus und ich unterdrücke ein Lächeln.

»Sie waren scharf auf dich«, antworte ich. »Sie fanden dich attraktiv und reden bestimmt noch ein paar Mal darüber, was sie gerne mit dir anstellen würden. Was ich gut verstehen kann ...«

»Ziemlich scharfsichtig für eine Frau, die keine Ahnung von Menschen hat, findest du nicht?«, kommentiert er.

Das gibt mir zu denken. Ich will abwinken. Das war nicht schwer. Aber stimmt das? Ich hatte eine recht klare Vorstellung selbst davon, worüber die beiden sich vorher ausgetauscht haben mögen. Habe ich solche Beobachtungen schon immer

gemacht? Nein, ich ... habe meistens gar niemanden beobachtet. Ich war früher immer in meiner eigenen Welt. Wann hat sich das geändert? Nicht erst jetzt gerade. Langsam mit der Zeit auf der Uni. Dann wieder gebremst dadurch, dass mir meine Freundinnen immer zeigten, wie oft ich falschlag.

Oh Gott!

»Geht dir irgendein Licht auf?«

»I-ich ... weiß nicht. Ich muss noch darüber nachdenken«, weiche ich aus.

»Tu das«, sagt er ruhig.

Ich habe das deutliche Gefühl, dass er meine Gedanken ganz genau kennt. Aber das zu akzeptieren würde ... alles infrage stellen, was ich in den letzten Jahren geglaubt habe. Dem bin ich gerade nicht gewachsen!

»Versuchen wir etwas anderes«, sagt er. »Schau nach rechts. Jeans, braune Jacke.«

Ich drehe den Kopf und suche, aber da ist nur ein Mann, der sich schnell abwendet, während er auf der anderen Straßenseite in entgegengesetzter Richtung geht.

»Der ... Mann?«

»Hast du bemerkt, was er getan hat?«

»Weggesehen?«

»Oder versucht, sich nicht dabei erwischen zu lassen, wie er dich betrachtet und dir auf die Brüste glotzt?«

Ich bin so verdutzt, dass ich fast stehen bleibe. »Hat er?!«, keuche ich.

»Wie könnte er nicht?«, bekomme ich zur Antwort.

Und mehr! Derrick fasst mir dorthin. Was mich in alle möglichen Arten von Aufruhr versetzt. Ich trage den weißen Flausch-Pullover, denn was sonst wäre angemessen, wenn ich mit ihm wohin auch immer gehe? Und ich trage nichts darunter, weil ... das so richtig ist.

Die Streicheleinheiten des Stoffs lassen mich nicht kalt, aber bis jetzt konnte ich sie gut beiseitedrängen. Vielleicht genieße

ich sie mittlerweile sogar. Wenn er allerdings jetzt eine meiner Brüste kurz drückt und damit die Flamme hochdreht, auf der meine Erregung konstant vor sich hin köchelt …

»Du *Mistkerl*«, stoße ich stöhnend aus und packe seine Hand.

Aber ich kann sie nicht wegnehmen. Ich packe sie, aber ich bringe es nicht übers Herz, sie zu entfernen. Eher … drücke ich sie noch fester auf meine Brust, von deren Nippel Blitze durch meinen Körper schießen.

Derrick grinst absolut diabolisch und ich kann das Funkeln in seinen Augen aus dieser Nähe sogar durch die Brille erkennen, als er vor mich tritt. Er greift fester zu und ich kralle mich in seine Kleidung, um nicht einzuknicken, als mir davon die Knie weich werden.

»Wir sind kaum aufgebrochen«, tadelt er mich selbstgefällig. »Wir können nicht jetzt schon eine Pause einlegen, um dir einen Abgang zu verschaffen.«

»Du würdest …?!«, japse ich und mein Blick zuckt von einer Seite zur anderen.

Wir sind mitten in der Öffentlichkeit. Leute gehen an uns vorbei. Sie starren. Sie stutzen. Sie staunen.

Er beugt sich vor. »Natürlich würde ich«, raunt er mir ins Ohr.

Oh, dieser verfluchte Arsch! Er macht alles, um mich spitzzumachen. Und es funktioniert! Ich spüre, wie mein Widerstand gegen die Idee, ihn in aller Öffentlichkeit Dinge mit mir anstellen zu lassen, schnell nachlässt.

»Aber dann kommen wir ja zu nichts«, stellt er fest und rückt abrupt wieder von mir ab. »Später vielleicht …«

Ich spüre, wie mir unter dem Pullover Schweißperlen den Rücken hinablaufen, so heiß ist mir blitzschnell geworden. Und auch an einer anderen Stelle kann ich die Nässe fühlen, die sich bildet und aufstaut. Himmel, wie soll ich das überstehen? Wenn schon nicht mit intakter Würde – das kann ich mir ohnehin

abschminken – dann doch wenigstens mit einem Rest von Verstand.

Die Antwort lautet wohl: gar nicht.

Es ist mir mit einem Mal überhaupt nicht mehr wichtig, wohin wir gehen. Schon zuvor war ich bereit, mich einfach darauf einzulassen, was er plant. Jetzt liegt meine Aufmerksamkeit mehr bei ihm als bei irgendwas sonst in der Welt.

Ich lasse mich führen und spüre, wie meine Erregung ein sehr zerbrechliches Gleichgewicht erlangt, auf dem sie zu bleiben bereit ist. Aber das Niveau ist verdammt hoch. Ich bin super-spitz. Was allein *seine* Schuld ist!

»Was, ähm ... machen wir hier?«, frage ich etwas verwirrt, als ich schließlich feststelle, dass wir uns in einem Kaufhaus befinden. Genauer, in der Abteilung für Damenmode ...

»Was denkst du?«, erkundigt er sich schmunzelnd und steuert eine Auslage mit Jeanshosen an.

»Brauchst du ...?«, will ich ansetzen, aber dann schaltet mein Gehirn endlich. »Wir kaufen Kleidung für *mich*?!«

»Sehr scharfsinnig.«

»Aber ... ich habe ...«, will ich protestieren.

Doch die Hose, die er hochhält und betrachtet, lässt mir die Worte im Hals steckenbleiben. Das ist definitiv nicht, was ich mir aussuchen würde. ›Figurbetont‹ erscheint mir dafür lächerlich untertrieben. Ich kann dem Schnitt schon ansehen, dass mein Becken darin noch breiter aussehen wird, als es ohnehin schon ist. Was ich immer zu vermeiden versuche.

»Du hast Klamotten«, bestätigt er. »Was du brauchst, ist angemessene Kleidung.«

»Für welchen Anlass?«

»Frau an meiner Seite«, murmelt er und wühlt konzentriert in einem anderen Stapel.

Jeder noch so flüchtige Gedanke an weiteren Protest wird von einem Orkan davongewirbelt, der auch alles mit sich nimmt, was handfester sein könnte. Hat er das gerade wirklich

gesagt? Hat er *gemerkt*, dass er es gesagt hat? Habe ich das geträumt?

»Hier«, sagt er und drückt mir zwei Hosen in die Hände. »Die auf jeden Fall. Die Größe stimmt. Aber wir brauchen noch Oberteile dazu ...«

»Oh Gott«, seufze ich leise und lasse mich mitziehen. Denn was bleibt mir schon übrig? Ich *bin* die Frau an seiner Seite.

Was mich erstaunt, ist seine Effizienz. Dieser Mann bewegt sich durch ein Kaufhaus, als hätte er jahrelange Erfahrung darin. Dabei ist er doch ... Teil der High Society. Oder nicht? Mir fällt auf, dass ich praktisch nichts über ihn weiß. Und er weiß eine *Menge* über mich. Sogar meine Kleidergröße!

»Fang mit den Jeans und den einfachen Oberteilen an«, trägt er mir auf, als wir schwer beladen die Umkleidekabinen erreichen. »Ich bin kurz weg. Keine Sorge, ich beeile mich. Dann sehe ich mir an, was wir bislang haben.«

Seine plötzliche, zielgerichtete Geschäftsmäßigkeit verunsichert mich etwas. Das übersteht jedoch den Kuss nicht, den er mir zum Abschied gibt. Ich starre ihm nach, als er davoneilt. Ist ihm eigentlich bewusst, dass er mich genau so behandelt, wie ich mir das von meinem Freund wünschen würde? Weiß er, was er da mit meinem Herzen macht?

Kurz denke ich darüber nach, wegzulaufen. Irgendwann wird er das Interesse an mir verlieren. Irgendwann begreift er, wie gewöhnlich ich bin. Sex kann uns nicht ewig darüber hinweghelfen, dass ich ein langweiliges, ungeschicktes, naives und furchtbar nerdiges Landei bin. Ich weiß jedoch auch, dass ich mich noch nie so wach und lebendig gefühlt habe, wie genau jetzt. Und das will ich!

Selbst wenn er mir das Herz irgendwann bei lebendigem Leib aus der Brust reißt und ich nie wieder Glück finde, kann ich der Verlockung nicht widerstehen, die er darstellt. Wenn ich eine Motte bin, ist er das Licht. Ich weiß, dass ich mich daran

verbrennen werde. Aber ich kann nichts dagegen tun, dass es mich anzieht. Ich bin machtlos ...

Nicht ohne Zweifel mache ich mich daran, seine Anweisung auszuführen. Wenigstens hat er einen guten Geschmack. Und kennt tatsächlich meine Kleidergrößen. Sogar besser als ich es tue!

Einundzwanzigstes Kapitel

Derrick

E s dauert etwas länger, zu erledigen, was mir plötzlich in den Sinn kam. Ich weiß zwar, wo ich es bekomme, aber der Weg ist weiter als gedacht. Und auf dem Rückweg entdecke ich dann noch etwas, was mich kurz aufhält. Ich bin voll und ganz im Arbeitsmodus. Kein Gedanke wird an die Gründe für meine Entscheidungen verschwendet. Ich weiß, was ich will und ich tue, was dafür notwendig ist. In diesem Fall bedeutet das, Kleidung auszuwählen, die passt und den gewünschten Effekt erzielt. Nicht mehr und nicht weniger.

Zurück bei den Umkleiden stelle ich fest, dass ich keine Ahnung habe, in welcher sich Shae befindet. Etwa die Hälfte ist besetzt. Dann mache ich eine Beobachtung, die mich die Augen verengen lässt. Langsam nähere ich mich.

»Entschuldigung, Sie sind mir ins Auge gesprungen. Welcher Vollidiot lässt denn eine so heiße, kleine Maus wie Sie hier allein einkaufen? Da könnte ja wer weiß was passieren ...«

Die Frau, die ich so anspreche, hat einen Arsch, den ich definitiv wiedererkenne. Auch wenn er jetzt in einer Hose steckt, die ihn endlich wirklich zur Geltung bringt. Ihr dunkelbraunes

Haar hängt auf ihrem Rücken bis zur Taille hinunter und verdeckt einen Rücken, der von erstaunlich wenig Stoff bedeckt ist. Dennoch bin ich mir so sicher, dass ich die Hände an ihre Hüften lege und meinen Unterleib an ihren Hintern presse.

»Oh Gott!«, stöhnt Shae und drückt sich mir entgegen. »Ich dachte schon, du kommst nicht wieder!«

»Verzeihung, kennen wir uns?«

»Ähm, ich meine ... Hey! Was bilden Sie sich ein, sie unverschämter ...«

»Was für ein praktisches Oberteil«, kommentiere ich meine nächste Entdeckung. »Das ist ja wirklich einladend!«

»Derrick!«, japst sie und stöhnt dann.

Es gibt keine Gegenwehr, als ich meine Hände von den Seiten in das Teil schiebe, das im Grunde nicht mehr als ein Stoffstück mit Bändchen ist. Es wird im Nacken und am Rücken befestigt, lässt aber selbst an den Seiten alles frei. Definitiv etwas, was ich ausgewählt habe. Und definitiv wie für sie gemacht.

Ich sehe über ihre Schulter eine ältere Frau an, die fassungslos auf meine Hände unter dem satinartigen Stoff starrt. Was ich da tue ist ziemlich offensichtlich. Dass es nicht unwillkommen ist, verrät Shae dadurch, dass sie den Kopf nach hinten an meine Schulter sinken lässt und sich den Berührungen an ihren Brüsten hingibt.

»Die schmeißen uns gleich raus«, raune ich ihr zu. »Beherrsch dich ein wenig.«

»Wie?!«, wimmert sie. »Ich kann dir nicht widerstehen.«

»Gut so«, grolle ich und ziehe die Hände zurück. »Ich habe dir noch was mitgebracht.«

»Hey! Ist das alles?«, entrüstet sie sich und dreht sich um. »Kein Wort zu meinem neuen Outfit? Ich habe mich fast nicht damit aus der Kabine getraut!«

»Du siehst umwerfend aus«, versichere ich ihr, während ich sie genau betrachte. »Aber das ahnst du selbst.« Sie will den Kopf schütteln, aber ich hebe einen Finger und gebiete ihr Einhalt. »Sonst wärst du in der Kabine geblieben.«

Allein die Art, wie sie meinem Blick ausweicht, ist schon Antwort genug. Ich halte ihr das hin, was ich gerade entdeckt habe.

»Was ist das? Noch ein Oberteil?«

»Ein Kleid«, lasse ich sie wissen.

»Ein … Kleid?«, ächzt sie.

Ich nicke.

»Aber … ich trage keine Kleider.«

»Wenn du es angezogen hast, schon«, zeige ich auf.

»Kleider sind unpraktisch.«

»Zieh es an und ich beweise dir das Gegenteil.«

Sie sieht mich an, als hätte ich ihr gerade einen toten Frosch gereicht. Und so behandelt sie auch das Kleid. Fast schon mit spitzen Fingern nimmt sie es entgegen und hält es von sich ab. Was in aller Welt hat man ihr angetan, dass sie ein gestörtes Verhältnis zu *Kleidern* hat?!

»Los«, fordere ich. »Wir wollen nicht den ganzen Tag hier verbringen.«

Ich bugsiere sie in die Kabine und schließe den Vorhang. Aber nicht so weit, dass ich nicht etwas Einblick hätte.

»Ein Kleid …«, seufzt sie so leise, dass ich mir sicher bin, es ist nicht für meine Ohren bestimmt. »Er kann froh sein, dass ich es ihm nicht um die Ohren klatsche. Ich und Kleider …«

Sie zieht sich aus und schlüpft in das Teil, das mir im Vorbeigehen ins Auge gesprungen ist. An der Schaufensterpuppe sah es ehrlich gesagt ziemlich bescheiden aus. Aber ich wusste sofort, dass es an den Hüften liegt. Dieses Ding braucht ein richtiges Becken und Modepuppen haben das nicht. Und das, was das Kleid so raffiniert macht, passt bei ihnen auch nicht wirklich.

»Das … kann doch nicht sein Ernst sein«, höre ich sie schimpfen. »Muss ich das alles auf fummeln? Wo ist denn der Reißverschluss?«

»Öffne die Bindung ein wenig«, sage ich durch den Vorhang. »Dann kannst du reinschlüpfen.«

207

»Das ist furchtbar unpraktisch«, beschwert sie sich.

»Denkst du, das findest du auch noch, wenn ich Stück für Stück anfange, die Schnürung ein Lochpaar tiefer zu binden?«, will ich wissen. »Jedes Mal, wenn du dich beschwerst, beispielsweise?«

Dass ich keine Antwort bekomme, lässt mich grinsen. Diese Schnürung, von der ich spreche, hält das Kleid auf der Vorderseite zusammen. Und schon eine Lochung tiefer als ganz oben würde eine Menge mehr Dekolletee bedeuten.

Nicht, dass es eine Rolle spielt. Aber das ist etwas, was sie vermutlich erst bemerkt, wenn sie es anhat. Was nicht viel später der Fall ist ...

»Oh Gott! Auf keinen Fall!«, keucht sie.

Schnell reiße ich den Vorhang auf, um zu verhindern, dass sie es bereits halb wieder ausgezogen hat, bevor ich etwas sagen kann.

»Derrick!«, zischt sie und hält sich zum ersten Mal, seit ich sie kenne, die Arme vor das, was sie für eine Blöße hält.

»Lass mich sehen«, knurre ich.

Ihr Blick fleht um Gnade, aber ich bin unerbittlich. Ich schiebe mir sogar die Sonnenbrille in die Stirn, damit sie sieht, wie ernst ich es meine. Seufzend lässt sie die Arme hinabfallen und sieht mich dann von unten herauf missmutig an. Jedenfalls für einen Moment ...

Ich starre auf ihren Oberkörper und weiß: Der Designer dieses Kleids hatte eine Frau wie Shae im Sinn. Niemand sonst könnte es so tragen, wie sie das vermag.

Es passt perfekt. Sie hat genau die richtige Oberweite und exakt das Verhältnis von Hüfte zu Taille, um diesen Fummel optimal zur Geltung zu bringen. Außerdem – das muss ich zugeben – steht ihr der Jeans-Stoff wirklich gut.

Es ist im Grunde ein nicht sehr kompliziertes, figurbetontes Jeans-Minikleid. Der Clou daran ist die Schnürung, die oben zwischen den Brüsten beginnt und ein Stück weit gerade nach unten verläuft, bevor sie in einer flachen Kurve zur Seite

208

abweicht, bis sie über die Hüfte die Seite und schließlich den unteren Saum erreicht. Dieser Verlauf ist notwendig, weil es keine Unterfütterung für den Spalt gibt, in dem sich die Schnüre spannen. Blanke Haut blitzt dadurch hervor. Würde die Schnürung gerade nach unten verlaufen, wäre ein Blick auf den Schoß frei. So wird das perfekt vermieden, ohne die anderen Einblicke – wie beispielsweise auf ein wenig der Wölbungen ihrer Brüste – zu beseitigen.

»Fuck«, grolle ich und mache einen Schritt auf sie zu und in die Umkleidekabine hinein.

Sie schnappt nach Luft, als ich sie an den Seiten packe und hochhebe, um sie gleich darauf an die Wand zu pressen. Schnell schlingt sie ihre Beine um mich und stöhnt mir in den Mund, als sie den erwachenden Harten in meiner Hose fühlt.

»Oh Gott!«, wispert sie und erwidert meinen Kuss.

»Unpraktisch, hm?«, murmele ich.

»Ich nehms zurück!«, beeilt sie sich zu versichern. Dann geht ihr etwas auf. »Fuck! Du könntest jetzt einfach …!«

»Mh-hm«, bestätige ich heiser.

»Verflucht, das ist sehr praktisch!«, stöhnt sie. »Wirst du …?«

»Nein«, beschließe ich und setze sie wieder ab. »Hättest du nicht so viel Widerstand geleistet, dann … vielleicht. Aber so …«

»Derrick!«, wimmert sie flehend.

»Nein. Du musst es erst wiedergutmachen.«

»Wie?!«, stößt sie sofort aus. »Ich tue alles!«

»Zieh dein Höschen aus«, verlange ich. »Das kannst du da drunter sowieso nicht tragen. Und du wirst das Kleid anbehalten, denn es gefällt mir.«

»Mir auch!«

»Ach ja?«

»Ja! Nachdem … ich gesehen habe, wie du mich darin anstarrst. Ich … Ich dachte, ich kann keine Kleider tragen.«

»Wer hat dir denn den Bären aufgebunden.«

»Meine Freundinnen haben gesagt ...«, setzt sie an, verstummt aber gleich wieder.

»Bri und die Schlangen?«, schnaube ich. »Ja, das macht Sinn. Mit einer Klassefrau wie dir und so einer Figur können die nicht konkurrieren. Ganz besonders nicht in einem Kleid, das dich perfekt zur Schau stellt. Was ... wahrscheinlich meistens der Fall sein wird. Weil du einfach die optimale Figur für die besten Kleider hast.«

»Meinst du das ernst?«, fragt sie angespannt.

»Habe ich dich schon mal angelogen?«, grolle ich, hebe aber sofort die Hand. »Nein, das kannst du nicht wissen. Aber ja, ich meine das todernst, Shae. Du siehst umwerfend aus. Die einzigen Leute, die das anders sehen, sind missgünstige, neidische Zicken und die Spinner, die denken, dass eine Frau wie ein Skelett aussehen muss.«

»Derrick«, wispert sie und sieht aus, als würden ihr Tränen in den Augen stehen. »Bestraf mich! Hier und jetzt! Und dann ...«

Das kann ich nur mit einem wölfischen Grinsen beantworten. »Deine Strafe fällt dieses Mal anders aus«, lasse ich sie wissen. »Du erfährst es, wenn du endlich dein verficktes Höschen loswirst!«

Sie öffnet den Mund und schließt ihn wieder. Ich weiß, was ihr durch den Kopf geht. Ich bin mir verdammt sicher, dass sie längst wieder nass vor Geilheit ist. Ohne ihr Höschen ...

Zum Glück habe ich das bedacht.

Doch das kann sie nicht wissen.

Shae

Mit einem mulmigen Gefühl stehe ich vor Derrick und fühle mich wieder sehr klein. Sein diabolisches Grinsen macht mich in diesem Fall besonders nervös. Wenn er nicht – wie ich impulsiv angeboten habe – meinen Hintern in aller Öffentlichkeit versohlen möchte, was mag er dann vorhaben? Gibt es etwas noch Erniedrigenderes? Etwas noch *Heißeres*?

Himmel, ist das wirklich so scharf für mich? Macht mich dieses Extreme, sogar Öffentliche wirklich so an? Oder habe ich irgendeine Art von Rückfall in meine Kindheit?

Nein! Ich nehme nie wieder diese Pillen, die mich so furchtbar abstumpfen und alles wie in Watte packen! Selbst wenn ich gerade dabei sein sollte, völlig den Verstand zu verlieren. Was ich bezweifeln will, denn … es fühlt sich so irrsinnig *gut* an, was hier zwischen mir und diesem Mistkerl geschieht!

Ich schlucke hart und greife mir mit zittrigen Fingern unter das kurze Kleid. Noch so ein ›praktischer‹ Punkt, nehme ich an. Es ist sehr leicht, an mein Höschen ranzukommen. Und auch, es hier auszuziehen. Blitzschnell ist es geschehen und ich spüre plötzlich einen hauchzarten Lufthauch an meiner klitschnassen Muschi, während ich ein völlig durchweichtes Stoffknäuel in der Hand halte.

»Mach den Vorhang zu«, verlangt Derrick. Seine Stimme! Sie ist heiser und dunkel. Er ist *extrem* erregt! Noch mehr bebend als zuvor, greife ich an ihm vorbei, während er in die Hocke geht. Ich muss mich mit einer Hand an einer Kabinenwand abstützen, als mir durch den Kopf geht, was wäre, wenn er mich jetzt hier lecken wollte. Fuck, ich würde schreien! Kein Zweifel! Ich wäre völlig verloren!

»Ich habe etwas für dich«, grollt er. »Du musst es verwahren und nur herausrücken, wenn ich das von dir verlange. Sonst bleibt es an seinem Platz.«

Zu schnell, als dass ich ausmachen könnte, was er hält, verschwindet die Hand, die er in der Tasche hatte, zwischen meinen Schenkeln. Der einzige Weg, ein heftiges Aufstöhnen zu verhindern, als ich seine Berührung auf meinen Schenkeln fühle, ist ein Knebel. Ohne nachzudenken, stopfe ich mir mein eigenes Höschen in den Mund. Als ich mich sofort mehr als deutlich schmecke, weiß ich nicht, ob das ein Fehler war. Denn es ist absolut nicht widerlich, obwohl ich das angenommen hätte …

»Brave, kleine Maus«, kommentiert er.

Ich reiße die Augen auf. Denn damit macht er es *geil*. Ich fürchte, ich werde nie mehr meinen eigenen Geschmack mit etwas anderen in Verbindung bringen können. Schwer atmend versuche ich, nicht weiter die Fassung zu verlieren.

»Du wirst es festhalten«, befiehlt er. »So fest, wie du meine Finger gehalten hast.«

Ich kann nur einen gepressten Laut von mir geben, denn selbst der Knebel wird nicht verhindern, dass ich das ganze Kaufhaus zusammenschreie, wenn ich auch nur ein Mikron in meiner Anspannung nachlasse. Seine Finger berühren nämlich nicht einfach nur meine Spalte, die pressen sich dagegen! Sie suchen! Nach meinem Eingang, wo …

Oh Fuck! Wo er etwas Hartes in mich zu drücken beginnt, das definitiv *kein* Finger ist. Dazu ist es viel zu *dick*!

Ich werfe den Kopf in den Nacken und kneife die Augen zu, während ich mich mit bebenden Armen zu beiden Seiten fest abstütze. Was für ein Bild ich abgeben muss! Wenn jetzt jemand den Vorhang öffnen würde, wäre da ein Mann in der Hocke vor einer Frau, der Schweiß über das Gesicht rinnt, während sie mit offenen Schenkeln dasteht und nicht weiß, ob sie heulen oder lachen soll, wenn sie gleich verflucht noch mal *kommt*!

Dann – ganz plötzlich – lässt der Druck nach und das Gefühl des Eindringens verschwindet. Aber nicht die Empfindung, dass da etwas zu sein scheint. In mir!

»Einmal noch«, knurrt Derrick.

»Noch mal!?!«, wimmere ich in meinen Knebel.

Der Tonfall scheint es verständlich zu machen, obwohl die Worte nicht erkennbar sind, denn die Antwort lautet: »Für mich ist es auch nicht leicht.«

Ich stöhne abfällig, weil das ja wohl das Dümmste ist, was er je gesagt hat. Wer muss sich denn irgendetwas *einführen* lassen und dabei vor Geilheit fast *sterben*?!

»Dein Geruch«, murmelt er rau. »Deine Nässe, die mir über die Finger fließt. Wie du zitterst und wie nah du einem Abgang bist … Es ist verdammt hart, sich da zusammenzureißen.«

Oh bitte! Das kann nicht sein Ernst sein! Dieser Arsch will mich doch …!

Oh Gott! Noch mal! Erneut drängen sich seine Finger gegen meinen Eingang. Ich … Fuck, ich würde meine Seele dafür geben, wenn er sie in mich rammte! Ich bin so nah an einem Unglück, dass ich mich frage, warum ich überhaupt noch versuche, es zu verhindern.

»Du wirst jetzt nicht kommen!«, schnappt er.

Kann dieser Mistkerl denn Gedanken lesen, verflucht?! Und wie grausam kann ein Mensch sein, mir so einen Befehl zu geben!? Hat er denn keinen Funken Mitgefühl?

215

Wie ich es schaffe, weiß ich nicht. Ich muss mehr Willenskraft besitzen, als mir bewusst ist. Aber als ein zweites Mal etwas in mich flutscht – habe ich dabei ein Klacken gehört?! – schaffe ich es irgendwie, zu gehorchen. Nach Luft ringend und verschwitzt stehe ich da und weiß nicht, was als Nächstes geschehen wird. Doch ich scheine es geschafft zu haben.

»Lass sie nicht rauskommen«, knurrt er und tut … irgendetwas.

Ich öffne die Augen und sehe zu ihm hinab. Was ein Fehler ist, denn er leckt sich meinen Saft von den Fingern und das ist … Gott, so versaut! Und so *scharf*!!

»Wenn sie dir entkommen, muss ich sie wieder reinschieben«, warnt er noch einmal.

Ich spanne mich unwillkürlich innerlich an und … spüre es! Oh mein Gott, etwas ist in meiner Muschi und es sendet eine einzelne, leichte Vibration aus, die sehr tief in mich hinein reicht.

»Das hier wird dir etwas helfen«, sagt er und holt noch etwas aus seiner Tasche.

Ich kann mir keinen Reim darauf machen, bis er es entfaltet. Es sieht aus wie ein Slip, aber aus … Gummi? Es ist komplett transparent. Was mir wie eine absolut blöde Idee für ein Höschen erscheint, bis ich verstehe, dass es sicherlich nicht den Zweck hat, zu verhüllen.

Sextoys! Dieser gottverdammte Mistkerl hat mir irgendwelche Sextoys eingeführt! Und jetzt … hebt er meine Füße an, um mir ein Gummihöschen anzuziehen. Was … vielleicht doch nicht so blöd ist, weil ich bereits merke, wie mir der Saft an den Schenkeln hinabrinnt. Stoff könnte diese Überflutung nicht aufhalten. Gummi – oder wahrscheinlich so etwas wie Latex? – hat eventuell eine Chance.

Ich bleibe in meiner verkrampften Haltung, bis er fertig ist mit seinem Tun. Er steht auf und bleibt ganz dicht vor mir. Jetzt blickt er wieder in mein Gesicht hinab.

»Gib mir dein Höschen«, grollt er.

Ich senke den Kopf und lasse es in seine hingehaltene Hand fallen. Dass es nun auch noch speichelgetränkt ist, geht mir völlig am Allerwertesten vorbei. Das verdient er.

»Das war eine ziemliche Tortur, der du mich da ausgesetzt hast«, wagt dieser unmögliche Arsch doch allen Ernstes, zu mir zu sagen.

»Ich *dich*!?«, fauche ich. »Du mieser, gemeiner, abartiger … Ugh!«

Er packt meinen Unterkiefer und schneidet mir das Wort ab. Erst jetzt sehe ich das wilde Glitzern in seinen Augen und wie er mit sich ringt. Seine Lippen streifen meine und ich werde weich wie Wachs in seinen Händen, als er mich mit seiner irren Dominanz ganz einfach seinem Willen unterwirft.

»*Du* mich, ja«, presst er heraus. »Wenn du jemals einem anderen Mann so den Kopf verdrehst, bringe ich den Wichser um.«

»Und was … machst du mit mir?«, keuche ich atemlos.

»Ich ficke dich so lange und versohle dir so brutal den Hintern, dass du …«, setzt er an. »Nein, das wäre keine Strafe. Ich ficke dich nicht und fasse dich auch nicht mehr an, bis der Rest der Welt vergessen hat, dass der Bastard, der es gewagt hat, sich an meinem Eigentum zu vergreifen, jemals existiert hat.«

»Küss mich!«, fauche ich. »Aber fass mich nicht an dabei, sonst weiß ich nicht, was passiert!«

Er runzelt die Stirn, aber dann tut er genau das. Und ich beiße ihm in die Unterlippe und zische dabei, so von Sinnen bin ich.

»Was hast du da in mich reingesteckt?«, will ich wissen.

»Liebeskugeln«, antwortet er fast schon beiläufig und reibt sich verstohlen über die Lippe.

»Nein, die blutet nicht. Glück gehabt«, lasse ich ihn wissen.

Sein Grinsen macht mich rasend. Aber nicht vor Wut. Alles, was er tut, wird am Ende zu einer Quelle der Lust für mich. Das ist krank. Aber es ist auch fantastisch. Jedenfalls … wenn sich diese Erregung auch irgendwann wieder entladen kann.

»Sind wir endlich fertig hier?«, stöhne ich.

»Wieso? Willst du irgendwo hin?«

»Derrick!«, maule ich.

»Schon gut. Wir gehen. Ich zahle.«

»Auf keinen Fall!«, schnappe ich. »Meine Kleidung, meine Rechnung. Ich bin nicht auf dein Geld aus.«

»Ich weiß, dass du nicht ...«, versetzt er und zieht die Augenbrauen zusammen. »Shae, worauf *bist* du aus?«

Das fragt er mich jetzt?! In einem absoluten Ausnahmezustand? Wobei ... Wann wäre ich an diesem Wochenende nicht in genau so einem Zustand gewesen?

»Auf dich«, gebe ich zu. »Was du mit mir machst, ist ... irre. Ich habe mich noch nie so lebendig gefühlt. Ich will mehr davon!«

»Einen ... fantasievollen Stecher?«

»Nein. Dich!«, erwidere ich. »Andere Männer sind mir egal und es geht auch nicht um den Sex ...« Er zieht eine Augenbraue hoch. »Okay, es geht um Sex. Aber nur um das, was du in mir auslöst. Es ist, als wärst du eine Droge und ich wäre süchtig ...«

»Schlechtes Beispiel«, unterbricht er mich und wendet sich etwas ab. »Aber gut, ich verstehe. Komm ...«

Es ist ein so abrupter Umschwung, dass mir schwindelig davon wird. Würde er nicht meine Hand ergreifen, wäre ich sicher, er ist sauer auf mich. Irgendwas an meinem Vergleich schmeckt ihm überhaupt nicht. Geht es um Drogen? War er mal ... abhängig?

»Derrick, es tut mir leid, wenn ich ...«, sage ich leise.

»Nicht jetzt, Shae. Du hast nichts falsch gemacht. Belass es dabei und ... vertrau mir.«

Mir entgeht nicht, dass er das zum ersten Mal von mir verlangt. Aber es spielt keine Rolle, denn ...

»Das tue ich längst.«

So verrückt das auch sein mag.

Es dauert eine Weile, bevor ich anfange, etwas zu bemerken. Während wir uns auf den Rückweg zu meiner Wohnung machen, ist mir ein gewisses Gewicht in mir bewusst, das immer wieder meinem Ausgang zustrebt. Ich halte es zurück und das ist gleichermaßen lustvoll wie ... anstrengend. Aber darüber hinaus spüre ich nichts.

Bis mir die Schwingungen bewusst werden, heißt das. Bis ich einen Rhythmus gefunden habe und mich genug beruhigen konnte, um in mich hinein zu lauschen. Bis sich der teuflische Effekt dieser verfluchten Dinger in mir wirklich entfaltet.

»Spürst du sie?«, fragt er mich völlig unvermittelt.

»Ja«, ringe ich mir ab. »Woher ...?«

»Deine Hüften schwingen immer mehr und du wirst langsamer«, lässt er mich wissen.

»Das sind wirklich gemeine Dinger«, stöhne ich. »Erst dachte ich, es geht. Aber je weiter wir gehen ...«

»Pass nur auf, dass sie nicht ...«

»Rausflutschen, ja«, schnappe ich. »Schon verstanden. Bloß auf deinen Besitz aufpassen, der in deinem Besitz steckt. Du musst es nicht andauernd wiederholen.«

»Vorsicht, Kätzchen. Dein Ton gefällt mir nicht.«

»Dann solltest du ... mich bestrafen«, fordere ich ihn heraus. »Gleich hier?«

»Ich weiß was Besseres«, grollt er und ... geht schneller.

Erst denke ich, dass er es eilig hat. Aber als er mich mitzieht und ich mich an die neue Geschwindigkeit anpassen muss, wird es mir schnell klar.

»Oh Gott, du ... *Mistkerl*!«, wimmere ich.

»Wir können auch joggen«, warnt er.

»Ich bin lieb!«, beteuere ich. »Ich bin ganz lieb und brav und artig. Ich verspreche es!«

Zum Glück gewährt er mir Gnade, denn sonst ... Um ehrlich zu sein weiß ich nicht, was passieren würde. Ich weiß nicht mal, wie ich das Gefühl beschreiben sollte. Es hat aber definitiv

eine Wirkung auf meinen gesamten Unterleib. Und diese Wirkung ist *eindeutig* eine Form von Erregung. Es vermischt sich mit dem, was sonst noch in mir tobt. Was eine böse Verbindung ist. Aber ich kann nicht anders, als es zu genießen. Selbst wenn ich nicht weiß, warum ich das tue.

Als wir bei meiner Wohnung ankommen, gehe ich wie auf rohen Eiern. Jeder Schritt lässt Flutwellen purer Lust durch meinen Körper strömen. Die Schwingungen scheinen keinen Anfang und kein Ende zu haben. Sie pflanzen sich unendlich fort und treiben mich endgültig dem Wahnsinn in die Arme.

Würde mich Derrick nicht mit seinem Arm um meinen Körper stützen, ich könnte keinen Schritt mehr tun. Ich würde mich einfach auf den Boden sinken lassen und wahrscheinlich in meiner Verzweiflung anfangen, wie eine Besessene zu masturbieren. Was ein seltsames Echo in meinem Kopf erzeugt, das sich wie eine Erinnerung anfühlt. Sie ist jedoch dunkel und vage. Wahrscheinlich nur ein Zeichen des einsetzenden Wahnsinns.

Ich lehne mich an die Wand neben meiner Tür und versuche, die Konzentration zusammenzubringen, meine Tasche nach meinem Schlüssel zu durchsuchen. Derrick tritt zu mir.

»Lass mich das machen«, sagt er sanft und nimmt mir die schier unlösbare Aufgabe ab.

»Danke«, seufze ich und sehe ihm zu, wie er aufschließt und die Taschen in den Wohnungsflur stellt.

»Bist du erschöpft?«, will er wissen.

»Sehr«, gebe ich zu. »Und unfassbar spitz.«

»Gäbe es etwas, was man dagegen tun könnte?«, erkundigt er sich und tritt dicht an mich heran.

»Ich wüsste nur eine Sache«, hauche ich und verliere mich in seinen Augen, in denen ein dunkles Feuer aufflackert.

»Nur eine?«, grollt er.

»Eine Einzige«, bestätige ich und atme tief ein. »Fick mich!«

Das Grinsen, das auf sein Gesicht tritt, hätte mir zu jedem anderen Zeitpunkt meines Lebens eine Heidenangst eingejagt. Es ist mehr als diabolisch. Es ist … umwerfend!

»Ich dachte schon, du bittest mich nie darum«, sagt er und drängt meinen Körper mit seinem an die Wand.

»Ich bitte dich schon darum, seit du mich zum ersten Mal angefasst hast«, stöhne ich. »Nur nicht mit Worten.«

»Dein Fehler«, gibt er zurück und schnappt nach meiner Unterlippe.

Ich wimmere, als sich unsere Münder offen treffen. Es sind heiße, feuchte, hemmungslose Küsse, die alle Härchen auf meinem Körper sich vor Aufregung aufstellen lassen. Umso mehr, als er hinter mich greift und das Kleid nach oben schiebt, um mit seinen Händen meinen Po zu packen.

»Das brauchst du jetzt nicht mehr«, raunt er mir heiser zu und beginnt, mir das Latex-Höschen auszuziehen.

Ich fühle all die Nässe, die davon aufgehalten wurde. In Sekundenschnelle sind meine Innenschenkel nass und es läuft bis zu meinen Schuhen hinunter. Nichts könnte mir gleichgültiger sein. Ich bin weit jenseits jeder Scham über diese Reaktion meines Körpers auf ihn angelangt.

Ich helfe ihm, das Teil zu entfernen, bevor ich mich umdrehe und nach seiner Hand greife. Schnell ziehe ich ihn in meine Wohnung und gebe der Tür einen Tritt.

»Wo waren wir?«

Er packt mich an den Hüften und rammt mich gegen die Wand, nur um sich sofort an mich zu pressen. Ich stöhne laut auf. Gott-Fuck! Genau *so* will ich das!

»Wir verhandeln über die Bedingungen?«, antwortet er auf die freche Frage.

»Was gibt es da zu verhandeln?«, wimmere ich. »Ich, ähm … kapituliere?«

»Ich habe keine Kondome und ich werde auch keine benutzen«, fährt er unbeirrt fort.

»Schwein«, hauche ich und hake ein Bein um seinen Körper.

»Ich sollte dich zum Teufel jagen.«

»Solltest du. Ich bin das Gegenteil von gut für dich.«

»Siehst du, da liegst du falsch, mein besitzergreifender, eifersüchtiger, sexbesessener Bad Boy«, sage ich zwar bis in die Haarspitzen erregt, aber dabei ganz ernsthaft. »Es gibt keinen besseren für mich als dich. Denn keiner hat mich je in so einen Zustand gebracht. Und keiner könnte das. Außer dir.«

»Woher willst du das wissen?«, knurrt er und greift unter meinen Po, um mich anzuheben.

»Es gab ein paar, die es versucht haben«, erwidere ich. »Aber es ist rein gar nichts passiert.«

»Sie waren einfach nicht gut genug. Es gibt andere, erfahrene Männer, die ...«

»Nein, Derrick«, unterbreche ich. »Gibt es nicht. Ich hatte noch nie einen Orgasmus von etwas anderem, als meiner eigenen Hand. Bis du kamst. Ich war noch nie scharf auf jemanden. Ich habe die paar Erfahrungen meines Lebens nur gemacht, weil ich gerade nichts anderes zu tun hatte und die Kerle ... nett waren. Sie haben sich bemüht. Einige wussten sogar, was der Kitzler ist. Aber keiner ...«

»Keiner wusste, wie man deine Knöpfe drückt«, bietet er an.

»Keiner hat mich so umgehauen, dass ich schon fast davon kommen könnte, dass ich seinen Schwanz lutsche«, korrigiere ich. »Ganz zu schweigen davon, dass ich keinen ihrer Schwänze jemals lutschen *wollte*.«

»Aber meinen wolltest du lutschen. Und du hast es so verfickt gut gemacht, dass ich gekommen bin, obwohl ich das noch nicht wollte«, knurrt er und greift zwischen uns, um die Schleife zu lösen, mit der die Schnürung meines Kleids gehalten wird.

»Ich will dich!«, stöhne ich und beginne, sein Hemd aufzuknöpfen. »Ohne Kondom. Ohne Bedingungen. Ohne irgendwelche Regeln. Ohne *Beherrschung*!«

»Sei vorsichtig, was du dir wünschst«, warnt er mich und zieht den oberen Teil des Kleids auseinander, um meine Brüste freizulegen.

»Wenn du mich immer noch *beschmutzbar* findest«, keuche ich, »dann tu es endlich! Beschmutz mich! *Benutz* mich! **Fick** mich! Ich *flehe* dich an!«

Mit einem Ruck öffne ich sein Hemd, weil ich die Geduld verliere. Seine Haut unter meinen Finger zu spüren ist … ein Anfang, aber …

»Sag nicht, ich hätte dich nicht gewarnt«, knurrt er so unfassbar tief, dass ich alles andere vergesse.

Tief starrt er mir in die Augen und greift zwischen uns. Dorthin, wo unsere Unterkörper aufeinandertreffen. Wo ich seinen Ständer in seiner Hose an meiner Muschi fühlen kann. Wo es geschehen wird …

Seine Knöchel glitschen über meine Spalte und meine Perle. Ich schreie auf und werfe den Kopf nach hinten. Das … war ein Orgasmus! Und als er abklingt, spüre ich etwas Hartes, Heißes von unten gegen meine Muschi drücken. Schwindel erfasst mich.

Seine Hände packen erneut meinen Po. Um mich in Position zu bringen. Um mich anzuheben und abzusenken, sodass …

»*Ohhh Fuuuck …!*«

Ich bäume mich auf und verliere beinahe den Verstand. So lange habe ich darauf gewartet und dann passiert es einfach. Ohne weitere Warnung dringt er in mich ein. Bis … zum Anschlag! In dem Moment bemerke ich, dass die Kugeln noch in mir sind. Aber das … das macht es … sogar noch besser!

»Fuck, bist du eng!«, stößt er aus.

»K-k-kugeln!«, presse ich irgendwie heraus.

»Nein! Du packst mich! Deine Pussy packt mich!«

»Weil ich dich will!«, fauche ich wild und spanne meine Beine an. »Ich will dich so sehr! Ich will, dass du mich auch willst! Mehr als alles andere auf der Welt!«

»Ich habe noch nie eine Frau so gewollt, wie dich«, knurrt er und packt an meinen Hals. »Du bist perfekt! Du bist die pure, fleischgewordene Geilheit. Du reagierst auf alles, was ich mit dir mache, als wäre es ein Geschenk der Götter.« Er stockt. »Aber für wie lange?!«

»So lange du mich nur willst«, schluchze ich. »Für immer!«

Er stöhnt laut auf und ich mache es ihm nach. Als er sich langsam zurückzieht, kann ich in aller unfassbaren Deutlichkeit spüren, wie die Kugeln an seinem Schaft entlangrollen. Dabei bewegen sie sich in mir und *tun* Dinge! Es ist der reine Irrsinn …

»Gottverdammt, ist das …«, keucht er.

»Geil!«, japse ich. »Das ist so … so … scheiße-geil!«

Er versenkt sich erneut. Ganz langsam. Ich wage gar nicht, mir vorzustellen, was wäre, wenn er zustieße. Das würde wahrscheinlich furchtbar wehtun. Aber so …? Qualvoll langsam? So ist es eine Folter, nach der ich schon jetzt süchtig bin.

Dann verschiebt sich eine der Kugeln und ich schreie auf. Lichtblitze explodieren vor meinen weitaufgerissenen Augen. Geballte Geilheit schwillt zu einer Sturmflut an und … schießt aus mir heraus, als sich eines dieser verfluchten Scheißdinger dahin bewegt, wo sich mein G-Punkt befindet. Sofort komme ich so hart, dass es mich fast umbringt.

Aber das ist es wert!

Das ist es gottverdammt noch mal so absolut wert!

Derrick

E s passiert ganz plötzlich und ohne Vorwarnung. Von einem Moment auf den anderen windet sich Shae nicht mehr und bäumt sich lustvoll auf, sondern kommt heftig. Das kann nur an den Liebeskugeln liegen!

Ihre Pussy zieht sich heftig um meinen Schwanz zusammen und ich spüre den Druck der harten Objekte an meinem Ständer. Für sie muss es noch extremer sein. Und – in diesem Moment – noch geiler. Denn sie kommt so nass, wie ich es bei ihr liebe. Und sie verliert sich völlig darin.

Ihr Erguss kann diesmal nicht aus ihr herausspritzen. Das verhindert mein Schwanz. Er blockiert den Ausweg, aber das schafft er nicht vollständig. Es quillt überall um meinen Harten herum aus ihr heraus und ergießt sich über meinen Schoß. Was … eine sagenhafte Erfahrung ist!

Ich stöhne auf und presse mich mit aller Kraft an sie, während ihre Beine sich um mich verkrampfen und mich eisern festhalten. Mit Blick auf ihren gestreckten Hals, weil sie ihren Kopf zurückgeworfen hat, finde ich nur ein Ventil für die Begierde, die nicht aufhören will, sich in mir aufzubauen.

Aus ihrem anhaltenden, ekstatischen Wimmern wird ein abgehacktes Heulen, als ich mich an ihrem Hals festsauge. Die Hände, deren Fingernägel sich in meine Schultern gruben, packen meinen Nacken und greifen in mein Haar. Im Takt der schnellen, harten Atemzüge zuckt auch ihre Pussy und massiert mich auf eine atemberaubende Weise.

Ich weiß, dass ich binnen kürzester Zeit kommen werde, wenn ich nichts unternehme. Aber das will ich nicht. *Noch* nicht! Ich lasse eine Hand an ihrem Rücken hinaufgleiten und verschaffe mir festen Halt an ihrem bebenden Körper. Dann nehme ich sie mit mir, auch wenn ich nicht weiß, wohin.

In diesem Moment senkt sie den Kopf und reißt die Augen auf. Sie leuchten hell wie zwei Sterne am Nachthimmel. Es ist, als würde ich durch sie bis in die tiefsten Winkel ihrer Seele schauen, wo ich nichts vorfinde, als grenzenlose Lust und Hingabe.

»Hör nicht auf«, fleht sie. »Hör nie mehr auf!«

Mit einem unwillkürlichen Stöhnen gehe ich in die Knie und lasse sie zu Boden sinken. Und mich mit ihr, denn selbst wenn sie mich ließe, würde ich mich nicht aus ihr zurückziehen wollen.

»Ohhh *fuck*!«, stößt sie aus, als ich mich dabei wieder bis zum Anschlag und noch ein wenig weiter in ihr versenke. »Du bringst mich um den Verstand!«

»Da bist du nicht die Einzige«, stoße ich aus und stemme meinen Oberkörper hoch. »Sieh dich nur an!«

Das ist natürlich unmöglich, aber ich kann es tun. Ich kann ihren knallroten Kopf, Hals und Brustansatz betrachten; das dunkle Haar, dessen Strähnen ihr verschwitzt im Gesicht kleben; die vollen, straffen Brüste, die bei jedem Atemzug beben und deren Nippel sich mir entgegenstrecken. Ich kann das Mal sehen, das mein Mund an ihrem Hals hinterlassen hat. Und die unendliche Gier in ihrem Blick.

»Du bist wunderschön«, knurre ich.

»Nur … für dich!«, stöhnt sie und strahlt mich dabei an. »Ich will …«

Sie zeigt es mir, ohne es aussprechen zu können. Und ich … gebe nach. Ich rolle uns herum, bis sie auf mir liegt. Bis sie die obere Position einnimmt und auf mir sitzt, während ich auf dem blanken Parkettboden liege.

Langsam richtet sie sich auf und legt die Hände in ihren Nacken. Dabei saugt sie laut zischend die Luft ein. Ich fühle, wie sich alles um meinen Schwanz herum neu arrangiert und kann nur erahnen, wie sich das für sie anfühlen muss. Offenbar ist es eine denkwürdig aufregende Erfahrung.

»Du verfluchter, gemeiner Mistkerl«, wispert sie mit geschlossenen Augen. »Jedes Mal, wenn ich denke, das muss der höchste Gipfel der Welt sein, belehrst du mich eines Besseren …«

Meine Antwort bleibt mir im Hals stecken, als sie es irgendwie schafft, den hinteren Teil ihres Kleids zu fassen zu bekommen. Sie zieht es sich über den Kopf und die Art, wie sich ihr Körper dabei streckt und wie ihre Brüste tanzen, das … verschlägt mir die Sprache.

Ich kann die Frauen nicht zählen, die irgendwann schon einmal auf meinem Schoß gesessen haben. Nackt, erregt und schön. Aber keine kann Shae das Wasser reichen. Sie spielt in einer Liga, an die keine andere heranreicht. Unverbraucht, authentisch und so viel mehr Sinnlichkeit und Erotik ausstrahlend, als auch nur menschenmöglich sein sollte, ist sie purer Sex-Appeal. Eine einzigartige Frau.

Ohne nachzudenken hebe ich die Hände und ergreife ihre Brüste, die sie mir in all ihrer Pracht präsentiert. Ich packe zu und drücke das feste Fleisch. Sie stöhnt auf und legt ihre Hände auf meine. Aber nicht mehr als das. Sie fühlt nur mit mir, was ich ertaste und genieße.

»Dein Schwanz … zuckt!«, wimmert sie. »Das ist so heiß!«

»Er regiert auf deinen Anblick«, grolle ich. »Auf das geile, heiße Bild, das du mir bietest.«

»Und was ist mit mir?«, faucht sie und starrt mich an.

Dieser Blick ist wild und verlangend. Er sagt mir deutlicher, als jedes Wort es könnte, dass sie mich hüllenlos will. Nur so können wir ... verschmelzen.

Das sollte jede Alarmglocke in meinem Kopf anspringen lassen, doch ich greife nur schnell dorthin, wo wir verbunden sind, und öffne meine Hose, um sie dann an mir hinabzuschieben. Ich muss dazu mein Becken anheben und das bedeutet, dass ich mich ihr entgegenwölbe. Zischend zuckt sie zusammen und krallt sich in meine entblößte Brust, während sie die Schultern hochzieht und eine Lustwelle so reitet, wie sie es mit meinem Ständer tut.

Als sich die Augen wieder öffnen, funkeln sie noch mehr. Sie beugt sich vor und packt mein Hemd, um daran zu zerren, bis sie es freibekommt und mir von den Armen ziehen kann, die ich ihr dazu überlasse. Dann sind wir beide völlig nackt. Und nichts hat sich je so *richtig* angefühlt!

»Ich hatte keine Ahnung, dass es ... so gut sein kann«, wispert sie, als sie langsam anfängt, sich zunächst nur leicht vor und zurück zu bewegen. »Vor dir ... hätte ich gut darauf verzichten können, dass ihn jemand reinsteckt.«

Ich brumme nur zur Antwort, denn was sie tut, fühlt sich vom ersten Augenblick an fantastisch an. Es ist nur ein minimales Auf und Ab, aber jedes Mal zieht sie sich um mich zusammen und entspannt sich wieder. Das allein würde auf Dauer ausreichen, um mich zum Abschuss zu bringen. Aber es ist längst nicht alles.

Das Wiegen erzeugt ein Ziehen meinen gesamten Schaft entlang, das mir bis in die Hoden und irgendwie auch in den Kopf hinauf reicht. Schnell fangen meine Bauchmuskeln an, sich im Takt mit ihren Bewegungen anzuspannen. Und mit ihnen zuckt auch mein Ständer rhythmisch ...

230

»Gott, das ist so scharf, wenn du das machst«, stöhnt sie und lässt den Kopf weit in den Nacken sinken.

Ihren ganzen Körper lehnt sie zurück und reckt ihre Brüste der Decke entgegen, während sie mit den Händen hinter sich meine Beine findet, um sich abzustützen.

Es ist ein Bild für die Götter, wie sie so im Hohlkreuz über mir kniet und sich dabei völlig öffnet. Wenn ich den Kopf hebe, kann ich ihr direkt auf die Pussy sehen und dort beobachten, wie sie sich auf meinem Schwanz bewegt. Nass glänzend kommt er zum Vorschein und ihre rot geschwollenen Lippen spannen sich darum. Ihr Lustsaft zieht Fäden zwischen ihrer Spalte und meiner Scham. Immer länger werden sie, je weiter sie sich hebt, bis sie lautlos zerreißen.

Shae ist jedoch nicht lautlos, während das geschieht. Immer höher wird ihr Wimmern, je weiter sie sich hochdrückt. Immer stärker muss sie sich überstrecken und anspannen, um noch ein wenig mehr von meinem Schaft freizugeben. Bis es einfach nicht mehr geht. Gerade, als ich zusehen kann, wie der untere Rand meiner Eichel ihren Eingang dehnt, stoppt sie und ringt hektisch nach Luft.

Die Umkehrung der Bewegung wird von einem kehligen Stöhnen begleitet und lässt ihr heißes Innerstes hektisch flatternd zucken. Ich kann nicht unterdrücken, dass auch mir ein angespannter, lang gezogener Laut entkommt, als sie mich wieder in sich aufnimmt. Jeder Zentimeter wird dabei massiert und ihr Saft fließt in Strömen aus der Öffnung, in die ich einfahre.

Er rinnt mir über die Eier und in die Arschfalte. Er badet meinen gesamten Unterleib und natürlich das, was von meinem Schaft noch freiliegt. Sodass es ein schmatzendes Geräusch gibt, als sie mich endlich wieder ganz in sich hat. Es ist ein Frontalangriff auf alle meine Sinne und ein absolut rattenscharfer Anblick mit perfekt passender Geräuschkulisse.

Nichts davon kommt jedoch an das Gefühl heran, mich in ihr zu versenken. Kugeln hin oder her, diese Pussy ist außergewöhnlich! Ihr Innerstes ist wie flüssiger Samt, der sich mal fest,

mal locker um mein empfindlichstes Organ schließt. Mehrmals zucke ich am ganzen Leib – und damit auch bis in meinen Ständer hinein –, während sie sich langsamer wieder mit mir vereinigt, als das möglich oder erlaubt sein sollte.

Ein paar Durchgänge dieser süßen Tortur, begleitet von ihrem anschwellenden und nachlassenden Wimmern und Stöhnen, baden auch mich in Schweiß und bringen mich an den Rand meiner Beherrschung. Ich packe irgendwann hart ihre Oberschenkel, was sie nur noch mehr anzuspornen scheint. Schließlich muss ich an ihre Taille greifen und sie stoppen, weil ich sonst kommen würde.

»Langsam«, grolle ich.

»Aber es ist so gut!«, stöhnt sie.

»Ganz genau«, schnaube ich. »Das ist das Problem.«

»Problem?«, fragt sie schwer atmend und richtet sich auf. »Was für ein Problem?«

»Wenn du so weitermachst, komme ich.«

»Und wieso ist das ein Problem?«

»Weil ich das noch nicht will.«

Sie runzelt die Stirn und beugt sich vor. Ihre Haut glänzt vor Schweiß, so wie ihr Schoß vor Lust funkelt. Das Licht der Deckenlampe verleiht ihr eine Art Heiligenschein um ihren Kopf herum. Was passt, denn sie ringt mir andächtige Bewunderung ab. Von Herzschlag zu Herzschlag wird diese Frau nur immer noch schöner, je mehr sie sich ihrer Lust völlig frei und ungehemmt hingibt.

»Ich glaube, dir ist da etwas entgangen, *Mister Wrong*«, haucht sie neckisch und stützt sich auf meiner Brust ab.

Ihr Lächeln ist zuckersüß, bis ich darin den katzenhaften Zug entdecke, der mir einen heißen Schauer über den Körper jagt. In diesem kostbaren Moment wird meine kleine, süße Sexmaus von keinerlei Selbstzweifeln oder Unsicherheiten behindert. Kein Mangel an Erfahrung hält sie auf. Und schon gar keine Scham oder Verlegenheit.

Sie weiß genau, was sie tut und will. Sie ist ganz und gar Herrin der Lage. Und ich … bin dieser als Maus getarnten exakt die Beute, die sie sich auserkoren hat.

»Was wäre das?«, grolle ich und lasse eine Hand auf ihren Rücken und eine auf ihren Po gleiten.

Sie rekelt sich unter dieser Streicheleinheit und reibt ihre Brüste über meine Vorderseite. Was allein schon als Gegenangriff durchgeht, weil es ein gottverdammt geiles Gefühl ist. In Wahrheit stellt es jedoch eine Finte dar, die von der wahren Offensive ablenkt. Und zwar erfolgreich …

»Du hast hier gerade nicht das Sagen«, stöhnt sie grinsend und spannt ihr Innerstes so fest an, dass ich mich zuckend aufbäume. »*Ich* habe die Kontrolle!«

Es ist entschieden, als sie die Beine anspannt und ihre Füße auf meine Oberschenkel schiebt. Das sollte ihr eigentlich jede Macht nehmen, weil sie damit eine Menge Hebelwirkung aufgibt. Aber diese ›Schlacht‹ war nie eine Frage der Körperkraft. Sie wird mit Verführungskunst und der Fähigkeit, Lust zu bereiten, entschieden. Und Shae … gewinnt!

»Fuck«, stöhnt sie gepresst auf. »Gott, das macht mich so eng!«

»Mh-hm!«, presse ich unter höchster Anspannung hervor.

»Mein Gott, Derrick!«, keucht sie sofort. »Dich so zu sehen und so in der Hand zu haben … Oder eher in der Muschi …«

Ich greife ihr mit einer Hand an die Brust und mit der anderen hinauf in ihr Haar. Grob packe ich zu und quetsche hier, ziehe da. »Ahh!«, schreit sie auf und lässt mich ihren Kopf in ihren Nacken reißen. Aber selbst, wenn sie mir so ihre Kehle entblößt, bleibe ich doch unterlegen.

So schnell wie mein eigenes Herz vor Erregung rast, zuckt flatternd ihre Pussy um meinen Schwanz. Nicht zuletzt, weil der Schmerz vom Zug in ihrem Haar sie noch mehr aufheizt. Aber auch, weil sie in vollen Zügen genießt, was gerade geschieht.

Das ist meine Niederlage. Und damit ein Sieg für sie. Und für mich.

Ich bäume mich auf und stöhne gepresst vor extremer Anspannung. Im nächsten Moment stimmt Shae hell, klar und vollauf begeistert ein. Ihre Fingernägel kratzen über meine Brust und ihre Muskeln verkrampfen sich nur einen Sekundenbruchteil nach meinen.

»Du *kommst*!«, schreit sie auf, als wäre es das Schönste, was sie je erlebt hat. »Und ich ... **auch**!«

Nichts kann es aufhalten. Meine Anspannung entlädt sich so explosiv, dass es wehtut, während es durch meinen Schaft schießt und aus mir herausplatzt. Ich brülle auf und auch dabei stimmt sie mit ein. Denn kaum spritze ich meinen Samen in sie hinein, antwortet sie mit einem erneuten Orgasmus genau darauf.

Jede einzelne Zuckung, die sie durchfährt, nehme ich in maximaler Klarheit wahr. Und jede meiner Zuckungen erzeugt ein Echo in ihr. Irgendwie wird aus meinem Zug in ihrem Haar ein wilder Zugriff, der ihr Gesicht zu meinem bringt. Ihre Augen springen auf und darin strahlt pure Ekstase wie die Sonne.

Wir küssen uns im Moment der größten Lust. Wir küssen und kommen gemeinsam. Wir küssen uns und ... verschmelzen.

Ich habe noch nie etwas derartig Überwältigendes erlebt.

Noch nie etwas, was dem auch nur entfernt nahekäme.

Noch nie etwas, was so sehr nicht nur meinen Körper erfassen und durchdringen würde, sondern auch ...

Mein Herz.

Vierundzwanzigstes Kapitel

Shae

Als am Montagmorgen mein Wecker klingelt und ich einen Moment später neben mich greife, fühle ich sofort den Verlust. Er ist weg. Und mit ihm ein Teil von mir. Er fehlt mir schon, bevor ich überhaupt richtig wach bin.

Es ist nicht unerwartet. Er hat mich vorgewarnt. »Wenn du aufwachst, werde ich weg sein«, lässt sich nur sehr schwer missverstehen. Aber wenn man gleich darauf leidenschaftlich geküsst wird und bis zu einem letzten, verschwitzen, heftigen Orgasmus nicht mehr weiß, wo einem der Kopf steht, kann man das schon mal von sich wegschieben.

Noch etwas müde und gerädert von diesem Wochenende richte ich mich auf und strecke mich. Ich bin nackt und ... so glücklich wie noch nie zuvor in meinem Leben. Mit einem

Schwung, der mich selbst erstaunt, schwinge ich die Beine aus dem Bett und beginne meinen Tag. Es ist mehr als erstaunlich und beschäftigt mich die ganze Zeit, bis ich auf der Arbeit ankomme. Ich fühle mich wie neugeboren. Und energiegeladen! Das habe ich seit … Nein, das habe ich noch nie erlebt. Nicht, so weit ich mich zurückerinnern kann. Definitiv nicht, seit ich die Tabletten nehmen musste, die mich ruhiger gemacht haben. Aber auch nicht, seit ich sie auf der Uni absetzte.

Wenn ich an die Dinge zurückdenke, die er mit mir gemacht hat, dann … muss ich an mich halten, um nur leicht zu lächeln und nicht extrabreit zu grinsen. Ganz zu schweigen von den Sachen, die *ich* mit *ihm* angestellt habe. Und seine Reaktionen darauf …

Selbst jetzt noch klingt vieles davon in mir nach. Oder … sind das die Liebeskugeln in meiner Muschi, die ich nicht nur trage, weil er das von mir verlangt, sondern auch, weil ich es überhaupt nicht ertragen könnte, nicht wenigstens diese eine Erinnerung an die vergangenen Tage bei mir zu haben? Ich weiß es nicht. Es spielt auch keine Rolle.

Auf dem Weg zur Arbeit kommt mir zumindest der Gedanke, wie leicht es mir jetzt fällt, diese unablässigen, schwingenden Erschütterungen in mir zu verkraften. Es ist, als hätten zwei Tage voller Sex – mehr davon, als insgesamt zusammengezählt in meinem Leben – einen neuen Menschen aus mir gemacht. Das denke ich nicht nur so dahin. Es ist schwer abzustreiten, wenn ich mich im Spiegel betrachte.

Ich fühle mich wohl in den neuen Jeans und meinem Lieblings-Pullover. Ich *mag* das Gefühl von Sexspielzeug in mir und der Erregung, die dadurch auf einem konstanten, ertragbaren Niveau gehalten wird. Ein latex-Höschen zu tragen, um meine Nässe nicht nach außen dringen zu lassen, macht mir nichts aus. Die Streicheleinheiten des flauschigen Oberteils auf meiner nackten Haut darunter sind ein Genuss. Und die Blicke der Männer, die mir begegnen …

Wow! Das sind eine Menge! So schwer ich mich damit tue, das bewusst zu akzeptieren, an Derricks Worten ist etwas dran. Entweder bin ich zumindest nicht hässlich oder sie alle sehen mir meine Lust an. So oder so fühle ich mich *begehrt*. Auch das genieße ich in vollen Zügen!

Beinahe einen Dämpfer kassiere ich, als ich durch die Sicherheitskontrolle auf der Arbeit muss. Jede private Elektronik und alle nicht ›essenziellen‹ Dinge müssen in meinem Spind bleiben. Ich denke nicht weiter darüber nach, bis ich der Security-Frau mit ihrem piepsenden Handgerät gegenüberstehe.

Sie tastet wie immer sehr oberflächlich meine Taschen ab und schwenkt dann ihren Scanner. Ich muss zugeben, ich weiß nicht genau, was der aufspürt. Mein Herz macht einen harten Satz, als er auf Hüfthöhe anschlägt. Und dann gleich noch einmal, als sie ihn vor meinem Schoß entlangführt.

Ich spüre meinen Puls bis hinauf in den Hals und fühle die Blicke, die plötzlich alle auf mir liegen. Die Frau seufzt und tritt sehr dicht an mich heran. Nahe an meinem Ohr fragt sie leise: »Tampon?«

Ich spüre Gluthitze in meine Wangen steigen. Was soll ich sagen? Auf keinen Fall die Wahrheit!

»Neue Binden?«, kommt es mir über die Lippen.

Sofort will ich mir vor die Stirn schlagen. Was war das denn? Warum stimme ich ihr nicht zu? Bin ich dumm?

»Oh«, macht sie. »Dabei hatte ich das noch nie. Interessant. Merke ich mir. Wahrscheinlich für den ganz starken Fluss, hm?«

Ich blinzele sie an und fasse ihren lockeren Plauderton nicht. Sie spricht sehr leise, aber ansonsten eher so, als würde sie sich mit einer Freundin austauschen. Bin ich … vielleicht doch nicht am Arsch?

»*Sehr* starker Fluss«, bestätige ich und mein Kopf wird gleich noch einmal heißer.

Es ist eine Art von Wahrheit. Irgendwie. Sie hat nicht festgelegt, dass wir von Blut sprechen.

»Damit muss ich mich zum Glück nicht plagen«, erwidert sie. »Mein Mitgefühl, Schwester.«

Ich muss aussehen wie eine Maus im Angesicht einer ganzen Herde Katzen, als sie mir die Faust hinhält. Mehr als unbeholfen gebe ich ihr den Fistbump, den sie erwartet. Dann fällt mir ein, sie noch freundlich anzulächeln. Gott, das war knapp! Aber auch … aufregend! Himmel, bin ich gerade zum ersten Mal straffällig geworden? *Und* damit durchgekommen?! Wie *aufregend*!!

Auf dem Weg zu meinem Platz denke ich noch über diese Begegnung nach und achte nicht auf meine Umgebung. Jedenfalls, bis … mir eine seltsame Stille hinter mir auffällt. Verstohlen versuche ich, aus dem Augenwinkel nachzusehen, was da los ist, ohne zu auffällig den Kopf zu drehen. Als ich bemerke, dass mir vier, fünf … neun Leute hinterherstarren, stolpere ich beinahe über meine eigenen Füße.

Die Erschütterung, die das in mir erzeugt, fordert mit unwiderstehlicher Gewalt ein Stöhnen, das ich nur mit sehr viel Mühe unterdrücken kann. Dabei bleibe ich stehen, balle die Fäuste und lege den Kopf in den Nacken. Was im Nachhinein betrachtet auffälliger ist, als ein leiser Laut aus meiner Kehle. Nur weiß ich eben nicht, ob der wirklich leise gewesen wäre …

Tief durchatmend gebe ich mir einen Ruck und gehe weiter. Was ich erwarte, ist Getuschel. Aber nicht so, wie ich es vage wahrnehme. Nicht erstaunt, aufgeregt und *angetan*?!

Nein, das muss ich mir einbilden! Derrick meint zwar, dass ich viel besser darin bin, Menschen einzuschätzen, als ich begreife, aber das *kann* nicht sein. Ich bin mir sicher, dass sich mein Gefühl hier irrt.

Bestätigung findet dieser Zweifel, als ich mich meinem Platz nähere und sehe, wie Peter sich erhebt. Sofort verzieht sich seine Miene abfällig und er verdreht die Augen. Doch auch an seiner Reaktion ist heute etwas anders als sonst.

»Heute in ganz besonders schick, Shae?«, begrüßt er mich höhnisch.

Ich ziehe die Nase kraus und blicke an mir hinab. ›Schick‹ ist nicht das, was ich dazu sagen würde. Warum bezeichnet er es so? Liegt es daran, dass ich meinen Kittel offengelassen habe? Hat er keinen Vergleich zu meiner bisherigen Garderobe und findet das, was ich trage, deswegen schick? Oder entgeht mir schon wieder etwas?

»Wenn du meinst«, erwidere ich nur und wende meinen Blick von ihm ab.

Für einen Moment scheint das zu funktionieren. Er ist jedoch noch nicht fertig, wie ich herausfinde, als ich an seinem Platz vorbeigehe.

»So ganz unter Kollegen und nur als freundlicher Rat gemeint«, spricht er mich noch einmal an. »Das hier ist kein Laufsteg und wenn man sich so rausputzt, dann kann das zu Gerüchten führen.«

»Das passiert auch, wenn jemand welche streut«, antworte ich, ohne ihn anzusehen. »Dann geht es vermutlich sogar noch schneller.«

Sein Schweigen lässt mich ihm einen kurzen Seitenblick zuwerfen. Ich würde seine Miene nicht schuldbewusst nennen, aber auch nicht unschuldig. Zum Glück bin ich mir ziemlich sicher, dass er zumindest eine der Quellen des abwegigen Gemunkels über mich ist. Ich muss mich also nicht auf meinen Instinkt verlassen, dem zu trauen ich noch viel mehr üben muss.

»Wie ... meinst du das?«, fragt er schließlich.

»Ist das nicht Allgemeinwissen?«, gebe ich zurück. »Deswegen soll man sich aus Gerüchten nichts machen, heißt es doch. Gerüchte haben kurze, aber schnelle Beine. Kennst du den Spruch nicht?«

»Nie gehört«, brummt er.

»Jetzt schon«, versetze ich, bevor ich mich setze und mich damit seinen Blicken entziehe.

»Na, jedenfalls ... kann es dem Ruf einer Dame schaden, wenn sie so rumläuft«, versucht er noch nachzuschieben.

»Wie gut, dass ich keine Dame bin«, sage ich laut. »Ist sonst noch was?«

»Ja, äh … nein«, brummelt er und verstummt.

Gott, hat sich das *gut* angefühlt! Und es war so *leicht*! Ich verkneife mir ein zufriedenes Grinsen. Die Antworten sind mir einfach zugeflogen. Ich habe nur ganz am Schluss einmal kurz darüber nachdenken müssen, was Derrick dazu sagen würde. Und der bezeichnet mich ganz sicher nicht als Dame. Für ihn bin ich seine kleine, geile, heiße, unersättliche und unwiderstehliche Sexmaus. Worauf ich verflucht und auch verdammt *stolz* bin!

Stolzer sogar, als auf meine Arbeitsmoral. Denn auch wenn ich heute nur ganz knapp pünktlich angekommen bin, mache ich meinen Job so sauber und sorgfältig, als hätte ich keinen wunden Po, keine mich ständig überfallenden Erinnerungen an wilden, heißen Sex, keine überwältigende Sehnsucht nach einem ganz bestimmten Mann und auch keine Liebeskugeln in der Muschi.

Ich tue meine Arbeit und zum vielleicht ersten Mal nach den allerersten Tagen lasse ich mich von nichts ablenken. Nur Kaffee hole ich mir mindestens doppelt so oft wie sonst. Weil ich dabei laufen muss. Denn das fühlt sich geil an. Davon kriege ich nicht genug.

So vergeht mein erster Arbeitstag nach dem, was sich wie der Beginn eines neuen Lebens anfühlt. Leider höre ich nichts von Derrick. Was mich nicht überrascht. Er hätte mir nicht ›einen Orgasmus pro Tag‹ erlaubt, solange er nicht bei mir ist, wenn er nicht gewusst hätte, dass er nicht jeden Tag bei mir sein würde.

Gefällt mir das? Ganz sicher nicht! Weder die Beschränkung, noch seine Abwesenheit sagen mir zu. Wobei ich auch ganz auf Höhepunkte ohne ihn verzichten würde, wenn er dafür jeden Tag bei mir ist. Selbst wenn das kein Opfer wäre, denn wenn wir uns sehen, werden wir es auch tun. Dafür sorge ich!

Aber ich akzeptiere, dass er ein eigenes Leben führt, über das ich nicht das Geringste weiß. Ich akzeptiere alles, wenn ich muss. Solange er nur wieder zu mir kommt, kann ich jede Qual erdulden und warten, bis es geschieht. Geduld war immer eine meiner Stärken. Außer vielleicht, bevor ich diese Tabletten nehmen musste. Was davor war, ist auch jetzt nicht weniger vage und nebulös als zuvor ...

Auch der Dienstag und der Mittwoch vergehen auf sehr ähnliche Weise. Ich gehe arbeiten, bleibe für mich, denke an Dinge, die mich glücklich machen und tue meinen Job.

Am Dienstag bringe ich den Namen der Security-Lady in Erfahrung. Sie heißt Yvonne und ist zwar nicht sehr hochgewachsen, aber eine Riesin, was ihre Persönlichkeit und Ausstrahlung angeht. Am Mittwoch bringe ich ihr dafür einen Kaffee mit, den sie dankend und mit einem fröhlichen Lächeln annimmt.

Meine Stimmung sinkt ein wenig, weil ich noch immer nichts von Derrick gehört habe. Ich weiß, dass ich ihn anschreiben könnte. Er hat mir eine Nachricht geschickt, um mich zur Tür zu beordern, als er mich zum ersten Mal besucht hat. Seine Nummer habe ich mir unter ›Mister Wrong‹ abgespeichert, weil mich das amüsiert.

Vielleicht wartet er sogar darauf, dass ich mich melde. Er will, dass ich ihm sage und zeige, was ich mir wünsche. Und ich wünsche mir nichts mehr, als in seinen Armen zu liegen. Ich will ihn jedoch nicht stören. Und ... Verflucht, ich will, dass es ihm auch so geht wie mir! *Er* soll auch *mich* vermissen!

Als sich daher am Mittwochabend mein Handy meldet, macht mein Herz einen riesigen Satz. Ich mache mir gerade ein leichtes Abendessen und schleudere beinahe den Kochlöffel durch die Küche, so hektisch greife ich danach. Im nächsten Moment überkommt mich allerdings auch schon die Enttäuschung.

›Ich wollte mich mal melden und fragen, wie es auf der Arbeit läuft‹, schreibt mir Bri. ›Noch immer so besch...eiden? Du weißt hoffentlich, dass ich es todernst meine, mit der Stelle bei mir? Du musst nur Ja sagen und kannst jederzeit anfangen. Ich zahle dir mindestens dein jetziges Gehalt und dazu Boni.‹

Ich lasse seufzend das Handy sinken. Unsere letzten Nachrichten sind vom Morgen nach ihrer Party, wo ich mich entschuldigte, weil ich weg bin, ohne etwas zu sagen, und sie mir kurz und knapp mitteilte, dass ihr das nicht entgangen ist und sie versteht, dass ich überfordert war und mich verkriechen musste.

War das wirklich erst vor nicht einmal zwei Wochen? Ich erkenne mich selbst nicht in meinen eigenen Worten. Ob nun da oder auch vorher. Ich fühle mich so *anders*! Und ich ... entdecke Vorbehalte gegen meine langjährige Freundin in mir, die ich nie zuvor hatte. Ich vertraue ihr nicht mehr. Ich zweifle sogar an ihren Absichten ...

Ein erneutes Summen meines Handys will ich schon mit einem Schulterzucken abtun und mich wieder dem Kochen zuwenden. Ich kann später antworten. Kurz und ausweichend. Unverbindlich. Ich schaue nur beiläufig hin. Augenblicklich durchzuckt mich ein heißer Stromstoß!

›Du hast 30 Sekunden, mir ein Bild von den Kugeln zu schicken‹, schreibt mir mein Mister Wrong. ›Und wehe sie beweisen nicht, dass du sie gerade aus deiner Pussy geholt hast!‹

Mein Herz rast los und meine Muschi zieht sich sehnsüchtig zusammen, als ich mir vorstelle, ihn das sagen zu hören. Dann erst begreife ich, was er da verlangt. Dreißig Sekunden? Oh Gott! Zehn sind schon um!

Zum Glück kann ich etwas Zeit gutmachen, weil ich mir längst die Hose und das Latex-Höschen ausgezogen habe. Ich will lernen, die Kugeln auch ohne Netz und doppelten Boden nicht zu verlieren. Und ich hoffe, dass es mir so auch gelingen wird, meine Nässe mehr in mir zu halten. Falls nicht ... will ich mich daran gewöhnen, wie sie an meinen Beinen hinabläuft.

Denn eines hoffentlich nahen Tages möchte ich mit ihm durch die Stadt spazieren und rein gar nichts unter meinem Kleid tragen. Damit es ganz genau so praktisch ist, wie er angedeutet hat. Schnell halte ich mir eine Hand unter die Spalte und gehe etwas in die Hocke. Noch habe ich nicht sehr viel Übung damit, die Kugeln aus mir rauszupressen. Es ist ehrlich gesagt schwerer, als sie in mir zu halten. Das fällt mir sogar beim Pinkeln nicht schwer. Raus dürfen sie nur, wenn ich schlafen gehe. Und das habe ich ja erst zweimal allein getan, seit ich die Dinger habe …

Mir wird bewusst, was ich da mache, als ich das Handy in Position bringe. Ich stehe mit geöffneten Schenkeln in meiner Küche und bin bereit, ein Foto von einer Liebeskugel zu machen, die ich mir gerade aus meiner Muschi in die vorgehaltene Hand zu pressen versuche. Das strapaziert erheblich jede Definition von ›verrückt‹. Mache ich das gerade wirklich?

Ja! Und ich keuche lustvoll dabei und genieße das Gefühl der kurzen Dehnung meines Eingangs sehr. Selbst wenn mich das summende Handy kurz aus dem Konzept bringt, als er mir sendet: ›*10 Sekunden.*‹

Mit einem leichten Anflug von Panik drücke ich auf den Auslöser und mache das Bild, obwohl es nur eine Kugel ist. Ich sende es ihm, bevor ich es auch nur ansehe.

›*So schnell ging nur eine*‹, schicke ich hinterher. ›*Tut mir leid!*‹

›*Verzeihbar*‹, lautet seine Antwort, die nicht lange auf sich warten lässt. Dann noch: ›*Absolut verzeihbar, meine kleine, geile Sexmaus.*‹

Jetzt erst sehe ich mir den Schnappschuss selbst an und … schnappe nach Luft. Gott! Ist das ein langer Faden meines Safts, der von der Kugel aus zu meiner Spalte verläuft, die … *auch* mit auf dem Bild ist?!

›*Zwei Orgasmen*‹, textet er mir. ›*Einen jetzt sofort. Den anderen in deinem Bett mit einem Handtuch, um aufzufangen, was du für mich verspritzt.*‹

Blut rauscht mir *überallhin*, als ich das lese. Sofort drücke ich die Kugel wieder in meine Muschi und schiebe meine vier Finger hinterher. Die Nässe, die mir entgegenströmt, macht mir das sehr leicht und die Breite meiner Hand macht es sehr geil.

Ich denke nicht wirklich nach, bevor ich noch einmal auf den Auslöser drücke und das Bild sende. ›*Ich brauche immer ein Handtuch und es ist immer für dich*‹, tippe ich einhändig.

›*Fuck!*‹, ist seine Antwort. ›*Same* …‹

Das bedeutet … ›gleich‹. Wie in ›das Gleiche‹ oder ›ebenso‹. Als ich es sehe, stöhne ich laut auf. Er denkt an mich und spritzt? Er *wichst*? Und denkt an *mich*?! *Jetzt gerade!?* Ohhh **Fuck!**

Schneller als bei dem Gedanken daran, wie er sich gerade seinen wunderbaren Schwanz zu den Bildern wichsen könnte, die ich ihm geschickt habe, bin ich noch nie gekommen. Ich möchte fast meinen, dass es fürs Guinnessbuch reichen müsste, so plötzlich überkommt mich der Höhepunkt. Fast bedaure ich es, aber ich gehorche seinen Anweisungen und ziehe meine Finger zurück.

Dann blitzt der Impuls in meinem Geist auf und im nächsten Moment habe ich ihm noch ein weiteres Bild geschickt. Von meiner klitschnassen Hand.

›*So schnell?*‹, schreibt er. ›*Leck sie ab!*‹

Erneut gibt es kein Zögern und zum Beweis ein letztes Foto von meinen nur noch leicht feuchten Fingern. Und während ich damit ringe, dass ich mich dummerweise selbst darauf konditioniert habe, von meinem Geschmack unglaublich spitz zu werden, bekommt mein Tag einen letzten, unerwarteten Höhepunkt verpasst.

Es ist ein Foto von seinem Schwanz. Nass glänzend und von seiner Faust umschlossen. Prall und hart, mit einer zornig-violetten Eichel, an deren Spitze ein dicker Tropfen danach schreit, von mir abgeleckt zu werden.

Nur dieses Bild und nichts sonst brauche ich, um den mir aufgetragenen, zweiten, explosiv-nassen Orgasmus zu erreichen, als ich später im Bett liege. Als ich mich danach einrolle,

um wunderbar erschöpft und zufrieden einzuschlafen, kann ich es nicht mehr länger leugnen ...

In meinem Bauch flattern eine Unmenge Schmetterlinge herum. Ich glaube, ich bin dabei, einen gewaltigen, aber unwiderstehlichen Fehler zu machen.

Oder vielmehr zuzulassen, denn ich kann mich gegen die Gefühle, die in mir erwachen, nicht mehr länger wehren. Und ich kann sie sehr genau beim Namen nennen.

Das traue ich mich nur noch nicht ...

Fünfundzwanzigstes

Kapitel

Shae

Es ist Freitag und ich muss mir selbst eingestehen, dass ich fahrig bin. Fünf Tage ohne ihn gesehen oder gehört zu haben, fordern ihren Tribut. Ich kann mich nur schwer konzentrieren und denke mindestens zehnmal so oft an ihn. Ich tagträume sogar immer wieder.

Ganz für mich sehe ich das, wie es meiner Meinung nach ist: Ich habe Entzugserscheinungen. Ich weiß, dass Derrick keine Drogen-Metaphern mag, aber es trifft den Nagel nun einmal auf den Kopf. Ich bin süchtig nach ihm und ich hatte zu lange keine Dosis. Die Nachrichten, die wir einander geschickt haben, waren zu wenig. Ich brauche ihn echt, wirklich und in Fleisch und Blut!

Während der Arbeit, die mir heute schwer von der Hand geht, fälle ich einen Beschluss. Wenn er sich heute nicht blicken lässt, werde ich ihn morgen mit Bildern bombardieren, die er nicht ignorieren kann. Und wenn das auch nicht wirkt, dann … flehe ich ihn eben an, zu mir zu kommen. Falls es das ist, worauf er wartet, gewinnt er. Nicht, dass er das nicht sowieso schon hätte …

Nach dieser Entscheidung geht es mir ein klein wenig besser, aber wirklich auf der Höhe bin ich nicht. Ich will nur noch Feierabend machen. Endlich weg von hier und den Kollegen, die mich nicht ausstehen können. Auch wenn ich diese Woche nicht viel von ihnen mitbekommen habe. Was nur daran liegt, dass ich völlig ignorant gegenüber allem war, was um mich herum vorging.

Eine Sache habe ich jedoch nicht vergessen und auch nicht ignoriert. Meine Ermittlungen gegen Peter schreiten fort. Ich nehme mir die Zeit, meine Aufzeichnungen zu vervollständigen und weitere Fehler aufzuspüren, die er macht oder gemacht hat. Ich weiß, dass er mich aus irgendeinem Grund nicht ausstehen kann. Er ist der Einzige, der noch immer gelegentlich versucht, eine spitze Bemerkung anzubringen. Gut, manchmal ist Garrett mit von der Partie, aber ich denke, er ist mehr so etwas wie ein Mitläufer.

Ich bin mir sicher, dass ich bald genug Material beisammenhabe, um etwas zu unternehmen. Ich will, dass es eine wasserdichte Sache ist. Nur dann kann ich hoffen, dass ich ihn tatsächlich loswerden mag. Zu viele Fehler sind ein klares Vergehen in einem Team wie unserem. Die Fehlerquote ist tatsächlich das höchste, wenn nicht sogar einzige Bewertungskriterium.

»Hey, Shae«, dringt völlig unerwartet die Stimme von Garrett zu mir durch.

Schnell schließe ich meine Aufzeichnungen, damit er keinen Blick darauf werfen kann, und wende mich ihm zu.

»Der Boss will dich sehen«, informiert er mich und deutet mit dem Daumen über seine Schulter, als wäre mir nicht klar, wo das Büro des Chefs ist.

»Hat er gesagt warum?«, will ich wissen.

»Mir nicht«, lautet die Antwort.

Doch sie wird von einem Grinsen begleitet, das mir Unbehagen bereitet. Vielleicht versucht Peters Kumpan nur, sich

selbstgefällig zu geben. Er ist ein Macho-Typ und hält sich für toll. Etwas an seinem Verhalten weckt eine bange Vorahnung, die sich nur verstärkt, als ich beim Aufstehen einen Blick auf einen sich schnell umdrehenden Peter erhasche, der ebenfalls zu grinsen scheint.

Ich lasse mir nichts anmerken und mache mich auf den Weg. Ein Streich wird es wohl nicht sein. Mister Paulsen, der Abteilungsleiter, ist bei den Halbstarken hier beliebt, aber er ist ein Vollblut-Manager. Ihn interessieren nur Zahlen und Fakten. Für Unfug hat er keine Zeit.

Was nicht bedeutet, dass ich ihn als Verbündeten sehe. Ich weiß, dass er manchmal Small Talk mit einigen der Mitarbeiter macht. Zuvor habe ich mich auf mein Gefühl bei den Beobachtungen im Laufe der Zeit nicht verlassen, jetzt fällt mir das leichter. Auch rückwirkend. Das bringt mich zu der Einschätzung, dass ein Teil der Belegschaft ihn als ›einen von den Jungs‹ betrachtet. Allen voran die Hauptverdächtigen für diese ominöse ›Old Gang‹, die es hier gibt.

Allerdings glaube ich, dass diese Sichtweise einseitig ist. Paulsen ist kein Kryptograf und auch kein ›richtiger‹ Informatiker, selbst wenn er darin einen Abschluss hat. Er ist ein Betriebswirtschaftler. Und ein Karrieretyp, der nicht vorhat, auf dieser Position zu versauern. Wenn ich mich nicht irre, gibt er sich nur kumpelhaft, weil das gut für die Teamatmosphäre ist.

Ich baue darauf. Wenn ich ihm meine Ergebnisse vorlege, muss der Manager in ihm sich für die Zahlen entscheiden. Irre ich mich, habe ich ein Problem, das mich schlimmstenfalls den Job kosten könnte. Was ich mir nicht nur nicht leisten kann, sondern auch nicht will. Denn dann müsste ich fort von hier. Und damit fort von … Derrick.

Genau deswegen sammele ich so sorgfältig und überprüfe jedes Ergebnis mehrfach. Alles muss absolut unanfechtbar sein, bevor ich damit vor den Boss trete. Jetzt allerdings hat er mich zu sich zitiert und ich habe keine Wahl, als zu gehen.

Ich konzentriere mich rein auf mein Innerstes auf dem Weg. Die Schwingungen der Liebeskugeln bringen mich nicht nur mit mir in Einklang, sondern auch mit Derrick. Durch sie ist er bei mir und wenn er bei mir ist, bin ich nicht allein. Er gibt mir Kraft und macht mir Mut. Selbst wenn er eher ›Mut zum tabulosen Abenteuer‹ im Sinn haben mag ...

Ich lächele beinahe bei diesem Gedanken, als ich an die Tür zum Büro des Chefs klopfe. Auf seine Aufforderung hin trete ich ein und habe mich gut im Griff dabei, wie ich finde.

»Sie wollen mich sprechen?«

»Setzen Sie sich Shae«, weist er mich an und deutet auf einen der beiden Stühle vor seinem Schreibtisch.

Keine Begrüßung, kein noch so unechtes Freundlichkeitslächeln – das steigert mein Unwohlsein.

»Gibt es ein Problem?«, frage ich sofort nach.

»Das gibt es in der Tat, ja«, sagt er und betrachtet vor ihm liegende Ausdrucke. »Leider müssen wir über Ihre Fehlerquote sprechen.«

»*Meine* Fehlerquote?«, keuche ich und kann die Betonung nicht verhindern.

»Ihre Fehlerquote«, bestätigt er und runzelt die Stirn, als wolle er fragen, um wen es sonst gehen sollte. »Das sind keine akzeptablen Zahlen, Shae. Selbst wenn man bedenkt, dass Sie noch neu sind und wir Ihnen Raum zur Einarbeitung geben wollen. Um ehrlich zu sein ... wären das selbst dann sehr schlechte Zahlen, wenn dies Ihre erste Woche hier gewesen wäre.«

Ich nehme mit leicht zitternder Hand und chaotisch herumwirbelnden Gedanken die Ausdrucke entgegen, die er mir reicht. Habe ich diese Woche so viele Fehler nicht bemerkt, dass ich über die Quote gekommen bin? Ich habe keine Rückmeldungen erhalten, wie sie vorgeschrieben sind. Aber das kann daran liegen, dass ich nicht sehr beliebt bin. Ich weiß nur nicht ...

Als ich auf das oberste Blatt sehe, werde ich blass. Das sind *Unmengen*! Keinesfalls war ich so unkonzentriert! Oder ... doch?

Gott, ich denke den ganzen Tag nur an Derrick. Ich *könnte* so abwesend sein, dass ich selbst dann nicht bemerke, was ich falsch mache, wenn ich mich selbst korrigiere. Was ich tue, weil ich so sorgfältig wie möglich arbeiten will. Eben genau, damit so ein Vorwurf nicht aufkommt …

Paulsen spricht von Verantwortlichkeiten, Sorgfalt und den Maßnahmen, die zu ergreifen sind, um die Qualitätsstandards zu sichern und zu halten, während ich ihn über das Blut, das in meinen Ohren rauscht, kaum höre. Bin ich so unglaublich schlecht? Liegen Bri und meine ätzenden Kollegen doch richtig mit dem, was sie sagen? Habe ich mich in den letzten Tagen in eine Fantasiewelt geflüchtet und darüber die Fähigkeit verloren, die Realität wahrzunehmen?

Ich starre weiter auf den Ausdruck, auf dem meine Fehler vermerkt sind. Eine Liste mit jeweils einem Fall pro Zeile und verschiedenen, in Spalten angeordneten Informationen dazu. Meine ID, ein Fehlercode, Art der Bearbeitung und so weiter. Ganz hinten steht die Uhrzeit, zu der ich den fehlerhaften Eintrag gemacht habe. Daran bleibe ich mit einem Mal hängen.

Immer wieder wandert mein Blick die Zeilen hinauf und hinunter. Jede Uhrzeit liegt innerhalb meiner Arbeitszeiten. Natürlich. Aber etwas daran ist … falsch. Ich kann zuerst nicht den Finger darauf legen, doch als es schließlich Klick macht, ist es mit einem Mal schmerzlich offensichtlich.

Die Zahlen *wirken* zufällig. Ganz genau so, wie man es erwarten würde. Aber die Anzahl von Dreien darin … Sie ist um ein Vielfaches zu hoch für eine echte Zufallsverteilung. Sie sagt etwas anderes aus. Etwas, was ich undenkbar fände, wenn mir nicht sofort ein wahrscheinlicher Verantwortlicher in den Sinn käme.

Die Drei ist eine der beiden Zahlen, die Menschen am häufigsten wählen, wenn sie sich Zufallszahlen ausdenken sollen. Die andere – sieben – ist nicht oft in der Liste vertreten. Was daran liegt, dass sie bei Uhrzeiten in nur zwei bestimmten

Stunden des Tages vorkommt. Und lediglich zu einer davon bin ich überhaupt auf der Arbeit.

Sobald ich das erfasst habe, weiß ich, dass jemand mir Fehler unterzujubeln versucht, die ich nicht gemacht habe. Wie weiß ich nicht. Aber da meine ID mit meinem Log-in auf dem Computer verknüpft ist, habe ich einen akuten Verdacht. Es sollte nicht möglich sein, die Zeitstempel der Eingaben zu manipulieren. Theoretisch. Praktisch ist das eine Frage der Kenntnis der Software. Mein erster und im Grunde einziger Verdächtiger ist so lange hier, dass er zu einer Gruppe gehört, die sich ›Old Gang‹ nennt. Er kennt diese Software besser als die meisten. Und er ist ein Experte für Kryptografie.

Peter!

Ich hebe den Blick, weil ich merke, dass Paulsen verstummt ist. »Hören Sie mir eigentlich zu, Shae?«, will er wissen.

»Ja, Sir«, wispere ich.

»Dann kommen wir zu meinem Lösungsvorschlag. Wir implementieren einen Leistungssteigerungsplan. Ein erfahrener Kollege nimmt sie noch einmal bei der Hand und hilft Ihnen, Ihre Schwächen zu beheben. In einer Woche unterhalten wir uns wieder. Mehr Zeit kann ich Ihnen leider dafür nicht einräumen. Sie kennen den Druck, unter dem diese Abteilung steht. Sie tun also gut daran, eine Lösung für das zu finden, was sich so negativ auf Ihre Konzentration auswirkt.«

»Ja, Sir«, erwidere ich kleinlaut und den Tränen nah.

»Und falls Sie zu dem Schluss kommen sollten, dass Sie bei uns nicht optimal aufgehoben sind und eine andere Karriere besser Ihren … Fähigkeiten entspricht, sollen Sie wissen, dass die Firma Ihnen das nicht nachtragen würde«, fügt er noch hinzu.

Das lässt mich zusammenzucken und aus irgendeinem Grund ausgerechnet an Bri denken. Hat sie nicht so etwas Ähnliches gesagt? Haben sie und er … recht damit?

Nein, verflucht! Ich weiß, dass ich diese Fehler nicht gemacht habe. Aber ich weiß nicht, wie ich das beweisen soll! Und wenn ich keinen Weg finde, das zu tun, bin ich geliefert. Fuck!

Paulsen lässt mich unterschreiben, dass ich meine Belehrung zur Kenntnis genommen habe und dem Plan zustimme, meine Leistung zu verbessern. Ich tue es wie in Trance, weil ich nicht weiß, wo mir der Kopf steht. Eben noch war meine einzige Sorge, wann ich Derrick wiedersehe. Jetzt steht mein Job auf dem Spiel.

Peter sehe ich nicht mehr, als ich zu meinem Platz zurückkehre. Paulsen hat mich frühzeitig in den Feierabend geschickt, damit ich ›den Kopf bis Montag freibekomme‹. Scheinbar gilt das auch für andere. Oder der Bastard geht mir aus dem Weg, weil er sich nicht verkneifen könnte, mich auszulachen.

Aber ich werde nicht kampflos aufgeben! Wenn ich nur einen Weg wüsste, wie ich ihm auf die Schliche kommen kann. Hat er einen Plan, um zu verhindern, dass ich mich verbessere? Wann geht er an meinen PC und warum sagt niemand etwas dazu? Wenn ich irgendwie meinen Arbeitsplatz überwachen könnte …

Es gibt keine Kameras, weil das, was die Monitore anzeigen, die höchste Sicherheitsstufe hat. Wenn ich mein Handy mit reinnehmen könnte, wie die Manager es dürfen, könnte ich … Aber was will ich mir vormachen? Es gibt weder eine Lösung, noch jemanden, der mir helfen kann. Ich habe keinen einzigen Freund in dieser Firma. Ich … werde ab jetzt wohl Überstunden machen müssen, sodass ich immer vor Peter komme und nach ihm gehe. Das scheint der einzige Weg zu sein, meinen Job zu retten.

Immerhin *ist* es ein Weg, sage ich mir selbst. Ich tippe, dass Peter mich nicht ausstehen kann, weil ich eine Frau bin. Nicht einmal besser als er. Einfach nur ein Mädchen im Sandkasten, den er für ›nur Jungs‹ beansprucht. Wenn ich den längeren Atem

beweise, verliert er vielleicht das Interesse. Seine Sticheleien haben ja auch nachgelassen, seit ich nicht mehr darauf anspringe. Wobei ich nicht weiß, ob genau das ihn zu seinem neuen Versuch motiviert hat, mich loszuwerden …

Gott! Ich will nicht mehr darüber nachdenken! Ich gehe nach Hause und vielleicht lasse ich es einfach mit den Bildern am Samstag, um Derrick zu mir zu locken. Ich schreibe ihm einfach sofort, dass ich ihn brauche.

›*Was muss ich tun, damit du zu mir kommst?*‹, texte ich ihm ohne Umschweife. ›*Mich nackt an den Straßenrand stellen und auf dich warten? Sag Ja und ich tue es.*‹

›*Sorry, Maus. Geht nicht. Klingt aber sehr verlockend*‹, habe ich wenige Minuten später die Antwort.

So ein Scheiß! Heute geht auch alles schief!

Ich könnte heulen!

Sechsundzwanzigstes Kapitel

Derrick

Ich habe versucht, mich von ihr fernzuhalten. Mit aller Kraft. Um den Zauber zu brechen, den ich irgendwie auf sie gelegt zu haben scheine. Und auch … den Zauber, der mich zu ihr zieht.

Die ganze Woche lang habe ich der Versuchung widerstanden. Bis auf das eine Mal, als ich es nicht mehr aushielt. Sofort hat mich ihre prompte und so verdammt scharfe Reaktion wieder in ihren Bann gezogen.

So sehr ich den Vergleich hasse, Shae ist wie eine Droge und ich bin süchtig nach ihr. Ich denke Tag und Nacht an sie. Ich kann mich kaum auf die Arbeit konzentrieren. Ich will ihr auflauern, wenn sie Feierabend macht und nicht mehr loslassen, bis sie wieder in ihre Firma muss. Oder auch gar nicht mehr. Diesen Job, der sie so unglücklich macht, braucht sie nicht. Eine Frau mit ihren Talenten könnte so viele Dinge tun. Scheiße, *ich* könnte sie einstellen.

Sie hat, was mir fehlt. Sie kennt sich mit Zahlen und Computern aus. Kryptografie ist im Grunde nichts anderes als nobleres Hacking. Ich wette, sie wäre eine verfickte Bereicherung und mit ihrer Hilfe könnte ich die dicken Fische an Land ziehen. Statt kleinen Unternehmen zu zeigen, wo ihre Sicherheitslücken liegen und wie sie besser mit der Faulheit ihrer Mitarbeiter umgehen, die für neun von zehn Zwischenfälle im Security-Bereich verantwortlich ist, könnte ich Konzerne ausnehmen.

Oder sogar wirklich was für die Stange Geld bieten, die ich verlange. Mehr, als nur die Dinge aufzuzeigen, die eigentlich jeder Idiot sehen sollte. Auch wenn ich mich nicht über die Dummheit meiner Klienten beklagen sollte, denn davon lebe ich verdammt gut.

Aber mit einer Frau von Shaes Format wäre so viel mehr möglich. Ich darf gar nicht anfangen, mir das auszumalen.

Und das darf ich wirklich nicht, denn ... es liefert mir noch einen weiteren Grund, nicht die Finger von ihr zu lassen. Warum muss sie auch so verdammt *perfekt* sein?! Wie *kann* sie das überhaupt sein? Wie kann eine Frau so unfassbar willig und begierig sein? So unermüdlich und unersättlich dauer-spitz? So allzeit bereit und für jede Schandtat zu haben? So absolut unwiderstehlich in ihrer Mischung aus unschuldiger Reinheit im Herzen und grenzenloser Versautheit im Kopf?

Ich begreife es einfach nicht. Es muss einen Haken geben. Aber ich finde ihn nicht. Ich habe sie gründlich durchleuchtet und dabei mittlerweile alle Register gezogen. Sie war als junges Mädchen eine Weile etwas auffällig. Nicht mehr als Schulprobleme. Die Details sind längst verloren gegangen, aber es gab keine Interaktionen mit der Polizei oder irgendetwas Anderes, Schwerwiegendes.

An ihre medizinischen Unterlagen bin ich nicht rangekommen, aber sie hatte einen Therapeuten, der auf Hyperaktivitätsstörungen spezialisiert war. Das ergibt ein schlüssiges Bild. Aufmüpfiges, energiegeladenes Mädchen ist zu anstrengend und wird behandelt, damit sie sich besser anpasst und im Griff hat. Ende der Geschichte. Fall geschlossen.

Ansonsten sind nur ihre Noten auffällig, denn die waren rekordverdächtig. Wahrscheinlich hätte sie schneller mit der

Schule durch sein können. Kein Wunder, dass sie so etwas Abgefahrenes wie Mathematik studiert hat, um Kryptografin zu werden. Auch das passt einfach. Von sexuellen Eskapaden gibt es keine Spur. Sie hat es ja auch selbst gesagt: Sex hat ihr keinen Spaß gemacht, bis sie mir begegnet ist. Was die Dinge noch einmal verschlimmert, denn … in gewisser Weise kann ich das genau in diesen Worten für mich selbst sagen.

Sex fand ich zwar schon besorgniserregend früh interessant und von Anfang an ziemlich geil, aber erfüllt hat er mich nie. Ich habe gelernt, ihn als eine Art Waffe einzusetzen. Ich habe mit Frauen gespielt, sie kontrolliert und manipuliert. Ich war … *bin* ein gottverdammtes Arschloch. Und jetzt soll ich einer Frau begegnet sein, bei der all diese kranken, kaputten Impulse und Neigungen und das, was immer falsch war, mit einem Mal *richtig* sind?!

Bullshit!

Dennoch bin ich hier. Es ist die Nacht von Freitag auf Samstag, drei Uhr früh. Und ich bin bei ihr. Weil ich es nicht mehr aushalte. Weil ich sie sehen muss … *Ficken* muss. Weil ich *süchtig* nach ihr bin!

›*Tür. Sofort!*‹, texte ich ihr wütend.

Ich muss damit rechnen, dass sie es gar nicht mitbekommt. Sie schläft tief und fest in ihrem Bett. An ihren nackten, warmen, wunderbaren Körper zu denken ist keine gute Idee. Ich tue es trotzdem.

Als ich sie aufspringen und auf nackten Sohlen aus ihrem Schlafzimmer huschen höre, als säßen ihr die Cops im Nacken, bin ich erstaunt, beeindruckt und frustriert. Schon wieder ist sie einfach nur perfekt. Wie kann das sein?!

Sie eilt zur Tür und ist bereit, sie aufzureißen, ohne auch nur durch den Spion zu sehen. Splitternackt und jedem entblößt, der draußen warten mag. Das ist leichtsinnig und gefährlich. Und genau das, was ich will, wenn sie weiß, dass es um mich

geht. Ich *will*, dass sie jede Vorsicht vergisst und alles außer Acht lässt, weil sie mir völlig verfallen ist!

Als ich mich von hinten an sie dränge und packe, um ihren Körper neben der Tür mit der Vorderseite gegen die Wand zu drücken, erschreckt sie furchtbar. Natürlich. Sie konnte nicht damit rechnen, dass ich in ihrer Wohnung bin. Sie weiß nicht, wie leicht ihr Türschloss zu überwinden ist. Oder dass ich darin so eine Art Experte bin. Sie weiß nichts von mir. Und doch kennt sie meine tiefsten Geheimnisse ...

Ich halte ihr den Mund zu und fixiere sie grob. Ein gellender Aufschrei würde vielleicht einen Nachbarn auf den Plan rufen. Aber sie ... wehrt sich nicht im Geringsten. Sie atmet schnell, zittert und ist äußerst angespannt, aber sie rührt keinen Muskel in einem Versuch, sich zu befreien.

Etwas Dunkles regt sich in mir und ich kann es nicht mehr länger beherrschen. Es befreit sich. Es hat viel zu lange gewartet. Hungrig und wütend schlägt es zu, wie ein wildes Raubtier.

»Du hast mir etwas gestohlen, du kleine, geile Fotze«, knurre ich ihr ins Ohr und drücke sie hart an die Wand. »Ich will es zurück!«

Kurz versucht sie, ihren Mund zu befreien, aber ich verhindere es. Noch nicht ...

»Du hast mir meine Gelassenheit geraubt«, presse ich angespannt heraus. »Und meine Gleichgültigkeit. Meine Abgebrühtheit, meine Mitleidlosigkeit und das bisschen innere Ruhe, das ich mir mühsam zusammengesammelt habe. Wegen dir kann ich nur noch den ganzen Tag auf und ab laufen, wie ein verfickter Tiger in einem beschissenen Käfig. Und ich kann dich nicht mal abservieren, wie das eiskalte Arschloch, das ich bin. Weil du mir auch das genommen hast.«

Ihr Zittern wird zu einem andauernden, wellenhaften Erschauern und ihr Atem geht noch schneller. Stoßweise prallt er gegen meine Hand. Heiß und feucht. Wie ...

»Du und deine nasse Fotze«, schimpfe ich und greife ihr von hinten zwischen die Beine.

Sie steht sofort auf den Zehenspitzen und stöhnt wimmernd. Sie versucht gar nicht erst, dem Zugriff zu entgehen. Stattdessen presst sie sich meiner Hand entgegen. Aber ich lasse mich nicht so einfach überlisten. Ich kenne die Wirkung, die diese geile Spalte auf mich hat. Deswegen schiebe ich ihr nicht nur vier Finger in die Pussy, sondern drücke auch mit meinem Daumen gegen ihren Anus. Das lässt sie sich aufbäumen und protestierend jaulen. Endlich habe ich gefunden, was sie mir nicht geben will. Endlich ...

Mit einem stotternden Seufzen gibt sie die Anspannung wieder auf und auch den Ansatz von Widerstand. Als sie leicht absinkt und ihr Hintereingang sich entspannt, sorgt die allgegenwärtige Nässe dafür, dass mein Daumen ohne weiteren Widerstand in sie hineingleitet. Heiß zieht sich der Muskelring danach um ihn zusammen, so wie ihre Pussy auch meine Finger umarmt, die sie aufs Äußerste dehnen müssen.

Fuck! Sie lässt selbst das zu?! Das kann doch nicht ...

»Ich gebe es nicht mehr her«, stöhnt sie, weil ich vergesse, ihr den Mund zuzuhalten. »Das ist meine Beute. Bestraf mich dafür, wie du willst ...«

»Worauf du einen lassen kannst!«, begehrt das Dunkle in mir noch einmal auf und drängt wieder vor.

Ich zwinge sie mit meinem Griff, der ihre beiden Arme in ihrem Rücken fixiert, vor mir herzugehen. In die Küche, wo ich nicht lange fackele und sie auf den Tisch drücke. Zischend saugt sie die Luft ein, als ihr heißer Körper auf die kalte Unterlage gedrückt wird. Aber sie wehrt sich nicht ...

Ich öffne meine Hose und sie erzittert. Ich lasse sie jede Kleinigkeit hören, die ihre Bereitschaft ins Wanken bringen könnte. Reißverschluss und Hosenknopf. Gürtelschnalle und wie ich den Riemen aus den Schlaufen ziehe. Als ich ihre Arme freigebe, packt sie die Tischkante zu beiden Seiten ihrer Unterlage und spannt sich an. Sie weiß, was ich tun werde!

Ihr Aufschrei, als ich mit dem Gürtel auf ihren Arsch schlage, ist gellend. Ein Schluchzen folgt. Ihr Oberkörper hat

sich aufgebäumt und ihr Atem kommt abgehackt. Aber sie macht keine verfickten Anstalten, sich mir entziehen zu wollen.

»Gelassenheit!«, ringt sie sich ab.

Heilige Scheiße! Das …

»Gleichgültigkeit?«, wimmert sie gleich darauf.

Und Gott, ich schlage zu.

Ein ums andere Mal lasse ich den Lederriemen auf ihren fantastischen Arsch klatschen. Ein ums andere Mal antwortet sie mir mit immer brüchigerer Stimme. Schluchzend, schließlich heulend. Aber nie versuchend, sich zu entziehen.

Abgebrühtheit, Mitleidlosigkeit, Illusion innerer Ruhe. Und dann … das Arschloch.

»Nein«, stoße ich aus. »Das nehme ich mir zum Ausgleich.«

»Oh Gott!«, heult sie auf.

Ich muss nur hinter sie treten. Sie hebt sich mir bereits entgegen auf ihre gottverdammten, zuckersüßen Zehenspitzen. Reckt mir den Hintern willig hoch, den ich gerade so brutal behandelt habe, dass er kochend heiß ist unter einer vorsichtig tastenden Hand.

»Schick mich weg«, krächze ich. »Jag mich zum Teufel!«

»Niemals!«, schreit sie heiser und mit einem Mal ist da Wut. Sie hämmert die Faust auf den Tisch und unterdrückt ein wildes Kreischen. »Vergiss nicht, draufzuspucken« faucht sie. »Das macht man so, mit einer dreckigen Schlampe. Und steck ihn bloß nicht in meine klitschnasse Fotze, die sich so unglaublich nach dir verzehrt. Beschmutz mich endlich!«

»Begreifst du es nicht?«, fahre ich sie an. »Das ist noch die kleinste Scheiße, die ich dir antun werde!«

»Kapierst du nicht, dass ich es *will*?!«, schreit sie mich an und ich sehe, wie sie den Kopf dreht.

Selbst in der Dunkelheit, die nur von ganz wenig Licht erhellt wird, das durch die Fenster fällt, kann ich ihre Augen aufblitzen sehen. Sie greift hinter sich und zischt, als sie ihre Arschbacken auseinanderzieht.

»Fick meinen Arsch, du Arsch!«

»Warum!?«, ächze ich.

»Weil dann alles, was ich dir gestohlen habe, mir gehört. Auch ... dein Herz!«

»Fuck!«, brülle ich. »Fuck! *Fuck!* **Fuck!**«

Ich kann nicht anders! Ich muss ihre Hüften packen, den Kopf senken und ihr direkt zwischen die gespreizten Arschbacken spucken. Mitten auf das, was ich in der Finsternis kaum ausmache und dennoch zucken sehe. Genau da setze ich meine Eichel an und dann ... stoße ich zu.

»*Fuuuck* ...!«, jault sie auf. Und diesmal besteht kein Zweifel, dass es ein Schmerzschrei ist.

Doch dann bin ich in ihr. Mit einem Stoß bis zum Anschlag in ihrem Hintern. Mein Schoß presst sich fest an ihre heißen Backen. Meine Arme schlingen sich um ihren Körper und ziehen sie zu mir hoch, wo ich sie an meine Brust presse. Ihre Hände reichen hoch und packen meinen Nacken, während sie ihren Körper komplett überstreckt.

»Spürst du, wie weh das tut?«, stöhne ich in ihr Ohr.

»Spürst *du*, wie gut es ist?«, wispert sie. »Wenn der Schmerz nachlässt, dann ... ist es, als hättest du endlich *alles* von mir in Besitz genommen. Endlich beschmutzt du mich völlig!«

»Du kannst einfach nicht real sein!«, entfährt es mir. »Ich bin der nutzlose Sohn einer verfickten Crackhure. Ich habe in meinem Leben nicht das Geringste getan, um eine Frau wie dich zu verdienen.«

»Was, wenn *ich* es bin, die dich verdient?«, wimmert sie.

»Was, wenn du die Antwort auf *meine* Gebete bist?«

»Das ist verrückt. Was für Gebete sollen das sein?«

»Nicht jetzt, Derrick«, schluchzt sie. »Ich sage dir alles. Ich schwöre es dir. Aber jetzt ... musst du mich ficken. Mit all deiner Kraft und all deiner ... deiner ...«

»Krankhaften Besessenheit«, kommt es mir über die Lippen, ohne dass ich es aufhalten könnte.

»Liebe!«, stöhnt sie und erschauert so heftig und bis so tief in jeden Winkel ihres Körpers, dass es meine nachlassende Härte in ihrem Hintern zu neuem Leben erweckt.

Und als es einmal ausgesprochen ist, weiß ich, dass es stimmt.

»Aber nicht so!«, beschließe ich.

»Derrick! *Bitte!*«

»Wenn es Liebe ist, Shae, dann werde ich es auch so machen, wie es wirklich sein soll.«

Und was das bedeutet, das weiß ich plötzlich.

Ganz genau.

Siebenundzwanzigstes Kapitel

Shae

Mit weit aufgerissenen Augen und so atemlos, dass ich meine, ich würde ersticken, starre ich in den Spiegel. Noch nie habe ich mir selbst beim Sex zugesehen. Oder bei irgendetwas, was auch nur im Entferntesten mit dem Thema zu tun hat. Jetzt jedoch … kann ich nicht genug davon kriegen!

Mein Schlafzimmer ist hell erleuchtet und ich befinde mich auf meinem Bett. Unter mir liegt Derrick und sein Schwanz steckt tief in meinem Arsch. Ich drehe ihm den Rücken zu und stütze mich nach hinten ab. Meine Beine sind aufgestellt. Alles von mir ist dem Spiegel zugewandt und meinem Blick offenbart.

Der Schmerz, als er seinen Prügel in meinen Hintern rammte, hat alles verändert. Plötzlich ging ein Licht in einem Winkel meines Geistes an, der immer im Dunkeln lag. Mit einem Mal weiß ich wieder, was man mir Jahre und Jahrzehnte ausreden wollte. Ich weiß wieder, was man mich vergessen lassen wollte. Was die Pillen auszulöschen versuchten. Ich weiß wieder, wer ich bin!

Und dem sehe ich nun ins Auge. Schweißüberströmt und aus offenem Mund keuchend, halte ich mich über ihm in Position, während er mit einer Hand unter meinem Po und mit der anderen in meiner Muschi meinen Unterleib lenkt.

Ich weiß nicht, wie oft ich nun schon gekommen bin. Mein Bett ist ein Sumpf, aber das ist mir scheißegal. Voll fiebriger Gier starre ich auf den harten Schwanz, der in meinem willigen Anus ein und ausfährt. Immer wieder hebt er mich so weit, dass ich sogar die Eichel sehen kann, und presst mich wieder hinab, bis wir vor meinen Augen verschmelzen.

Unermüdlich. Obwohl er schon zweimal gekommen ist. Ich lasse nicht zu, dass er an Härte verliert. Wenn das zu geschehen droht, dann ziehe ich mich so fest um ihn zusammen, dass es eben doch nicht passiert.

Dieser Mann … Er ist unfassbar! Es müssen Stunden sein, die ich nun schon so schwebend von einem Höhepunkt zum nächsten gefickt werde. Wenn schon nicht sein Schwanz, so müssten seine Arme doch müde sein. Aber er hört nicht auf.

»Derrick!«, keuche ich, als eine neue Welle heranrollt. »Derrick! *Derriiick!*«

Längst sind es keine wilden, kraftvollen Schreie mehr. Heiseres Krächzen ist alles, was meine Kehle noch zuwege bringt. Selbst wenn ich komme, wie jetzt gerade, ist es nicht mehr explosiv. Aber dafür durchdringt es mich bis in den letzten Winkel. Es erfüllt mich, so wie er mich erfüllt.

»Shae«, stöhnt er schwach und ich bin sofort hellwach.

Ich erkenne längst diesen Tonfall. Kann ich ihn noch einmal dazu bringen, seinen Samen in mich zu spritzen? Noch einmal tief in meinen Hintern?

»Gib es mir noch einmal, mein wunderbarer Mister Wrong«, wimmere ich. »Du fickst mich so wundervoll. Mein Arsch wird immer da sein, wenn du ihn benutzen willst. Mein Körper

gehört dir. Auf jede Weise, zu jeder Zeit und an jedem Ort. Du fickst mich so gut. Du bist der einzige Mensch auf der Welt, der es mir machen kann. Keiner außer dir ist dazu in der Lage ...«

»Oh Gott, Shae, hör nicht auf!«, ächzt er. »Lüg mich weiter so geil an.«

»Es stimmt!«, begehre ich auf. »Nur du kannst das und nur dich lasse ich es tun. Nur dich *will* ich!«

»Ich kann nicht mehr«, stöhnt er. »Ich werde nicht ... Es ist okay, ich ...«

»Nein!«, fauche ich und stemme mich hoch, sodass er aus mir herausgleitet. »Nein, du verdienst ...«

»Ist gut, Shae«, winkt er schwach ab und seufzt. Erleichtert, weil mein Gewicht nicht mehr zum Teil von seinen Armen getragen wird.

Ich sehe ihn an. Von Kopf bis Fuß. Er ist so nassgeschwitzt wie ich und sein Schoß ist ein See aus seinen und meinen Säften. Aber noch steht aus dieser Lache etwas hervor.

Ich gleite über ihn. Richtig herum, diesmal. Meine Pussy nimmt ihn nur zu bereitwillig in sich auf. Sie hat noch genug Kraft, sich fest um ihn zu schließen, auch wenn ich nicht mehr die Kraft habe, ihn zu reiten. Aber ... das muss ich auch gar nicht.

Ich sinke seufzend in seine Arme und wir atmen gemeinsam tief aus. Entspannung durchströmt seinen Körper. Und meinen. Bis auf ...

»Heilige Scheiße ...«, flüstert er.

»Sag nichts«, hauche ich. »Tu nichts. Denk nichts. Ich kümmere mich um dich.«

Und genau so ist es. Ich kümmere mich darum, dass er nach einer zeitlosen, beinahe endlosen Weile noch einmal zusammenzuckt und mich packt.

»Fuck!«, stöhnt er.

»Mh-hm«, stimme ich müde und zufrieden zu, während ich fühle, wie er sich in mir verströmt.

Und dann weiß ich nichts mehr, bis ich wieder erwache ...

271

Nichts, außer … dass mich Liebe einhüllt.

Er hält mich so fest, dass es beinahe wehtut, während wir die Nacht und den halben Tag in meinem zerwühlten, versauten Bett verbringen. So fest, wie ich es brauche. So fest, wie ich es von nun an immer will.

Seine Arme liegen um meinen Körper, den er an seine Brust presst. Wir kleben förmlich aneinander. Verschmolzen zu einem gemeinsamen Ganzen. Fest verbunden, sodass man jede Regung des anderen spüren und ich seinen Herzschlag an meinem Rücken, seinen Atem in meinem Nacken und seine Hitze überall an und in mir fühlen kann.

Ein paar Mal erwache ich, wenn er sich rührt. Immer ist es die Angst, er könne sich davonstehlen wollen. Oder auch nur aufstehen. Und sei es, um aufs Klo zu gehen. Selbst das könnte ich gerade nicht ertragen!

Aber es sind nur Regungen im Schlaf. Sie führen dazu, dass er mich nur wieder fester an sich drückt. Lautlos heulend vor Glück kann ich beruhigt wieder einschlafen. Er bleibt …

Irgendwann bin dann ich es, die es nicht mehr länger aushält. Die Mittagssonne, die in mein Schlafzimmer reicht, ist schon fast vorübergezogen, und ich mag bereits seit mehr als einer Stunde wach liegen, als ich es mir eingestehen muss: Wenn ich jetzt nicht gehe, mache ich ins Bett. Es tut sogar schon richtig weh, so dringend muss ich pinkeln.

Er murrt, als ich mich rühre. Seine Arme wollen mich nicht freigeben. Was mir mehr das Herz wärmt, als ich in Worte fassen könnte. Wenn da nicht das Kneifen in meinem Bauch wäre, würde ich.

»Ich muss furchtbar nötig«, wispere ich ihm zu.

»Lass es einfach laufen«, murmelt er. »Ich kaufe dir ein neues Bett.«

Für einen winzigen Augenblick ... Aber nein! Das bringe ich nicht über mich. Außer, es wäre anregend für ihn. Doch danach werde ich nicht fragen. Das wage ich nicht.

»Ich komme wieder«, verspreche ich.

Er seufzt. »Oder wir stehen mal auf«, brummt er. »Ich schätze, es ist spät genug ...«

»Zwei Uhr?«, keuche ich mit Blick auf meinen Wecker. »Himmel!«

»Erst?«, schnaubt er. »Okay, dann geht es ja.«

Er gibt mich frei und ich beeile mich, aus dem Bett und unfallfrei bis ins Bad zu kommen. Endlich dort angekommen stelle ich zu meinem Erstaunen fest, dass die Erleichterung, es laufen lassen zu können, jetzt nicht mehr das schönste Gefühl auf der Welt ist. Sie ist auf den zweiten Platz verdrängt worden. Die besondere, explosiv-nasse Art von Orgasmus, die ich mit Derrick am laufenden Band erlebe, ist der neue Spitzenreiter.

Lächelnd sitze ich da und als ich fertig bin und ans Waschbecken trete, strahle ich noch immer. Gut sieht das aus. Auch wenn ich ansonsten wirke, als wäre ich einen Marathon gelaufen und hätte mit einem Bären gerungen. Oder eher ... Liebe gemacht. Ja, das passt.

Zeit für eine Dusche. Perfekt passend erscheint Derricks hochgewachsene Gestalt im Türrahmen und sein Traumkörper erfüllt sofort den Raum mit einer überwältigenden Männlichkeit, die eine Menge zufrieden schlummernder Begierden aufzuwecken beginnt.

Ich strecke die Hand nach ihm aus. »Ich muss auch auf die Toilette«, sagt er.

Aber ich lasse nicht locker. Ich ziehe ihn mit mir in die Dusche und strecke mich, sodass ich ihm zuflüstern kann, dass wir uns sowieso gründlich waschen müssen. Was bereits ausreicht, um ihn zu überzeugen, und mir ... eine ganz neue, erstaunlich aufregende und vor allem unerwartet *erregende* Erfahrung beschert.

Diese wiedererwachte Lust kocht allerdings gerade auf kleiner Flamme. Ich bin tatsächlich noch befriedigt von der vergangenen Nacht und Derricks Schwanz scheint auch noch eine Pause vertragen zu können. Daher konzentrieren wir uns auf das, was beim Duschen normalerweise im Vordergrund steht. Was nicht heißt, dass es kein irrsinnig intimes Erlebnis wäre und viel länger dauern würde, als eine Solodusche. Ich könnte platzen vor Glück. Das hört gar nicht mehr auf. Wir trocknen uns gegenseitig ab und sehen einander die ganze Zeit über tief in die Augen. Küsse und flüchtige Streicheleinheiten sind die Regel, nicht die Ausnahme. Es ist, als wäre ich im Paradies gelandet.

›Wehe jemand wagt es, diese Idylle zu stören!‹, fordere ich stumm das Universum heraus.

Wer dieser Jemand sein würde, den ich mit meiner dämlichen Kampfansage an die Mächte des Schicksals herbeirufe, trifft mich extrem unerwartet …

Nackt und überglücklich stehe ich im Bad vor dem Spiegel und föhne und bürste meine Haare. Derrick ist in die Küche gegangen, um Kaffee aufzusetzen. Das ist schnell erledigt und nun steht er wieder im Türrahmen und sieht mir zu.

Mein Lächeln wird immer breiter, während ich seine Blicke auf meinem Körper spüre und mich entspannt hin und her wiege. Diese Zweisamkeit, die ich gerade erlebe, füllt ein furchtbar tiefes, schmerzhaftes Loch in mir, das schon immer da gewesen zu sein scheint. Seine Nähe und sein Begehren – seine … Liebe – machen mich ganz, wo ich vorher kaputt war.

Beiläufig greife ich zur Ablage und fummele einhändig, bis ich in der Hand halte, was ich mir dann auf die Zunge lege. Eine Regung lässt mich zur Seite sehen, wo er mir einen seltsamen Blick zuwirft. Fröhlich strecke ich ihm die Zunge raus, auf der meine Antibabypille liegt. Die muss ich dringend nehmen und ich denke mir nichts dabei, das nicht nur vor ihm zu tun, sondern es ihm auch zu zeigen und ihm sogar dabei zuzuzwinkern.

Ich schlucke sie und will mich wieder dem Spiegel zuwenden, als von einem Moment auf den anderen alles anders ist ...

»Was wirfst du dir da ein?«, schnappt er.

»Ich ...«, setze ich an und sehe ihn verwirrt an.

Sein Tonfall ist ... wütend. Sein Blick ebenso. Der ruhige, entspannte Mann, dessen Augen vor Wärme und ja, auch Liebe überfließen, ist plötzlich verschwunden. An seiner Stelle lauert ein zorniger, angespannter Kerl, der mich fast schon hasserfüllt niederstarrt.

»Bist du dumm?«, schnauzt er. »Weißt du nicht, dass es so anfängt?! Heute eine Schmerztablette, morgen zwei und irgendwann sind es fünf. Dann zehn. Bis auch die nicht mehr reichen!«

Er macht einen Schritt auf mich zu und ich weiche zurück. So aufgebracht habe ich ihn noch nie gesehen. So finster hat er mich noch nie angestarrt und so böse auch noch nie geklungen. Nicht einmal in der Nacht, als etwas Dunkles von ihm Besitz ergriffen zu haben schien und er mir wehtun wollte, habe ich gefühlt, was jetzt in mir aufwallt.

Er macht mir *Angst*!

»Als Nächstes greifst du zu härteren Drogen«, wirft er mir vor. »Bis die alles sind, woran du noch denken kannst. Bis du alles um dich herum vergisst. Selbst deine Kinder, die ohne dich verloren sind!«

Noch einen Schritt tritt er näher. Seine Fäuste sind geballt, sein Blick geht durch mich hindurch. Alle Härchen in meinem Nacken stehen mir zu Berge. Ich dränge mich in die hinterste Ecke, aber er kommt drohend näher. Es gibt keinen Ausweg. Ich bin ihm ausgeliefert.

»Siehst du nicht, dass dein Sohn kaum zehn Jahre alt ist und das nicht bewältigen kann?!«, fährt er mich an. »Begreifst du nicht, was du ihm auflädst? Und was du seinen Brüdern antust, indem du nichts weiter bist, als ein Zombie, der nur an den nächsten Trip denkt? Und vielleicht – wenn es sein muss, weil dir die Kohle ausgeht – die Beine für irgendein neues Arschloch breitmacht ...«

275

Ich ächze fassungslos, als er mich an der Kehle packt und sein Arm sich anspannt. Nur mit der Kraft, die darin steckt, zwingt er mich auf die Zehenspitzen. Und er würde mich auch noch weiter anheben, bis ich strampelnd in der Luft hänge, wenn nicht …

»Du … tust mir … weh!«, ringe ich mir erstickt ab, bevor mir endgültig die Luft ausgeht.

Urplötzlich klärt sich sein Blick und für einen Moment sieht er aus, als wüsste er nicht, wo er ist und was gerade geschieht. Dann tritt furchtbares Entsetzen in seine Augen und er fährt von mir zurück. Nach Luft ringend versuche ich, nicht vor Schwindel umzufallen, während ich mir an den Hals greife, wo sein harter Griff mir wirklich Schmerzen zugefügt hat.

Inzwischen wirbelt Derrick herum und rennt aus dem Bad. Ich höre ihn im Schlafzimmer, wo er jedoch nur einen Augenblick verbringt. Schlagartig wird mir klar, was er tut. Ohne auch nur zu denken, renne auch ich los.

»Nein!«, ist das einzige Wort, das ich aus meiner schmerzenden Kehle herausbringe, während ich mich vor meiner Wohnungstür aufbaue und ihm mit ausgestreckten Armen den Weg verstelle.

Er steht mit gesenktem Kopf und hochgezogenen Schultern vor mir. Schwer atmend und mit gehetztem Blick sucht er nach einem anderen Ausweg. Dann fixiert er mich und grollt: »Geh mir aus dem Weg, bevor ich mich noch einmal …«

Ich schüttele entschieden den Kopf.

»Shae!«, stöhnt er gequält. »Du hast doch gerade gesehen, dass ich … gemeingefährlich bin!« Leiser, wie zu sich selbst, fügt er hinzu. »Fast schon wie Murdock … Nein, schlimmer!«

»Das warst nicht du«, behaupte ich.

»Natürlich war ich das!«, stößt er aus. »Und ich habe dabei der einzigen Frau wehgetan, die ich …«

Mein Herz blutet und aller Schrecken, den ich eben empfand, wird daraus fortgespült, als ich das Leid in seiner Miene und seinen Augen erkenne. Ich habe schon begriffen, was

gerade passiert ist. Vielleicht verstehe ich es sogar besser als er selbst.

Ich weiß, dass ich ihn nie wiedersehe, wenn ich ihn jetzt gehenlasse. Das ... wäre die Hölle! Für uns beide!

»Es war meine Antibabypille«, sage ich so ruhig ich kann. »Verhütung. Kein Schmerzmittel. Und ich ... bin nicht deine Mutter, Derrick. Das schwöre ich dir bei meinem Leben.«

Er starrt mich aus Augen an, die noch einmal nicht die Seinen sind. Eben, im Bad, war es ein furchtbar wütender, zutiefst verletzter und unendlich hilfloser Teenager, der mit dem einzigen Mittel gegen das vorging, was er für den Grund all seines Leids hielt – Gewalt.

Jetzt hingegen ... sieht mich für einen Moment ein kleiner Junge an. Nicht älter, als ich es war, als eine zu frühe Pubertät in meinem Körper ausbrach und meine Hormone in ein furchtbares Ungleichgewicht gerieten, das mein ganzes, restliches Leben verändern würde.

Dieses kaum zehnjährige Mädchen, das ich so viele Jahre wegen Tabletten völlig vergessen hatte, ist es, das jetzt vortritt und den hilflosen Jungen in die Arme schließt, der seiner Mutter dabei zusehen musste, wie sie ihr Leben wegwirft und ihre Kinder vergisst.

Zwei Kinder, denen viel zu früh jede Hoffnung genommen wurde, einmal ein normales Leben führen zu können. Zwei Erwachsene, die noch immer die tiefen, unverheilten Wunden dieser Kinder mit sich tragen.

Aber ...

»Wir sind nicht verloren«, schluchze ich. »Wir haben einander. Wir sind kaputt auf die Art und Weise, die nur füreinander genau richtig ist. The Wrong kind of Right. Falsch, auf die genau richtige Weise ...«

»Wie kannst du dir da sicher sein«, schluchzt auch er.

»Weil nur du meinem krankhaften Hunger nach Sex gewachsen bist, der nie mehr, als nur auf Kosten von allem anderen unterdrückt war, statt ›geheilt‹. Und weil nur ich in deinen

Gefühlsschwankungen etwas finden kann, was ich nicht nur ertrage, sondern sogar herbeisehne. Weil es immer dazu führen wird, dass du sie auslebst, indem du mich nimmst.«

»Das ist doch krank!«, stößt er aus.

»Und wenn?«, fordere ich ihn heraus. »Sie haben uns alle im Stich gelassen. Deine Mutter, meine Eltern, die Ärzte und das System. Jeder, der uns hätte helfen sollen, hat versagt. Oder es gar nicht erst versucht. Aber wir beide … Wir werden nicht versagen! Wir werden einander nicht im Stich lassen. Wir werden füreinander da sein und einander geben, was wir brauchen.«

Ich hole tief Luft und zwinge ihn, mir in die Augen zu sehen. Ganz tief hinein in mich. In meine Seele. In meine Abgründe. Dasselbe tue ich bei ihm.

»Ich gehöre dir. Mein Körper, mein Herz und meine Seele. Es gibt nichts, was ich nicht für dich tun würde. Du kannst alles von mir haben und musst nicht einmal fragen. A-l-l-e-s! Immer! Überall!«

»Und du?«, grollt er, spricht aber weiter, bevor ich eine Antwort finde. »Du wirst … alles bekommen, was du brauchst. Wenn es Sex ist, den dein Körper braucht, wirst du keine Sekunde deines Lebens mehr verbringen, ohne erregt zu sein. Ich werde …« Er holt tief Luft und seine Stimme wird mit jedem weiteren Wort fester und entschiedener. »Ich werde dich nie daran zweifeln lassen, dass du perfekt bist. Nicht genug, nicht zu viel und ganz sicher nicht zu wenig. Perfekt in jeder Hinsicht und genau richtig. Ich werde für dich lernen zu … zu lieben. Damit du bekommst, was du verdienst. Und ich werde niemals zulassen, dass dir irgendjemand wehtut.«

»Außer dir«, wispere ich.

Er will den Kopf schütteln, aber ich lege die Hände an seine Wangen und verhindere es.

Nickend sage ich es noch einmal: »Außer dir! Weil du mir *gut* wehtust. Weil wir das beide brauchen und wollen. Weil es *richtig* ist!«

»Außer … mir«, wiederholt er unsicher.

Doch dann blitzt es in seinen Augen auf. Das Dunkle in ihm erwacht. Eine Gänsehaut rast über meinen Körper und setzt sich dort fest, als seine Augen hungrig zu glühen beginnen.

»Außer mir!«, knurrt er.

Und diesmal meint er es so.

Das zeigt er mir so entschieden, dass ich nicht weiß, ob ich danach jemals wieder gerade laufen können werde. Mit *all* seiner Kraft!

Epilog

Shae

E s ist Freitag und ich sitze im Büro von Mister Paulsen, meinem Boss, der mir mitteilen will, ob ich
meine Ziele erreicht habe, wie im Leistungssteigerungsplan vorgesehen. Auch wenn ich die Antwort bereits
kenne. Und sogar weiß, wie diese Unterhaltung ausgehen wird
...

Ich muss warten, denn er telefoniert. Offenbar mit seiner
Freundin, die Pläne für den Abend hat und wissen will, ob er
dafür zeitig Feierabend machen kann. Was ich nur am Rande
mitbekomme, weil es nicht zu überhören ist. Es interessiert
mich nicht.

Ich muss daran denken, was für eine Woche ich hinter mir
habe, um an diesen entscheidenden Punkt zu gelangen. Nicht
nur für meine Karriere, sondern für mein ganzes Leben. Es war
ein wilder Ritt. Und unglaublich anstrengend ...

Ich bereue nichts! Derrick und ich waren in den letzten sechs Tagen unzertrennlich. Ich muss mir ein Lächeln verkneifen, als ich an eine Bemerkung von ihm denke, die etwas mit unserem Sexleben zu tun hatte. Wir haben es ›nur‹ ungefähr vier Mal am Tag getan. Sofern man einzelne, einseitige ›Übergriff mit Orgasmus-Folge‹ seinerseits nicht mitzählt. Das war zu wenig. Da sind wir uns beide einig. Ich könnte gut und gerne doppelt so oft und auch ihm reicht das nicht. Wir hatten jedoch unglaublich viel zu tun und dann waren da auch noch all die Gespräche, die wir geführt haben.

Sofort muss ich an diese spätabendlichen oder nächtlichen, unfassbar aufwühlenden und emotional extrem auslaugenden Unterhaltungen denken. Wir haben buchstäblich alles offengelegt. Es gibt keine Geheimnisse mehr. Nichts bleibt verborgen, außer es wäre uns nicht bewusst. Was eine reale Möglichkeit darstellt, der wir uns stellen werden, falls es aufkommt.

Derrick hat mir geholfen, zu verstehen, was ich mir hauptsächlich selbst zusammenreimen musste. Ich empfinde nichts als Dankbarkeit und Liebe, wenn ich an sein Geständnis denke, dass er mich durchleuchtet hat. Er wollte mich verstehen. Jetzt tun wir das beide. So weit das eben möglich ist.

Die Tabletten, die ich so lange Jahre nehmen musste, waren der Schlüssel. Als ich ihm sagte, wie sie hießen, fand er heraus, dass sie nicht zur Behandlung von Hyperaktivität Verwendung finden, sondern für eine sehr umstrittene Therapie gegen eine sehr seltene Störung – hormonbasierte Hypersexualität.

In anderen Worten – ich bin sexsüchtig, weil mein Körper mich dazu zwingt. Und ich kann nur entweder lernen, damit umzugehen, oder ein Medikament nehmen, um alle meine Hormone und einige andere, mit Emotionen zusammenhängende Dinge zu betäuben und zu unterdrücken. Was mit Nebenwirkungen einhergeht, die als ›Autismus-verwandt‹ beschrieben werden. Also genau das, womit ich so lange zu kämpfen hatte.

Das Präparat hat eine lange Depotwirkung im Körper und es kann passieren, dass die natürlichen Prozesse im Körper

nicht von allein wieder ihre volle Funktion aufnehmen. Was die Erklärung dafür ist, dass sich auch nach dem Absetzen der Tabletten auf der Uni nicht viel verändert hat. Erst als Derrick in mein Leben trat und mit seinen großen Händen alle meine Knöpfe gleichzeitig drückte, normalisierte sich alles wieder. Sofern man meinen Zustand als normal bezeichnen will. Vielleicht ist es eher mein persönlicher, seltener, vielleicht einzigartiger ›natürlicher‹ Zustand. Und an dem will ich *nichts* ändern! Denn ich *liebe* es, wie sehr und wie oft ich ihn begehre und wie unersättlich ich bin. Ich liebe es, wie *süchtig* ich nach ihm bin! Auch darüber führten wir lange Gespräche, in denen ich ihn gehalten, gewärmt und mit Liebe überschüttet habe. Ich weiß jetzt, was er alles durchmachen musste. Wie er sich schon als kleiner Junge um seine Brüder zu kümmern hatte, weil es sonst niemand tat. Wie er erst eine Vaterrolle neben einer immer teilnahmsloseren, destruktiveren Mutter zu übernehmen hatte, dann praktisch alleinerziehender, großer Bruder wurde. Und das alles noch bevor er in die Pubertät kam.

Ich habe mitgelitten, als er mir berichtete, wie sie sich zu dritt auf der Straße durchschlugen, weil sich seine Mutter auf immer schlimmere Typen einließ. Ich habe mit ihm geweint. Über eine verlorene Kindheit und Jugend und auch um seine Brüder, mit denen er nicht mehr viel Kontakt hat. Im Fall des jüngeren – Murdock – sogar gar keinen mehr, seit der für schwere Körperverletzung in den Knast kam.

Ich staune jedoch auch über die Willenskraft und Intelligenz dieses Mannes. Er hat keinen Schulabschluss, aber er führt ein erfolgreiches Sicherheitsunternehmen, das anderen Firmen deren Schwachstellen aufzeigt. Ein extrem faszinierender Bereich!

Ich staune und bin stolz und glücklich, weil aus all dem Übel ein Mann hervorging, wie ich mir keinen besseren wünschen könnte. Natürlich würde ich nicht zögern und alles geben, um ihm sein Leid zu nehmen. Deswegen habe ich verlangt, dass er mir alles erzählen muss. Ich trage diese Last jetzt mit ihm. Er ist nicht mehr allein damit. Aber ohne dieses Leid und das

Versagen derer, die für uns hätten da sein sollen, wären wir nicht so ... perfekt füreinander.

Hätten meine Eltern sich nicht entschieden, mich mit Drogen zu betäuben, hätte ich vielleicht gelernt, als gesündere, gesellschaftsverträglichere Weise mit meiner Sexbesessenheit umzugehen. Und ich wäre eventuell nicht so ungeschickt und unerfahren im Umgang mit anderen Menschen, was mir womöglich meine schamlose Unbefangenheit nähme, mit der ich auf Derricks Wünsche, Ideen und Impulse einzugehen vermag.

Wäre seine Kindheit nicht so brutal und ausgesprochen beschissen verlaufen, hätte er wiederum vielleicht nicht den Drang, mich sexuell zu dominieren und den unstillbaren Hunger, mich stets in einem Zustand der Erregung zu halten. Er wäre vermutlich nicht ein Minenfeld aus kranken, perversen und versauten Triggern, die sein Begehren auslösen und ihm Lust auf mich machen. Er wäre wahrscheinlich normaler. Und damit nicht der Mann, der es mit mir aushalten würde.

Nur so, wie wir sind, sind wir perfekt füreinander. Was mir die Entscheidung so viel leichter macht!

Ich lasse die Hände in meine Kitteltaschen gleiten. Links fühle ich das gefaltete Stück Papier, rechts den USB-Stick. Was sich darauf befindet, bedeutet das Aus für Peters Karriere. Und für die von Garrett. Vielleicht bremst es sogar den kometenhaften Aufstieg meines Chefs, denn was ich herausgefunden habe, ist in *seiner* Abteilung geschehen. *Er* trägt dafür die Verantwortung.

Auch das wäre nicht möglich gewesen, hätte ich nicht Derrick, meinen perfekten Mister Wrong. Es war seine Idee, eine Kamera in einer abgeschirmten Kapsel in die Firma zu schmuggeln, wie ich das die ganze Zeit schon mit meinen Liebeskugeln tue. Dieses kleine, raffinierte Gerät hat für mich herausgefunden, wie Peter meine Fehlerquote manipuliert und dass Garrett zumindest eingeweiht ist, wenn nicht sogar mitschuldig.

Es geschieht in meiner Mittagspause. Worauf ich nie gekommen wäre. Aber es ergibt einigen Sinn, denn in dieser Zeit bin

ich nie an meinem Platz. Ich verbringe sie noch immer im Café außerhalb des Sicherheitsbereichs.

Die Aufzeichnungen, die dank Peters Neigung zu Selbstgesprächen sehr aufschlussreich sind und ... ehrlich gesagt einen krankhaften Frauenhass offenbaren, ergeben zusammen mit meinen Ermittlungen, was seinen Mangel an Sorgfalt bei der Arbeit angeht, einen verdammt wasserdichten Fall. Und all das ist auf dem Stick in meiner Tasche.

Ich muss es nur noch unserem Boss servieren, der noch immer telefoniert. Verstohlen blicke ich auf und höre etwas genauer hin, um herauszufinden, wie lange das noch dauern mag. »Selbstverständlich, Bee«, sagt er gerade. »Alles verläuft nach Plan. Es wird in Kürze so weit sein. Dann kannst du ...« Eine kurze Unterbrechung zeigt an, dass sie etwas sagt. »Bee«, seufzt er. »Ich muss mich an die Vorschriften halten. Ich habe dir schon gesagt, dass alles nach Plan verläuft. Darauf kannst du dich verlassen.«

Ich runzele die Stirn. Er spricht nicht laut und ich muss ein paar Worte erraten. Aber je öfter ich ihn sagen höre, was ich für einen Kosenamen halte, desto mehr sträuben sich die Härchen in meinem Nacken.

Es klingt wie ›Bee‹ - Bienchen. Aber es könnte auch ...

Ein eisiger Schauder rast meinen Rücken hinab. Ich senke schnell den Kopf, denn meine Augen werden groß, während mir der Atem stockt.

Es könnte auch ein anderes Wort sein, das er da sagt. Er könnte sie mit einer Kurzform eines längeren Namens ansprechen. Je mehr ich darüber nachdenke, desto mehr glaube ich, dass er nicht Bee sagt, sondern ...

Bri!

Oh Gott, das macht plötzlich alles so einen verfluchten, extrem gruseligen Sinn! Auch am Wochenende hat sie mich noch einmal angeschrieben und daran erinnert, dass in ihrem Team jederzeit ein Platz für mich frei sei. Gerade jetzt ganz akut. Und Derrick ist sehr entschieden in seinem Urteil über sie. Er nennt

sie eine verschlagene, verlogene Schlange, die über Leichen geht.

Die ganze Zeit über habe ich mich noch gewehrt, diesem Urteil völlig zuzustimmen. Selbst als er mir auseinandernahm, wie jede Handlung, die ich als Zeichen der Freundschaft interpretierte, hauptsächlich ihren eigenen Zielen gedient haben mag.

Jetzt findet all das zusammen und aus einem Haufen bunter Tonscherben wird ein vollständiges Mosaik. Mit einem *sehr* hässlichen Motiv!

Das erleichtert mir meine Entscheidung allerdings nur. Es verändert gar nichts ...

Als Paulsen endlich auflegt, richte ich mich auf. »Shae ...«, will er ansetzen.

»Mister Paulsen«, unterbreche ich ihn. Dann überlege ich es mir aber doch noch einmal etwas anders. »Greg«, spreche ich ihn stattdessen mit seinem Vornamen an. »Du bist ein vielbeschäftigter Mann. Machen wir es kurz.«

Er stutzt und seine Augenbrauen ziehen sich zusammen, als ich mir die Vertraulichkeit herausnehme. Das passt ihm überhaupt nicht.

»Ich erspare dir das Theater. Hier«, sage ich und hole das Blatt aus meiner Tasche. »Meine Kündigung.«

»Shae, das ist ...«, stammelt er los.

»Einfacher für alle, nicht wahr?«, falle ich ihm erneut ins Wort und schenke ihm das unechteste Lächeln, zu dem ich fähig bin. »Sag ruhig Danke, dass ich dir den Papierkram erleichtere.«

»Shae, ich weiß wirklich nicht ...«, will er sich empören.

»Weißt du, das dachte ich auch«, tue ich es ein drittes Mal. »Ich dachte, du hättest keine Ahnung. Aber das bezweifle ich jetzt. Und deswegen werde ich dich gar nicht mit allem anderen belästigen, sondern einfach gehen. Keine Sorge, ich kenne das Protokoll. Ich habe bereits Yvonne vom Sicherheitsdienst verständigt, die mich aus dem Gebäude eskortieren wird. Schönen Tag noch. Und viel, viel Spaß bei deinem Date heute Abend ...«

Damit stehe ich auf und verlasse sein Büro, um mich davor mit Yvonne zu treffen. Sie seufzt nur und zuckt mit den Schultern. Sie ist die einzige Freundin, die ich hier habe.

»Schade, dass du aufhörst«, sagt sie, während sie mich zum Kontrollpunkt führt. »Ich mag dich. Du bist eine kleine Drecksau.«

»Bitte was?«, keuche ich und sehe in die funkelnden Augen in ihrem grinsenden Gesicht.

»Ach, komm schon. Du denkst, ich kann eine Binde nicht von Liebeskugeln unterscheiden? Ich bin in der Branche, seit ich mit der Schule fertig bin. Ich weiß genau, was das war ...«

»Warum hast du nichts gesagt?«, staune ich.

»Und eine Schwester in Verlegenheit bringen, die einfach etwas Auflockerung in die steife Atmosphäre hier bringen will? Das ist so eine beknackte Würstchenbude hier. Ich würde auch durchdrehen, wenn ich nichts hätte, um mich abzulenken, wenn ich den ganzen Tag da drin verbringen müsste.«

»Weißt du was«, entscheide ich spontan. »Ich will deine Handynummer. Ich habe niemanden hier in der Firma getroffen, der noch meine Aufmerksamkeit verdient. Außer dir. Würdest du ...?«

»Absolut, Schwester!«, freut sie sich.

»Ach, und wenn du den Kittel sicherstellst, dann möchtest du in der rechten Tasche nachsehen«, füge ich noch hinzu. »Was du da findest, wird die Geschäftsführung *brennend* interessieren.«

»Okay?«, wundert sie sich, belässt es aber dabei.

Ich liege auf dem gewaltigen Monstrum von Couch, das seit Kurzem in meinem Wohnzimmer steht, und kuschele mich an Derrick. Ich war zunächst skeptisch, aber er hat völlig recht: *Wir* brauchen so ein großes Sofa bei alldem, was wir darauf tun. Und

es ist gut, dass es eine leicht abwischbare Oberfläche hat, denn wir tun *es* inzwischen sehr oft darauf.

So wie gerade eben, als er mir noch einen neuen Weg gezeigt hat, wie er mich mit seinem Schwanz in meiner Muschi und ohne irgendwelche anderen Hilfsmittel zum Abspritzen bringen kann. Einfach nur, indem er in einem sehr flachen Winkel auf meinen G-Punkt einhämmert, bis es keine andere Möglichkeit mehr für mich gibt, als mich seinen Namen schreiend für ihn gehenzulassen. So, wie es sein muss.

Und genau so muss es sein, dass ich danach in seinen Armen liege und wir Kraft sammeln für die nächste Runde. Denn heute hatten wir eine Menge zu tun und sind nicht viel dazu gekommen, Pausen zu machen und übereinander herzufallen.

»Diese Art von Leistungsbeurteilung gefällt mir viel besser als Listen voller Fehler«, seufze ich, weil ich an meinen letzten Arbeitstag denken muss.

Etwas mehr als zwei Wochen ist das jetzt her. Und es waren die besten Wochen meines Lebens. Derricks Angebot anzunehmen und für ihn zu arbeiten … Das war die beste Entscheidung, die ich je getroffen habe. Vielleicht abgesehen von der Entscheidung, mich auf ihn einzulassen. Was diskutabel ist, denn ich erinnere mich nicht, eine Wahl gehabt zu haben.

»Ach das war es, was wir gerade gemacht haben?«, schnaubt er amüsiert.

»Nein. Was wir gerade gemacht haben, war, dass du mir eingehämmert hast, wer hier das Sagen hat. Ich meinte diese himmlische Ruhe danach, deine Nähe und Wärme, das Gefühl deines heißen Körpers an meinem Rücken und wie keiner von uns sich um die Sauerei schert, die du gemacht hast. Die Leistungsbewertung. Bei der es nichts auszusetzen gab, weil ich perfekt für dich bin …«

»*Ich* habe die Sauerei gemacht?«, begehrt er auf.

»Von allen Dingen, die ich gesagt habe, gehst du *darauf* ein?! Mistkerl!«, beschwere ich mich. »Und ja, *du* warst das. *Dein* Schwanz hat sich die Muschi vorgenommen, die *du* besitzt, und

sie mit *deinen* Stößen zum Überlaufen gebracht. *Deine* Verantwortung. *Du* machst es gleich sauber.«

»Ich mache gleich erst mal noch mehr Sauerei«, grollt er und jagt mir damit heiße Schauer durch den Körper. »Ich versohle dir ...«

Mein Handy kündigt summend eine Nachricht an, was ihn verstummen lässt. Ich bekomme nicht viele Nachrichten und ich runzele ebenso die Stirn, wie er es tut. Verwundert hole ich es mir vom Tisch, lehne mich wieder an ihn und lasse ihn zusehen, wie ich nachschaue.

»Ach!«, macht er. »Sieh an.«

Ich kichere, denn wir haben erst kürzlich über sie gesprochen. Es ist Bri, die mir etwas geschrieben hat.

›*Ich habe gehört, dass du deinen Job nicht mehr hast, Shae. Stimmt das?*‹, erkundigt sie sich. ›*Oh mein Gott, was ist vorgefallen? Brauchst du die Stelle bei mir? Du kannst gleich morgen anfangen, wenn du möchtest. Papierkram machen wir später.*‹

»Falsche Schlange«, kommentiert Derrick.

Und er hat recht damit. Niemand weiß, dass ich gekündigt habe. Sie *kann* es nicht ›gehört‹ haben. Außer, sie wusste es längst, weil sie ... meinen Ex-Boss fickt!

»Glaubst du, sie hat ihn sich nur deswegen angelacht?«, frage ich nicht nur ihn, sondern auch mich selbst.

»Nachdem ich weiß, wie unfassbar *gut* du selbst in Dingen bist, die dir *nicht* wichtig sind?«, schnaubt er. »Todsicher.«

Das einzige, was mir noch Hitze in die Wangen treiben kann, sind solche Komplimente. Ich bekomme sie in letzter Zeit häufig. Er mag mich angestellt haben, weil ich nicht nur verschlüsseln kann, sondern auch entschlüsseln. Und ich muss sagen, ich liebe diesen Job! Aber das heißt nicht, dass ich nicht auch seine Buchhaltung und den ganzen anderen, lästigen, aber notwendigen Papierkram erledigen kann. Insbesondere, wenn uns das mehr Freizeit für Sex verschafft.

»Soll ich antworten?«, hauche ich und schaue über die Schulter zu ihm, damit er meinen Blick sieht. Ich will nämlich ... unartig sein.

»Nicht zu hart«, warnt er. »Sie ist sehr nachtragend und hasst es zu verlieren.«

Ich seufze und tippe meine Antwort:

›Ich bin versorgt, Bri. Mach dir keine Sorgen. Ich habe einen fantastischen, neuen Job, der eine Menge handfeste Boni beinhaltet. Ich war nie glücklicher. Das Betriebsklima ist fantastisch, wenn auch sehr heiß. Ich habe mir deine Worte zu Herzen genommen und gelernt, damit umzugehen. Ich wehre mich jetzt nicht mehr, wenn sich mein Boss etwas bei mir herausnimmt. Ich spreize einfach meine Beine oder bücke mich oder gehe auf die Knie und schlucke, was er mir vorhält. Es ist erstaunlich, wie gut es tun kann, sich einfach mal zu unterwerfen. Es lebt sich so viel leichter, wenn man akzeptiert, dass eine Frau nun mal Gelüste in Männern weckt.

Danke, dass du dich erkundigt hast und überhaupt danke für alles. Ohne dich wäre ich jetzt nicht hier und glücklicher als je zuvor. Ich hoffe sehr, dass du so ein Glück auch mit deinem Neuen findest. Grüß Greg von mir. Ich hoffe, er trägt mir nicht nach, dass ich die illegalen und abscheulichen Handlungen seiner Mitarbeiter der Geschäftsführung offenbart habe.

Oh, aber falls du ihn fragen könntest ... Hat das Gerücht, das ich über Peters sexuelle Orientierung in Umlauf gebracht habe, bevor ich gegangen bin, ihm seine letzten Tage in der Firma noch so richtig versaut?‹

Ich höre Derrick hinter mir immer schärfer einatmen und spüre seine Anspannung. Aber er würde mich das abschicken lassen. Er hält mich nicht auf, als mein Daumen über dem Sendebutton schwebt.

Und er würde sich dem Fallout an meiner Seite stellen. Nein, vor mir! Er würde mich gegen alles verteidigen, was Bri mir entgegenschleudern könnte. Das ist einer der Gründe, warum ich den Text verwerfe und die Nachricht schließe. Der andere ist ... komplizierter.

»Das war die richtige Entscheidung«, raunt er mir zu. »Aber ich will verdammt sein, wenn ich mir nicht wünschte, ich könnte ihr Gesicht sehen, wenn sie diesen Text zu lesen bekommt.

Diese Bitch sollte endlich mal so richtig auf die Fresse fallen. Stattdessen spinnt sie Intrigen und es hat keinerlei Konsequenzen, obwohl sie versucht hat, deine Karriere zu zerstören, nur damit du für sie arbeiten musst.«

»Sie kommt nicht ungeschoren davon«, seufze ich.

»Inwiefern?«

Ich richte mich auf und wende mich ihm voll zu. Als ich meine Hand ausstrecke, ergreift er sie zärtlich, weil ich genau das jetzt von ihm brauche. So wie ich sonst so oft seine Stärke haben muss, brauche ich jetzt seine Sanftheit.

»Sie wird niemals einen Mister Right finden, Derrick. Und auch nicht den passenden Mister Wrong. Für sie *gibt* es den nicht.

Sie wird nie jemanden an ihrer Seite haben, der alles für sie ist, was sie selbst nicht sein kann. Niemanden, der aus ihr herausholt, was verborgen liegt, weil es das ist, was er mehr als alles andere *will*.

Sie wird nie vor Begierde fast wahnsinnig werden oder … vor Liebe und Glück beinahe platzen.

Sie wird gar nicht begreifen, was in ihrem Leben fehlt, weil sie dazu nicht fähig ist.

Aber es *wird* fehlen.

Bis zum Ende.

Sie wird sterben, ohne jemals wirklich ehrlich *bedingungslos* geliebt zu haben. Oder wirklich *ehrlich* bedingungslos, wie *verrückt* und mit einer *Intensität*, die jede andere verbrennen würde, geliebt *geworden* zu sein.

Sie hat schon verloren. Und ich …

Wir haben gewonnen!«

Er starrt mich lange an, ohne ein Wort zu sagen. Seine Augen voller starker Emotionen, die miteinander ringen. Oder jedenfalls denke ich das, bis …

»Gottverdammte, verfickte Scheiße, was liebe ich dich!«, stößt er aus und zieht mich zu sich. »Komm her, mein sexy Kitten!«

»Kitten!?«, keuche ich.

»Du wurdest befördert«, grollt er. »Du bist keine Maus mehr, sondern ein Kätzchen. Mit scharfen Krallen, aber für mich nie etwas anderes als eine verdammte Kuschelkugel, von der ich nicht genug kriege. Und ... meine Muschi bist du schließlich auch ...«

»Du Mistkerl!«, quietsche ich und lasse mich auf seinen Körper ziehen, damit ich ihn nach Herzenslust küssen kann, während sein Schwanz sich aufrichtet, um in mich einzudringen.

Kitten! Also wirklich ...

Ugh! Warum fühlt sich das so verflucht gut und *richtig* an!?

So, als wäre ich es schon immer gewesen und würde es nur erst jetzt erfahren?

»Ich liebe dich«, stöhne ich auf seine Lippen, während seine Hände meine Hüften fest packen.

»Ich weiß«, knurrt er rau und grinst nicht mal dabei.

»Oh, du arroganter, selbstgefälliger, selbstverliebter, unmöglicher Arsch«, fauche ich, bevor ich laut aufschreien und meinen Kopf in den Nacken werfen muss.

»Ich liebe dich auch, mein Kitten«, stöhnt er, als ich ihn heiß und nass umfange.

Es füllt mein Herz ganz genau so, wie sein Schwanz meine Muschi ausfüllt.

Bis zum Überlaufen!

über die Autoren

Kitty und Mike Stone sind ein Autorenpaar aus der Nähe von Marburg an der Lahn. Sie sind beide Mitte der Siebzigerjahre geboren und haben im August 2017 zusammengefunden, um im Februar 2018 bereits ihr erstes, gemeinsames Buch herauszubringen. Trotzdem hat es dann doch allen Ernstes bis zum 11. September 2020 gedauert, bis Mike seine Kitty nicht nur unter ihrem gemeinsamen Autorennamen zu seiner Frau gemacht hat, sondern auch nach geltendem Recht.

Als Autoren sind sie vor allem im Bereich der Dark Romance unterwegs, wo sie Romantik und Erotik erfolgreich mit Blicken auf die Schattenseiten der menschlichen Natur verbinden. Ausflüge in andere Settings als die Moderne - beispielsweise Historical, Fantasy oder Paranormal - finden immer wieder gerne statt.

Privat leben sie mit einem Kind, einigen Haustieren und einer gewaltigen Menge praktisch abgespalter Persönlichkeitsteile, die sie "Protagonisten" nennen, zusammen. Bestätigten Gerüchten zufolge sollen sie nicht nur bei Facebook sehr aktiv sein, sondern sogar Videos über alle möglichen, thematischen Unanständigkeiten auf Youtube posten. Man munkelt sogar, dass sie eine Pinnwand besitzen, wo "Schlüppis" ihrer Fans wie Trophäen aufgehängt werden. Andere Verwerflichkeiten, von denen man hören könnte, sind bestimmt auch total wahr. So wie die Inhalte all ihrer Bücher natürlich zu 666 % auf wahren Geschehnissen und Tatsachen beruhen.

Ach, und Berufslügner nennen sie sich übrigens auch, weil sie ja "Autoren" seien ...

Kitty ist die etwas ältere und ohne Frage schönere Hälfte des Paares, die von ihrem Mann (der diesen ganzen Text übrigens auch schreibt) ziemlich vergöttert wird. Sie war schon vor dem Kennenlernen der beiden unter ihrem damaligen, bürgerlichen Namen Melanie Weber-Tilse als Romance-Autorin erfolgreich.

Ihre Stärken - neben ihrer Schönheit, ihrer erotischen Ausstrahlung, ihrer Intelligenz, ihrem Witz und so vielem mehr - sind vor allem ihre Sorgfalt, ihre Kreativität und ihre Zuverlässigkeit. Sie ist ein verdammt bodenständiger Mensch, aber in ihrer Fantasie ist sie schon sehr lange auch mal auf völlig abwegigem Territorium unterwegs. Als Autorin kann sie dem endlich Gestalt verleihen und tut das zwar bevorzugt mit Mike, aber nicht absolut ausschließlich.

Sie besitzt neben reinem Schreibtalent auch eine Menge weiterer Fähigkeiten, die für Schriftsteller sehr nützlich sind. Außerdem ist sie die Ordnung im kreativen Chaos des Hauses Stone und dafür wird sie zu Recht wie die Königin behandelt, die sie ja wohl auch ist. (Wer widersprechen will, kann einen Termin mit Mike machen, sobald der eine narrensichere Methode erdacht hat, Überreste solcher Frevler spurlos verschwinden zu lassen.)

Mike wiederum ist ... nun, kreativ ist er auf jeden Fall. So sehr, dass er für jedes fertiggestellte Buch auf dem Weg zur Vollendung mindestens ein halbes Dutzend total geniale Ideen hatte, die er dann wegen seiner chaotischen Natur schon wieder vergessen hat, bis er sich dem zuwenden könnte.

Mike - das weiß der Autor dieser Zeilen aus narrensicherer Quelle - liebt seine Kitty wirklich sehr und ist extrem glücklich, mit ihr zusammen den Traum von der Schriftstellerei leben zu dürfen. Dafür stellt er sich auch unerschrocken solchen Kleinigkeiten, wie PMS oder kotzenden Katzen, die mal wieder am Ficus knabbern mussten, der eigentlich eine Dracaena Marginata ist (aber wen in aller Welt interessiert DAS?!)

Was Kitty an Mike eigentlich findet, ist der Wissenschaft noch ein Rätsel. Man nimmt an, es kann gelöst werden, sobald die Quadratur des Kreises gelingt. Kann also nur noch bis zum Sankt Nimmerleinstag dauern. Aber wer würde schon die Entscheidung einer Frau infrage stellen, die ihren Mann liebt? Der Autor dieser Zeilen jedenfalls nicht. Der ist ja nicht blöd. ;-)

Zusammen sind die Stones jedenfalls ein etwas ungewöhnliches Duo, das nicht nur zusammenlebt ODER zusammenschreibt, sondern beides tut. Und sie sind unanständig glücklich miteinander, trotz "fortgeschrittenen Alter" noch scharf aufeinander und irgendwie - ganz ohne auf Mainstream zu setzen, sich zu verbiegen oder zu bescheißen - auch noch moderat erfolgreich.

Wer sie ansonsten näher kennenlernen will, darf sie sehr gerne auf Facebook stalken. Oder auch anfreunden. Sie packen nicht ihr ganzes Privatleben dort online, aber man munkelt, es gibt schon mal eine rührende Liebeserklärung von ihm oder eine freche Frotzelei in seine Richtung von ihr. Und natürlich gibt es immer wieder Infos zu ihren Büchern und manchmal sogar die Gelegenheit, mitzureden.